KB061825

천장이
높은
식당

천장이 높은 식당

ⓒ 이정연 2020

초판 1쇄 인쇄 2020년 11월 23일
초판 1쇄 발행 2020년 11월 30일

지은이 이정연
펴낸이 이상훈
편집인 김수영
본부장 정진항
문학팀 김수아 김준섭
마케팅 천용호 조재성 박신영 조은별 노유리
경영지원 정혜진 이송이

펴낸곳 한겨레출판(주) www.hanibook.co.kr
등록 2006년 1월 4일 제313-2006-00003호
주소 서울시 마포구 창전로 70(신수동) 화수목빌딩 5층
전화 02-6383-1602~3 **팩스** 02-6383-1610
대표메일 munhak@hanibook.co.kr

ISBN 979-11-6040-446-3   03810

이 도서는 한국출판문화산업진흥원의 '2020년 우수출판콘텐츠 제작 지원' 사업 선정작입니다.

이 도서의 국립중앙도서관 출판예정도서목록(CIP)은 서지정보유통지원시스템 홈페이지
(http://seoji.nl.go.kr)와 국가자료종합목록 구축시스템(http://kolis-net.nl.go.kr)에서
이용하실 수 있습니다. (CIP제어번호: CIP2020048803)

천장이
높은
식당

이정연 장편소설

한겨레출판

차례

1부 당신이 자리를 비운 사이 ———— 7

2부 어디에나 있고 어디에도 없는 ———— 71

3부 17층, 천장이 높은 식당 ———— 117

4부 컴백 스페셜 ———— 201

작가의 말 ———— 282

1부

당신이
자리를
비운 사이

1

은상이 없어진 걸 알고 승연이 가장 먼저 한 일은 이부자리를 개는 거였다. 붙박이장처럼 거실에 깔려 있던 이불을 걷고, 확인하는 차원에서 그의 이름을 다시 불렀다. 좁은 집이었다. 방과 거실, 화장실 문을 열면 모든 광경이 한눈에 들어오는, 숨을 데라곤 전혀 없는 집. 편의점이나 PC방에 갔을지 모른다는 생각, 혹은 일이 생겨 잠깐 집을 비운 거라는 짐작 따위는 들지 않았다. 며칠째 은상은 자는 지호를 물끄러미 내려다보곤 했다. 근래 긴 외출이 몇 번 있었다는 사실도 어렴풋이 떠올랐다. 승연은 서랍장 옆을 확인했다. 여행 가방은 보이지 않았다.

다시 한번 방 안을 둘러봤다. 확실한 증거는 없으나 은상이 집을 나갔을 거라는 명백한 예감이 들었다.

이불을 개켜 장롱에 넣었다가 바로 빼냈다. 은상의 냄새가, 며칠이고 감지 않아 정수리에서 나는 기름진 체취가 지호의 이불에까지 배는 게 싫었다. 은상은 1년 가까이 거실에서 생활했다. 하얗고 보송보송하던 이불은 계절을 네 번 보내면서 누레지고 납작해졌다. 매트와 베개, 차렵이불을 말아 세탁기에 넣었다. 용량이 작은 세탁기는 세탁물을 쑤셔넣자 종이컵에 팝콘이 넘치는 것처럼 힘없이 베개를 토해냈다. 세제를 통째로 들어 이불에 흩뿌리고 전원을 켰다. 용량을 초과한 세탁기가 좌우로 크게 흔들리면서 좁은 화장실에 굉음을 냈다. 승연은 변기 뚜껑을 닫고 그 위에 앉아 세탁기를 쳐다보았다.

문득 실내가 어둡다는 생각. 그제야 어린이집에 다녀오느라 눌러썼던 모자가 생각났다. 모자를 벗어 빨래 바구니에 던지고 욕실에서 나왔다. 거실은 이불마저 치워 휑한 분위기가 났다. 벽에 걸린 달력에는 나흘 뒤가 결혼기념일이라고 조그맣게 메모되어 있었다. 돌이켜보면 지난겨울, 그리고 까마득하게 느껴지는 그 전전해 겨울에도 승연과 은상은 부부가 아닌 동거인에 불과했다. 재산이라고 부르기에 민망한 전세금을 나눠 각자 살 곳을 마련할 수 있었다면 그들은 한참 전에 헤어졌을 것이다. 딸 지호조차 부부가 헤어지지 못한 진짜 이유는 아니었다. 승연은 '기어이'와 '드디어' 사이에서 후련한 기분이 들었다. 그러나 차차로 떠오르는 막막한 기분을 막을 수 없었다.

오늘도 승연은 지호가 우는 바람에 어린이집에서 30분 넘게 붙들렸다. 51개월을 제 몸처럼 끼고 다니던 아이였다. 등원한 지 일주일째, 아직 어린이집이 낯선 아이와 아침마다 억지로 하는 이별은 쉽지 않았다.

이번 주에는 은상에게 부탁하려고 했다. 집 근처 식자재 업체에서 단기 아르바이트를 다시 하게 되었으니 일주일만 지호를 어린이집에 등하원시켜달라고, 아이가 적응하는 기간 동안만 술 마시지 말고 시간 맞춰 데려오라고, 승연이 퇴근할 때까지만이라도 잘 지켜보라고 말하려고 했다. 그와 말을 섞기가 싫어 부탁을 미루고 미뤘는데 이런 식으로 갑자기 없어질 줄이야. 수도 없이 은상이 없을 때를 상상했으나 시기가 지금일 거라곤 미처 예측하지 못했다. 왜 하필 지금 사라졌는지. 승연은 날 선 비난을 늘어놓다가 돌연 불안함을 느끼고 서랍장을 뒤지기 시작했다. 마지막 서랍에는 결혼하면서 해약한 주택청약종합저축 통장부터 적금통장과 입출금통장까지 들어 있었다. 정신없이 통장을 찾아 마지막 장을 펼쳤다. 그러곤 한참 만에 통장 관리는 자신이 해왔으며, 자신의 서명과 인증서가 없으면 그저 종이 쪼가리에 불과하다는 사실을 깨달았다. 은상은 가끔 일당을 받는 일을 했으나 교통비와 식비도 스스로 감당하지 못해 승연에게 손을 내민 지 2년이 넘었다. 승연은 자기도 모르게 참았던 숨을 내쉬며 서랍을 닫았다. 은행 앱에 접속했다. 1,238,060원. 전날 밤 확인한 금액 그대로였다.

원심력을 이기지 못한 세탁기가 바닥에 넘어졌다. 물에 젖은 깃털이 욕실 바닥과 천장, 거울에 붙어서 살아 있는 것처럼 꿈틀거렸다. 균형을 맞추려고 괴어두었던 나무 받침이 변기 옆으로 밀려 나갔다. 승연은 거울에 붙은 깃털을 떼어 손바닥에 올렸다. 깃털이 손의 열기에 조금씩 부풀었다. 은상이 여태껏 거위 털을 덮고 지냈구나. 새삼스러울 것도 없는 사실에 짜증이 밀려왔다. 신혼 초 부부가 덮던 이불은 승연이 아이와 이불을 같이 쓰면서 은상의 차지가 되었다. 쏟아진 세탁물을 밖으로 완전히 빼내고 세탁기를 일으켜 세웠다. 빈 세탁기를 작동시켰다. 기계는 텅텅 소리를 내며 제대로 돌아가는 듯하더니 얼마 안 되어 멈췄다. 승연은 주먹으로 세탁기를 세게 내리쳤다. 그러다 그만 젖은 바닥에 미끄러져 앞으로 고꾸라졌다.

세탁기를 붙들고 일어서는데 방에서 휴대폰이 울렸다. 엉덩이와 허리에 강한 통증이 느껴졌다. 마음이 바뀐 은상의 전화인지도 몰랐다. 어쩌면 잠깐 외출한 것뿐인데 지레 단정하고 호들갑을 떨었는지도. 여행 가방은 좁은 집으로 이사 오면서 내다 버린 것 같기도 했다. 그러고 보니 은상의 옷과 신발이 제자리에 있는지조차 확인하지 않았다. 거기까지 생각이 미치자 통장에 남은 돈이 떠오르면서 도망도 못 가는 주제에, 하는 말이 승연의 입에서 튀어나왔다. 어쨌든 절대 화는 내지 않으리라. 승연은 휴대폰을 찾았다. 화면에는 모르는 번호가 떠 있었다.

"최승연 님이시죠?"

다정하게 묻는 음성이 은상은 아니었다. 실망감이 일며 허리통증이 다시 몰려왔다. 승연은 짜증스러운 투로 아니라고 대꾸했다. 이 시간에 전화를 걸 사람은 보험사와 보이스피싱뿐이었다. 남자는 재차 이름을 확인하고 이상하다는 듯 다시 물었다.

"그럼 최승연 님과 관계없는 분이세요? 여기 선린인데요."

대꾸할 기분이 아니었다. 승연은 남자가 말을 채 끝내기 전에 종료 버튼을 눌렀다. 그리고 통화가 끊긴 화면을 본 순간 '선린'이라는 명칭이 낯설지 않음을 깨달았다. 연락 온 번호로 급히 전화를 걸었다. 통화중이었다. 제멋대로 날뛰는 감정을 억누르지 못하고 통화중신호가 걸리면 끊었다가 걸기를 반복했다. 전화는 계속해서 연결되지 않았다. 승연은 연결되지 않은 번호를 내려다봤다. 아닐 거야, 설마 나한테. 좋은 소식은 아닐 거라고 고개를 내둘렀다. 그런 것이 무턱 대고 자신을 찾아올 리 없었다. 오전 10시 28분, 어린이집에서 돌아온 지 겨우 40분이 지났다. 은상이 사라졌고, 오래된 세탁기가 고장 났을 뿐이었다. 오늘의 사건은 그 두 개로 끝일 거였다.

욕실로 들어가는데 휴대폰이 또 울렸다. 몇 분 전 걸려 왔던 번호였다. 심장이 빠르게 뛰었다. 기대감과 미안함, 당혹스러운 감정이 뒤섞였다. 승연은 통화 버튼을 누르자마자 어쩔 줄 몰라서 말을 쏟아냈다.

"제가 그, 최승연 맞아요. 요새 이상한 전화가 많이 와서요. 보이스 피싱에, 보험사에. 아깐 기분 나쁘셨죠? 바로 다시 걸었는데 통화중이시더라고요."

숨 좀 돌리고 말씀하세요. 잠자코 듣고 있던 남자가 소리 내어 웃었다. 승연은 그제야 호흡을 가다듬고 미안하다면서 목소리를 줄였다. 남자는 자신을 선린의 인사 담당자라고 소개했다.

"저도 실수한 거죠. 용건 먼저 밝혔어야 했는데. 인사가 늦었지만 축하드립니다. '컴백맘'에 최종 합격 하셨어요."

'경단녀 재취업' 같은 소식은 그저 남의 일이라고 생각했다. 기분 좋은 일은 자신과 어울리지 않는다고, 그러니까 사소한 일에도 기대를 걸면 안 된다고 마음을 가라앉혔었다. 그런데 남자는 여태껏 누르고 있던 희망을 말하고 있었다. 승연은 고맙다고, 감사하다고, 그런데 정말이냐며 몇 번을 반복해 묻고 인사했다. 그러다 돌연 그가 찾는 최승연이 자신이 아닌, 다른 지원자일지 모른다는 불안이 엄습했다.

"저, 그런데요. 찾으시는 분이, 저 진짜 맞아요?"

남자가 또 웃었다.

"그럼요. 1984년 8월생 영양사 최승연 님, 맞으시죠? 오리엔테이션이 2주 뒤에 회사에서 진행되는데, 일정 괜찮으세요? 그리고 지금 영양사 자리가 공석이라서요. 오리엔테이션 끝나면 바로 일을 시작해야 하는데, 그것도 괜찮으시죠?"

승연은 전화기에 대고 고개를 주억거렸다. 아무 때나 시작해도 괜찮다고, 언제든 상관없다고 큰 소리로 대답했다. 5년을 쉬었지만 아직도 식당 일은 손에 잡힐 듯 선명했다. 괜한 걱정은 하지 말라고 남자에게 자신 있게 말할 수 있다.

남자는 임용장 수여식 전에 제출할 서류와 출근 복장을 안내했다. 승연은 휴대폰을 어깨에 끼고 메모할 펜과 종이를 찾았다. 거실 바닥에 반으로 접은 A4 용지가 떨어져 있었다. 승연은 그것을 집어 메모하고 전화를 끊었다. 주민등록등본과 가족관계증명서, 경력증명서, 반명함판 사진 4매, 거기에 단정한 정장까지. 전 직장이 문을 닫아서 경력증명서를 어떻게 받을지 고민됐지만, 국민연금공단이나 고용노동부 사이트를 뒤지면 방법이 있을 것도 같았다. 승연은 메모한 내용을 눈으로 훑다가 접힌 종이를 펼쳤다. 종이에는 내년 기능직공무원 시험 일정이 프린트되어 있었다. 은상의 것이었다. 공무원 시험이라고? 헛웃음이 났다. 공부는커녕 술에 취해 밖으로 나돌거나 대낮에도 하는 일 없이 거실에서 뒹구는 게 일상이었다. 딱 5분 전이었다면 욕을 하며 종이를 쓰레기통에 내던졌을 것이다. 애초에 그의 도움 따위는 기대하지 않았다. 그나마 지호가 어린이집에 적응할 즈음 회사에 출근한다는 사실이 얼마나 다행스러운지 몰랐다.

*

선린 3기 컴백맘 임용장 수여식

승연을 처음 맞이한 건 벽에 걸린 대형 현수막이었다. 주먹을 쥐고 파이팅을 외치는 곰 캐릭터가 그려진 현수막은 묵직한 원목 가구가 놓인 회의실 분위기와 전혀 어울리지 않았다. 자신을 위해 마련된 넓은 공간도 몸에 잘 붙지 않는 새 정장만큼이나 불편했다.

승연은 의자를 꺼내다 말고 주변을 둘러봤다. 창밖으로

16

서울 시내가 훤히 내다보이는 전망이 눈에 들어왔다. 벽면 곳곳에는 유화가 걸려 있었고 귀퉁이에는 잎을 잘 닦은 서양란과 고무나무 한 쌍이 놓여 있었다. 가운데를 직사각형으로 비우고 빙 두른 테이블에는 대략 서른 개쯤 되는 의자가 정렬되어 있었다. 묵직하고 푹신한 의자에 정장을 갖춰 입고 앉아 회의를 하는 직원들이 그려졌다.

의자를 당겨 앉았다. 어두운 월넛 빛깔의 테이블 위로 볕이 길게 늘어져 깊은 광택이 났다. 가볍게 내려앉은 먼지를 입으로 불고 먼지가 가는 방향을 쳐다보았다. 테이블 끝에 시트지가 들려 그 밑으로 연한 갈색 합판이 보였다. 이런 규모의 회사도 원목 가구를 안 쓰는구나, 승연은 감춰져 있던 남의 속살을 몰래 엿본 것 같아 괜히 민망해졌다.

문을 열고 한 남자가 들어왔다. 그 뒤로 뒷짐을 진 중년의 남자와 승연 또래의 여자가 따라 들어왔다. 승연은 자리에서 일어나 고개를 숙였다. 문을 연 남자가 승연을 보고 인사했다.

"최승연 씨?"

승연은 그가 인사팀 담당자인 걸 단번에 알아챘다. 20대 후반이나 되었을까, 예상했던 것보다 젊었다. 작은 키에 동그란 얼굴이라 어려 보이는지도 몰랐다. 승연은 그렇다고 대답하며 자신의 표정이 어색하지 않을까, 한쪽 뺨을 지그시 눌렀다. 엄마로서 지어야 하는 미소 말고 눈웃음이나마 지은 게 얼마 만인지. 인사 담당자가 다가와 악수를 청했다. 승연은 땀이 뱄을까 손을 스커트에 문지르고 주뼛 내밀었다. 인사 담당자는 깊지 않게 살갗이 닿을 정도로만 승연의 손을 잡았다.

"인사팀 정선우입니다. 전화로 인사드렸죠? 이력서하고 실물이 똑같아서 밖에서 봤으면 아는 척할 뻔했어요."

그는 눈이 감길 정도로 환하게 웃고는 옆으로 비켜섰다. 그의 뒤에서 중년 남자가 다가왔다. 큰 키 때문에 정선우 머리 위로 남자의 얼굴이 얹어지는 것 같았다.

"서로 인사하시죠. 이쪽은 이번에 영양사로 뽑힌 최승연 씨고요. 이쪽은 총무팀에서 근무할 유하나 씨, 그리고 이분은."

유하나와 중년 남자는 인사를 이미 나눈 듯했다. 그들은 승연에게 인사하기 전에 서로 눈을 맞추고 웃었다. 승연은 반사적으로 중년 남자에게 허리를 깊이 숙였다. 옆에 선 사람들을 왜소하게 만들어버리는 커다란 체구와 지나치게 하얀 피부는 두려움이랄까, 압도감이랄까 그런 것을 느끼게 했다. 남자가 손을 내밀었다.

"안 부장입니다. 송림 파트너스에서 파견 계약을 맡고 있어요. 제가 두 분 담당인데, 여기서 처음 뵙네요. 전화도 미리 못 하고 미안하게 됐어요."

승연은 그의 말을 바로 이해하지 못했다. '송림 파트너스'가 어디인지, 왜 자신을 담당한다는 건지, 파견 계약은 또 무슨 소리인지. 승연이 아무 말도 못 하고 어리둥절해 있자 안 부장이 정선우를 돌아보며 이상하다는 듯 물었다.

"공고에 파견직이라고 나갔을 텐데, 못 봤어요? 선린에서 연락한다기에 신경 안 쓰고 있었는데. 아닌가요, 정 대리님?"

정선우는 건성으로 아니라고 대꾸했다. 그러곤 셔츠를 걷어 시계를 두드렸다.

"첫날이라 긴장하셔서 그런가보네요. 자자, 15분 뒤에 사장님이 내려오십니다. 홍보팀에서 잡지사도 데려온다니까 떨려도 기분 좋게 웃으셔야 해요. 사명감을 갖고 밝게, 아시죠? 안 부장님은 주변에 계시다 식이 끝나면 저번에 회의했던 인사팀 세미나실로 올라오시고요."

찍습니다, 하는 말이 들릴 때마다 승연은 볼이 떨리게 입꼬리를 올렸다. 얼굴 근육이 땅겨 입 주변이 얼얼했다. 파견직으로 뽑힌 줄도 모르고 기뻐한 자신이 한심해 이따금 얼굴에 열이 올랐다. 하지만 알았다 한들 선택이 달랐을까. 지난 며칠, 승연은 정신없이 시간을 보냈다. 어린이집에 아이를 적응시키고, 어린이집에 맡길 수 없는 시간에 돌봐줄 사람을 찾았다. 아이를 맡겼을 때 필요할 물건을 챙기고, 퇴근해 돌아와 바로 먹일 수 있는 음식도 만들어 냉동해두었다. 출근용 정장과 구두도 마련했다. 도와줄 사람 하나 없는 승연에게는 일이 어떻게 될지 걱정하기보다는 당장 닥친 일을 빨리 처리하는 게 우선이었다. 승연은 고개를 들어 웃는 표정을 지어 보였다.

사람 참 귀찮게 하죠? 옆에서 들릴 듯 말 듯 속삭이는 소리가 들렸다. 잘못 들었나 하고 승연이 돌아보자 유하나가 씩 웃었다. 승연은 대꾸할 말을 찾지 못해 현수막이 걸린 단상으로 시선을 돌렸다. 유하나는 투덜대다가도 누군가 말을 걸면 금세 표정을 바꿨다. 잡지사 기자에게 저희 뽀샵 좀 예쁘게 부탁드려요! 하고 기분 좋은 목소리를 내는 식이었다. 겨우 네와 아니요를 반복했던 승연은 그녀의 활기가 껄끄러웠다.

인터뷰를 마치자 인사팀 인턴들이 현수막을 떼어냈다. 승연과 유하나는 회의실에서 대기했다. 테이블 위에 꽃다발과 임명장이 나란히 올려져 있었다. 유하나가 승연을 연신 흘끔거렸다. 승연은 알면서도 임명장만 내려다봤다. 유하나는 급기야 테이블에 노크하며 얼굴을 들이밀었다.

"언니라고 불러도 되죠?"

유하나가 의자를 가까이 붙이며 승연의 팔을 붙들었다.

"안 부장한테 언니 나이 들었어요. 저 세 번째 파견이거든
요. 아, 언니가 저보다 세 살 많대요."

여전히 껄끄럽기는 했지만 그래도 말할 사람이 유하나밖
에 없다는 건 사실이었다. 어쩌면 의미 없는 대상에게 지레
겁먹고 거리를 둔다는 생각이 들었다. 어쨌거나 유하나는
한동안 자신이 아는 몇 안 되는 회사 사람이 될 거였다. 승연
은 유하나에게로 몸을 조금 돌려 앉았다.

"선린하고 세 번이나 계약했어요?"

"노노. 선린이 세 번째 회사예요. 운이 좋은 건지 나쁜 건
지 이번에는 여기네요. 근데 언닌 얼마 받기로 했어요?"

승연은 유하나에게 여기, 경단녀만 뽑는 자리 아니었어
요? 하고 물으려다 그만두었다. 불편한 얘기로 불필요한 거
리를 만들 필요는 없었다.

석 달 전 취업 사이트에는 '경력 단절 여성'을 뽑는다는
채용 공고가 떴다. 국내 화장품 업계 매출 3위, 중국을 중심
으로 동남아에서까지 인기 있는 한류 기업, 여성복지 우수
기업, 남자 아이돌 가수가 넌 나야, 하면서 화장품을 뺨에 대
고 윙크하는 광고. 선린 하면 떠오르는 이미지가 몇 가지 있
었다.

구인 포스터에는 한 팔로 아이를 안은 도도한 모델이 이리로 오라고 손짓을 보내고 있었다.

Comeback Mom, Come on.

승연은 홍보 문구 아래로 마우스 스크롤을 내렸다. 아기를 액세서리처럼 안고 하이힐을 신은 포스터 속 컴백맘은 자신과 거리가 먼 사람으로 보였다. 만약 지원 절차가 까다로웠거나 하루쯤 생각할 여유가 있었다면, 혹은 '100인 이상 사업장에서 영양사 근무 경력 3년 이상'이라는 요건이 눈에 띄지 않았다면 생각할 필요도 없이 화면을 닫았을 것이다.

그날도 은상은 술에 취해 거실에 웅크려 있었다. 악몽에서 깬 지호가 무섭다고 승연을 찾다가 그의 다리에 걸려 넘어졌다. 아이가 크게 울었지만 은상은 일어나지 않았다. 화가 치밀었다. 승연은 아이가 앞에 있는데도 욕을 참지 않았다. 지호를 방에 데려가 억지로 재운 후에 거실로 나와 이불을 둘둘 만 은상을 걷어찼다. 은상은 두 번 차인 뒤에 자리에서 일어났다. 둘은 어둠 속에서 서로를 주시했지만 어두워서 상대방의 표정까지 읽을 수 없었다.

거칠고 긴 말다툼 뒤, 은상은 천장을 향해 악을 쓰고 밖으로 나갔다. 승연은 현관문을 오랫동안 노려보다가 방으로 돌아와 지호의 옆에 앉았다. 창문으로 들어오는 가로등 빛이 아이의 얼굴에 희미하게 비쳤다. 언제까지 나자빠져 있는 것들을 방치하면서 살아야 하는지. 은상이 회사를 관둔 지 벌써 2년째, 떨어지는 통장 잔고만큼이나 승연의 인내도 바닥이 드러나고 있었다. 이대로는 더 버티기 힘들었다. 지호를 어딘가에 맡기고 일을 찾아봐야 했다. 문득 낮에 인터넷을 검색하다 본 '컴백맘' 포스터가 떠올랐다. 홧김에 몇 년 전에 채용 사이트에 등록해둔 이력서를 찾아 회사명만 바꾸고 입사 지원 버튼을 눌렀다. 승연이 지원서를 낸 것은 서류 마감 한 시간 전이었고, 내야 할 서류는 온라인 지원서가 전부였다.

가지고 있는 옷 중 가장 정장에 가까운 옷을 골라 입고 면접을 봤다. 형식적인 질문에 형식적으로 답하며 괜히 왔다는 후회를 했다. 영양사로 일한 경력이 7년이었다. 회사가 요구하는 경력의 두 배가 넘었고, 필수 요건인 경력 단절 여성에도 해당됐다. 하지만 잘 차려입고 차례를 기다리는 지원자들을 보니 초라한 기분이 들었다. 승연은 면접관의 마지막 질문에 "개인의 양심 때문에 회사의 기밀을 외부에 말할 수는 없다고 생각합니다"라는 하나 마나 한 답을 하고 자리에서 일어섰다.

면접이 끝나고 남녀 스킨로션 한 세트를 받아 집으로 돌아왔다. 지호는 소주병에 물을 받아 잔에 따르면서 놀고 있었다. 바닥에는 물이 흥건했고, 아침에 갈아입힌 내복은 축

축하게 젖어 있었다. 나갈 때와 같은 자세로 등을 지고 돌아누운 은상을 보니 분노가 치밀었다. 아이가 젖은 채로 승연에게 달려들었다. 승연은 아이를 안방에 데려다 놓고 거실로 나왔다. 은상을 향해 소주병을 거꾸로 쥐었다. 몸이 떨렸고, 호흡이 거칠어졌다. 한참 동안 그렇게 서 있다가 지호가 오줌을 눴다고 우는 소리에 흠칫 놀라 병을 내려놓았다. 받은 화장품은 싱크대 아래에 처박아두고 그날의 면접은 정말이지 까맣게 잊고 지냈다. 대신 지호를 맡길 어린이집을 찾았고, 아이를 돌보면서 일할 수 있는 곳을 알아봤다. 그리고 가끔씩 은상을 향해 병을 거꾸로 쥐었다.

안 부장이 근로계약서를 내밀었다. 작은 테이블에 마주 앉은 그는 회의실에서보다 한결 편안한 인상이었다. 유하나는 몇 가지 사항을 손으로 짚어 확인하고는 계약서에 사인했다. 승연은 인터넷에서 찾아본 대로 서류를 꼼꼼히 훑었다. 고용 형태, 근무 기관과 장소, 근무시간과 급여. 기대와 다르다고 거절할 형편도 아니었고, 파견직이란 사실도 이제야 알았으면서 계약서를 살피는 자신이 우스웠다. 하지만 생각해보면 대학 동기 중 정규직으로 남은 사람은 거의 없었다. 정규직이라 해도 정규직이니 비정규직이니 가르는 잣대가 의미 없을 때가 많았다. 은상도 정규직이었지만 회사가 폐업하는 바람에 입사한 지 20개월 만에 퇴사했었다. 지금 승연이 할 수 있는 건 맡은 일을 충실히 해내 파견 계약이 연장되게 노력하는 것뿐이었다.

근로계약서를 쓰지 않는 회사도 많다던데, 자신은 그런 사람들보다는 운이 좋다며 스스로를 위안했다. 집에서 40분 거리, 주간 근무, 누구나 아는 중견기업. 계약만 연장된다면 지호와 둘이 살기에 이보다 나은 조건을 찾기 어려울 것이다. 가장 잘할 수 있고, 익숙한 일이기도 했다. 언젠가, 라고 기대했던 일이 현실이 된 셈이었다.

"승연 씨는 운이 참 좋은 거예요. 자그마치 5년 넘게 쉬었잖아요. 그렇다고 전 직장이 대기업 계열사도 아니고요. 인사팀장이 밀었다는데, 혹시 아는 사이예요?"

면접에서 인사팀장을 본 적 있던가. 누군지 도통 떠오르지 않았다. 승연이 기억을 더듬는 사이, 유하나는 다 안 부장 덕분이라고 대답했다. 안 부장은 아니라고 손을 저으며 그녀가 근무하는 회사마다 처신을 잘해 평가가 좋았다고 응수했다. 승연은 전 직장에서 자신이 사람들을 어떻게 대했는지 떠올려보았다. 2년 뒤 계약을 연장하려면 무엇이든 나아져야 했다. 유하나가 안 부장에게 빈말로나마 고마움을 표하듯, 안 부장이 한참 어린 정선우 대리에게 깍듯하게 존대하듯 자신도 적절한 인사를 건네야 했다. 그러나 말은 생각처럼 쉽게 나오지 않았다.

안 부장은 두 사람의 근로계약서를 들어 서류의 각을 맞추었다.

"아무튼 인연을 맺었는데 잘해봅시다. 여기서 잘해야 계약이 연장되고, 그래야 송림도 좋고 선린도 좋고 모두 좋은 거 아니겠어요. 3개월 단위로 평가가 있으니 신경 쓰시고요. 마음에 안 드는 부분이 있어도 진짜 나갈 거 아니면 슬기롭게 넘겨요. 회사가 어디 우리 마음처럼 되나요. 그런 면에선 유하나 씨가 선배겠네요."

2

문을 두드리는 소리에 승연은 재빨리 도어록을 열었다. 재희는 승연이 당부한 대로 벨을 누르지 않고 문을 두드렸다. 다행히 지호는 깨지 않았다.

문을 밀자 들어오는 새벽 공기가 차가웠다. 승연은 찬 기운이 들어올까 봐 재희를 안으로 들이고 재빨리 문을 닫았다. 5시 5분 전이었다.

"이른 시간이라 힘들죠? 오는 데 얼마나 걸렸어요?"

재희는 머스터드 색깔의 비니를 벗고 웃으면서 많이 안 걸렸다고 말했다. 지난번 봤을 때보다 짧아진 커트 머리에, 패딩 점퍼를 입고 화장은 하지 않아서 더 소년 같은 느낌이 났다. 찬 바람을 맞은 탓에 재희의 뺨이 붉었다.

"자전거로 25분밖에 안 걸렸어요. 새벽이라 도로에 차가 얼마 없더라고요."

면접에서는 수줍게 말을 아끼는 모습이었는데, 오늘 보니 목소리가 크고 밝았다. 출근 시간에 여유가 있어서 재희가 어떤 사람인지 좀 더 지켜보면 좋으련만, 승연이 재희를 마주할 시간은 고작 10분이 전부였다. 어쨌든 약속 시간보다 일찍 도착했고, 아이가 깰 수 있으니 초인종을 누르지 말라는 승연의 부탁도 잊지 않아 새로운 돌보미에게 조금은 안도감이 들었다.

"자전거로 25분이면 상당히 먼 거린데, 정말 괜찮겠어요?"

"운동도 되고, 저는 좋아요."

승연은 재희를 만나기 전에 세 사람의 면접을 봤다. 두 사람은 구인 업체에서 소개해주었고, 한 사람은 승연이 인터넷에 올린 게시물을 보고 연락해왔다. 지원자들은 시간과 보수를 듣고는 못 하겠다고 거절했다. 오가는 교통비가 더 든다며 일하는 시간을 늘리거나 교통비를 따로 달라고 요구했다.

더 오는 연락이 없어서 포기하려던 차에 재희가 면접을 보러 왔다. 재희는 보모 경력이 없는 스물한 살의 휴학생이

었다. 귀를 반쯤 덮은 커트 머리에 'CALIFORNIA DREAM'
이라고 크게 프린트된 민트색 티셔츠를 입은 앳된 얼굴을
보고, 승연은 그녀가 아이를 돌볼 만한 사람은 아닌 것 같다
고 판단했지만 찾아온 성의가 미안해 안으로 들여 차를 내
주었다. 대신 시간을 허비하지 않으려고 일하는 조건을 빠
르고 건조하게 말했다.

"새벽 5시부터 애를 봐주다가 8시쯤 어린이집에 등원시키
면 돼요. 토요일은 8시부터 3시까지 맡아줘야 하고요. 시급
은 만 원 정도 생각하고 있어요."

재희는 단번에 알겠다고 대답했다. 너무 쉽게 승낙하는
그녀가 못 미더웠다.

"돌보미 교육도 받은 적 없고, 경력도 없는데 할 수 있겠
어요?"

"다섯 살이라면 할 수 있어요. 키즈 카페에서 5개월 정도
일했거든요. 조카가 둘 있어서 가끔 봐주기도 하고요. 혹시
몰라서 경력증명서를 갖고 왔어요."

재희는 메고 온 백팩에서 투명 파일을 꺼냈다. 정식 경력
증명서가 아닌 키즈 카페 주인이 대충 사인한 임시 확인증
같은 거였다. 카페에서 5개월 한 아르바이트와 간간이 조카
를 돌본 것을 경력으로 칠 수 있는 건가.

"무슨 일이 있어도 새벽 5시 전까지 와야 해요. 제가 야근

을 할 때는 저녁에도 애를 돌봐야 하고요."

승연은 곰곰이 생각하다가 일단 일주일만 해보지 않겠냐고 제안했다. 재희는 그러겠다고 대답했다. 아르바이트를 할 때 한 번도 지각하지 않았다면서 열심히 하겠다고 덧붙였다. 재희를 신뢰해서 내린 결정은 아니었다. 하지만 출근할 날이 얼마 남지 않았는데 뾰족한 수가 없었다. 단 며칠이라도, 마땅한 사람을 찾기 전까지는 당장 누군가에게라도 손을 빌려야 했다.

승연은 재희가 다녀간 뒤에 주 6일 오전 근무가 가능한 사람을 구인 업체에 다시 요청했다. 그러나 업체에서는 종일 돌보미가 아니면 구하기 어렵다는, 며칠 전과 같은 답을 했다. 경력이 있는 베이비시터에게 맡기는 게 아이를 위해서도 더 나은 선택인 것 같았으나, 월급에서 종일 돌보미 비용을 제하고 남은 돈으로 생활이 가능할지 의문이었다. 은상이 이렇게 간절한 건 신혼 이후로 처음이었다. 그러나 그의 전화는 계속 꺼져 있었다.

승연은 더 나빠질 수 있는 상황을 그려보았다. 언제는 쉬운 일이 있었던가. 어설픈 도우미나마 구하지 못해 출근 전날까지 전전긍긍하거나, 최악의 경우 아이 때문에 일을 포기해야 할 수도 있었다. 당장은 그런 일이 일어나지 않아 그나마 다행인지 몰랐다. 재희는 어쩌면 자신이 찾는, 시간 여유가 있고 아이를 잘 돌볼 수 있는 돌보미일지 몰랐다.

　"이건 지호 아침 챙기는 요령이고요. 이건 어린이집 약도
랑 연락처예요. 혹시 무슨 일 있으면 바로 전화 주고요."
　"걱정하지 마세요. 알려주신 대로 잘해볼게요."
　재희는 메모지를 받은 뒤 승연이 지각할 거 같다면서 휴
대폰으로 시간을 보여주었다. 승연은 자는 지호를 가만히
쓰다듬고 집을 나섰다. 떨어지지 않을 것 같던 발이 시간이
촉박해지자 저절로 움직였다. 현관문을 밀고 집을 나서자
찬 기운이 얼굴을 감쌌다. 바깥은 아직 어둠이었다. 식당에
출근하는 첫날이었다.

*

　출입문을 열고 식당 안으로 들어서자 냉기와 수증기가 동
시에 느껴졌다. 벽 너머로 들려오는 칼질 소리에 승연은 영
양사실로 들어가려다 말고 주방으로 발길을 돌렸다. 가스레
인지에 올려놓은 냄비의 뚜껑이 들썩거리며 허옇게 김이 올
라왔다. 조리장과 새벽조를 번갈아 맡는다는 장 여사가 냄
비 옆에서 재료를 다듬고 있었다. 벽시계가 5시 52분을 가리
키고 있었다.

"일찍 출근하셨네요."

장 여사는 무를 썰다 말고 고개를 돌렸다. 가스 불에서 올라온 온기가 훅 끼쳤다. 그녀는 머릿수건도 조리용 마스크도 하지 않은 채 반팔 티셔츠에 빨간 앞치마를 두르고 있었다. 인중에는 송골송골 땀이 맺혀 있었다. 승연은 장 여사의 눈앞까지 흘러내린 머리칼이 식재료에 떨어지지 않을까 걱정하며 괜히 자신의 옆머리를 귀 뒤에 꽂았다.

"춥지 않으세요? 히터 켜고 하시지."

승연은 앞머리로 간 눈길을 거두고 맞은편에 있는 온풍기를 켰다. 전원을 누르자 기계는 큰 소리를 내며 찬 바람을 일으켰다.

타고난 성격보다 밝은 척, 날이 추워 같이 일하는 사람을 걱정하는 척. 승연은 그런 표정을 지으려고 애쓰며 장 여사를 돌아봤다. 어느 순간 회사 사람들은 승연이 싹싹함을 가장하고 있다는 걸 알아챌 것이다. 하지만 승연은 그런 제 모습을 최대한 감추고 싶었다. 이곳의 일을 모두 파악하기 전까지는 불안을 조금도 내비치고 싶지 않았다.

장 여사가 승연을 멀뚱히 쳐다봤다. 그녀의 팔꿈치에서 땀인지, 음식을 하다 튄 물방울인지 모를 액체가 도마에 떨어졌다.

"더워서 반팔 입고 일하는 거 안 보입니꺼?"

어느 지방 사투리인지 감이 오지 않았다. 승연은 장 여사의 말에 대꾸할 말을 찾지 못하고 손을 비볐다. 아무리 주방에서 음식을 한다 해도 2월 말 새벽 날씨가 덥다니, 그녀의 말을 잘못 이해했다고 생각하며 외투 위로 팔을 감쌌다. 싸늘한 기운에 손등에는 소름이 돋았다. 장 여사는 얼굴을 구기고 이마를 훔쳤다. 이마에서 땀이 떨어져 냄비 뚜껑에 하얀 흔적이 남았다.

장 여사에 대해 아는 거라곤 주방에서 가장 오래 일한 사람이란 사실뿐이었다. 그녀는 승연에게 친한 척 굴지 말라고 선을 긋고 있었다.

"죄송해요. 추우실까 봐 그랬어요."

장 여사가 무를 다시 썰었다. 조식 식단이 고등어무조림이란 게 어렴풋이 떠올랐다.

승연은 서둘러 사무실에 들어가 가방을 놓고 옷을 갈아입었다. 영양사복은 세탁한 지 오래되었는지 배 부분에 누런 기름이 길게 얼룩져 있었다. 신유라. 전 영양사의 이름인 듯 왼쪽 가슴에 새겨진 세 글자가 눈에 들어왔다.

국물과 건더기를 섞어 적당히, 400인 식사량에 맞춰 넘치지 않게 나눌 것. 승연은 겨우 50여 명의 국을 푸고 숨을 몰아쉬었다. 오랜만에 긴장하며 일한 탓에 팔이 무거웠다. 맛있게 드세요, 하는 인사말을 웃으면서 하고는 있는지 도무지 정신이 나지 않았다. 승연이 마지막으로 근무한 곳은 120여 명이 일하는 공장이었다. 그때처럼 빤한 일이라고 생각했는데, 배식 시간은 짧았고 사람들은 한꺼번에 몰렸다. 어떻게 국을 담고 음식을 배분했는지 기억이 흐릿했다.

승연은 잠시 틈이 날 때마다 국자를 국통에 걸쳐놓고 저린 팔을 주물렀다. 조식은 긴장감에 버텼지만 점심이 되어 사람들이 몰리자 팔이 마비되는 기분이었다. 어느새 들어온 사람들이 식판을 집고 있었다. 승연은 한숨을 숨겨 인사하고는 시래깃국을 다시 퍼 들었다.

"첫 출근이시죠?"

남자가 식판을 내밀고는 웃었다.

"아아, 예."

남자가 국을 받으며 말했다.

"이번에는 오래 하세요. 또 금방 나가지 마시고요."

승연은 몇 무리의 사람들이 식판을 들고 지나갈 때까지 남자의 말을 곱씹었다. 하지만 사람들이 계속해서 몰렸다. 찝찝한 말인 것 같은데 골똘히 고민한 틈이 생기지 않았다. 그저 국을 엎지르지 않으려고 국자를 드는 데만 안간힘을 쓸 뿐이었다.

식사합시다. 조리장의 말에 사람들은 수저를 들었다. 오후 2시 30분. 지호가 어린이집에서 낮잠을 잘 시간이었다. 승연은 지호를 잊고 지낸 몇 시간이 거짓말처럼 느껴졌다. 점심은 먹었는지, 떼를 부리고 울어 눈총받고 있지는 않은지. 아이가 보채는 소리가 가까이서 들리는 듯했다.

승연은 반찬을 집으며 주변을 흘깃거렸다. 매니저가 보이지 않았다. 식당에서 일하는 사람은 매니저와 조리장, 장 여사와 두 명의 일용직 조리원, 영양사 승연까지 모두 여섯이었다. 매니저는 총무팀과 의견을 조율하고 식자재 업체와 인력을 관리하는 등 굵직한 식당 행정을 맡았고, 식사 시간에는 고객을 응대했다. 승연은 식단 구성과 식재료 관리, 업체 대금 처리 같은 문서 작업을 담당했고, 식당으로 들어오는 '고객의 소리'를 처리했으며, 주방과 식당의 위생을 감독했다. 식당에 나와 배식을 돕고, 재료가 갑자기 떨어지거나 품질에 문제가 있을 때는 직접 시장을 보기도 했다. 조리사 일까지 봤던 예전보다 업무 가짓수는 줄었으나, 식당 규모가 크고 식사량도 몇 배로 늘어 챙길 일은 더 많았다. 조리장은 승연과 상의해 음식을 총괄했고, 장 여사는 조리장을 도와 조리원들과 음식을 만들었다. 식당 매니저가 따로 있다는 것과 직원 식사가 끝나는 오후 1시부터 2시까지 외부 고객을 더 받는다는 것을 빼면 다른 보통의 회사 식당과 다를

바 없었다.

조리원 중 한 명이 승연과 눈을 맞추며 웃었다.

"일은 할 만하세요?"

다른 조리원도 입에 음식을 문 채 승연을 쳐다봤다.

"그럭저럭요. 앞으로 나아지겠죠."

승연이 대답하자 조리장이 고개를 들었다. 장 여사는 느리게 음식을 씹고 있었다. 어색한 정적이 흘렀다. 승연은 뭔가 다른 말을 꺼내야 할 것 같은 기분이 들었다.

"매일 식사를 같이하시나 봐요."

조리장이 건성으로 고개를 끄덕였다.

어렵지 않은 질문을 편하게 하는 게 승연은 늘 어려웠다. 말을 하면서 자신에게 향하는 이목이 부담스러웠고, 동료 사이에 나눌 수 있는 가벼운 농담이 불편할 때도 있었다. 원래 가진 내성적인 성향도 그렇지만, 5년 전 직장을 관두면서 시작된 불신 때문에 사람을 대하는 게 더 힘들어졌다. 퇴사 후 1년 넘게 잠깐 하는 외출조차 가능한 피하고 살았다. 지금은 많이 나아졌지만 낯선 사람들을 마주하면 저도 모르게 몸이 굳었다. 먼저 묻고, 대화를 이어 가는 건 바짝 노력한다고 되는 게 아니었다.

"다들 솜씨가 좋으세요. 그래서 외부에서도 많이 찾아오는 거 아닌가요?"

나름의 칭찬을 담고 싶었다. 말을 더 잇고 싶기도 했다. 승연은 시래기짜글이를 흰밥에 올리고 조리원들을 보며 웃었다. 아직은 조리장과 장 여사같이 오래 근무한 사람들에게는 말을 편하게 걸기 힘들었다. 조리원 한 사람이 장 여사의 눈치를 보며 말했다.

"다 여사님 손맛이죠. 나라면 밖에서 식당을 차리겠어."

장 여사가 식탁에 젓가락을 탁, 하고 내려놓았다. 사람들이 일순 조용해졌다. 장 여사는 말없이 조리원들을 둘러봤다.

"다른 데 신경 쓰지 말고 식단이 괜찮은지, 맛이 강한지, 재료가 상해서 문제가 되는지만 살펴보이소. 우린 계속 주방에 있어서 보고도 몰라요. 친해져봤자 말만 만들지 그게 무슨 대수라고."

분명 승연에게 하는 말이었으나, 장 여사는 승연을 쳐다보지도 않고 말했다. 그녀는 승연이 대답하기 전에 식판을 들고 자리에서 일어섰다. 조리원 한 명이 장 여사가 주방으로 들어가는 걸 확인하고 목소리를 죽여 말했다.

"아주 나쁜 사람은 아니에요. 저한테도 처음엔 그랬거든요."

다른 조리원이 말을 받았다.

"그게 나쁜 거지. 말 좀 부드럽게 하면 안 돼? 예전 영양사한테도 그러더만. 저렇게 하는데 우리라고 자기 눈치를 안 보겠느냐고."

조리장이 그들을 보고 웃었다. 툴툴대던 조리원이 커피를 내오겠다며 자리에서 일어섰고, 다른 조리원은 테이블에 널린 빈 그릇을 종류별로 분리해 쌓았다. 승연은 식기를 쟁반에 올리고 식탁에 떨어진 반찬을 행주로 훔쳤다. 그리고 쟁반을 들고 일어서려는데, 조리장이 승연의 소매를 잡았다.

"영양사님, 저 잠깐 시간 좀……."

"왜 이러세요!"

승연은 반사적으로 소리를 지르며 조리장의 손을 밀쳐냈다. 그 바람에 들고 있던 쟁반을 놓쳐 국과 반찬이 바닥에 나동그라졌다. 큰 소리에 놀라 주방 사람들이 두 사람을 돌아봤다.

"아, 그게 아니라요."

조리장은 당혹스러운 얼굴로 바지에 튄 음식을 털어냈다. 승연은 똑바로 조리장을 쳐다볼 수 없었다. 그저 말을 걸려고 옷을 잡아당긴 걸 가지고도 이러는데 어떻게 사람들과 어울려서 일을 한다는 건지. 실수한 척 허둥대는 꼴이라도 보여야 하는데 조리장을 이해시킬 만한 변명이 생각나지 않았다. 승연은 바닥에 쪼그려 앉아 맨손으로 쏟은 반찬을 쓸어 담았다. 조리장이 행주를 내밀었다.

"이렇게 놀랄 줄 몰랐네요. 사람들 하는 말에 신경 쓰지 말라고요. 그 말 하려고 했습니다. 일하러 왔으니까 일만 하면 되죠. 장 여사님은 한 달에 한 번, 회장님 상을 차리는 분이세요. 본부장이 고향에서 모셔 왔다는데…… 불편하면 멀리 지내도 돼요. 저도 그러고 있으니까요."

조리장은 말을 더 하려다 말고 대충 치워요, 하면서 승연이 치운 쟁반을 대신 들고 일어섰다. 승연은 고개도 들지 못하고 첫날이라 긴장해서 그렇다는 말만 중얼거렸다. 더 어색해지면 안 된다는 생각에 따라 일어나지 않고 음식물이 묻은 손으로 팔목을 주물렀다. 배식할 때와 다른 묵직한 통증이 가슴에서 올라와 어깨를 타고 손끝까지 전해졌다.

*

지호의 손이 푹신하게 승연의 볼에 닿았다. 승연은 눈을 다 뜨지 않고 자신의 얼굴을 더듬는 아이의 손가락을 잡으며 간지럽다고 웃었다. 겨우 나흘을 근무했는데 몸은 피로를 못 이겼는지 좀체 일으켜지지 않았다. 조금만 더 자라고 달랬지만, 아이는 아침 7시부터 일어나 심심하다고 졸랐다. 어느새 어린이집 가는 시간에 익숙해진 모양이었다. 승연은 지호를 안아 등을 토닥였다. 언젠가 TV에 개그맨이 나와 피곤할 때 아이를 보는 방법이라고 소개했던 게임이 생각났다.

"지호야, 지금부터 엄마랑 재밌는 게임 할까? 누가 오래 눈 감고 있는지 내기하는 건데, 먼저 눈을 뜨거나 자리에서 일어나면 지는 거야. 엄청 쉽지?"

지호는 게임이란 말에 신나서 똑바로 누웠다. 시작! 승연이 외치자 아이는 눈을 감았다.

"엄마, 눈 감았어? 난 눈 감았는데. 그럼 내가 이기면 뭐 해줄 거야? 곰 젤리 줄 거야? 한 개? 두 개? 엄마, 근데 나 쉬 마려워도 일어나면 안 돼? 택배 아저씨가 띵동 하면 누가 문 열어주지? 갑자기 도둑이 들어오면 어떡해? 우리 도망쳐야 하잖아."

지호는 얼굴까지 찡그려 눈을 꾹 감고는 쉴 새 없이 종알거렸다. 승연은 아이를 보고 웃느라 피곤함도 잊고 완전히 정신을 차렸다.

"우와, 우리 지호 할 말이 지인짜 많았구나. 엄마가 졌네. 지호가 이겼어. 지호가 이겼으니까 빨리 상품으로 곰 젤리 줘야겠다."

지호는 벌떡 일어나 손바닥을 펼치고 열 개를 달라고 말했다. 아이가 알고 있는 가장 큰 숫자였다. 승연은 알록달록한 젤리 열 개를 손바닥 위에 올려놓고 아이의 엉덩이를 가볍게 두드렸다.

아이는 기분이 좋아서 세수하는 내내 동요를 불렀다. 승연은 지호의 얼굴을 씻기며 엄마가 없으면 재희 언니랑 뭘 하느냐고 물었다. 지호는 '아기 상어'를 흥얼거리다 말고 두 손을 모아 자는 동작을 했다. 밥은 어떻게 먹냐고 묻자 입술을 가리키며 입으로 먹는다고 대답했다.

"그럼 재희 언니가 밥도 먹여줘? 엄마 반찬으로?"

지호는 냠냠 소리를 내더니 승연의 품에서 벗어나 방으로 도망쳤다. 미끄러진다니까! 승연이 거품 묻은 손을 얼른 닦고 뒤를 쫓았다. 아이는 젖은 발로 몇 바퀴째 술래잡기를 하다가 승연에게 붙들려 깔깔거렸다.

평일 아침 세 시간, 토요일엔 오후 3시까지 지호가 어떻게 시간을 보내는지 알 길이 없었다. 고작 나흘을 출근했는데 벌써 이틀이나 재희에게 지호의 하원을 맡겼다. 재희는 군말 없이 아이를 더 돌봐줬다. 집에서 지호는 뭘 하고 지낼까. 앞으로도 자주 지호를 길게 맡길지 모른다고 생각하니 머리가 지끈거렸다. 승연은 재희 언니가 어떠냐고 물으며 천장을 둘러봤다. 재희에게 허락을 받아 CCTV를 설치해야 하나. 돌보미를 두는 집에서는 거의 그렇게 한다던데. 지호는 언니 웃겨! 엄청 좋아! 하고 소리치며 승연의 품에서 벗어나 다시 방을 돌기 시작했다.

*

승연은 닭가슴살볶음과 같이 내놓을 대합맑은국에는 청양고추를 빼야겠다고 생각하며 조개를 살폈다. 한 끼에 매운 음식을 두 개나 올리면 불만이 나오기 쉬웠다. 상반기 식당 만족도 조사에서 좋은 결과를 내려고 '단백질 식단 주간'을 급히 기획했는데, 맛에 대한 불만 때문에 일을 그르치면 곤란했다. 이 회사에 입사해 처음으로 고객들에게 업무를 평가받는 거라서 정말이지 잘 해내고 싶었다.

두 손에 대합을 하나씩 쥐고 가볍게 부딪쳤다. 타악타악, 소리가 청명해야 신선한 것인데 탁한 소리가 섞여서 났다. 수산 시장에서 바로 온 것치곤 상태가 신통치 않았다. 미세하게 퀴퀴한 냄새도 돌았다. 승연은 고개를 갸웃거리며 냉장고에 조개를 넣었다. 식자재 업체에 연락해서 재료를 바꾸고, 조리장이 출근하면 상의해 메뉴를 변경해야 할 것 같았다. 냉장고를 닫는 소리에 장 여사가 돌아봤다.

열흘이 채 되지 않아 승연은 바뀐 일상에 얼마간 적응했다. 근육통도 일주일이 지날 무렵 거의 사라졌다. 출근하면 조리 도구와 주방이 청결한지, 식자재가 발주 내역에 맞게 도착했고 상한 재료는 없는지부터 체크했다. 승연이 식자재와 식기를 살피는 사이 장 여사와 조리원들은 그날 쓸 재료를 다듬었다. 매니저는 조리 준비를 마칠 때쯤 출근해 아침 조회를 했다. 물론 식당 사람들과 손을 맞잡고 "오늘도 맛있게, 오늘도 건강하게!" 하고 구호를 외치는 건 2주가 지나도 적응이 안 되었다.

승연은 음식이 만들어지는 과정을 살피고, 간을 보고, 배식을 도우며 사람들의 말투와 버릇을 눈여겨보았다. 그리고 그들의 성향에 맞춰 꺼리는 행동은 되도록 피하려고 노력했다. 한 달 치 식단이 이미 짜여 있어 기획 식단이 아닌 일반 메뉴에는 당장 관여할 수 없었다. 조리장과 조리원들이 음식이 어떠냐고 물으면 소금이나 액젓 같은 조미료와 마늘과 생강, 고춧가루 등의 양념을 더 쓰거나 덜 쓰라고 소심하게 말할 뿐이었다. 다음 주부터는 자신이 계획한 식단으로 음식이 나갈 테니 그때는 조리법과 영양소가 어떻게 조화하는지 자세히 설명해야지. 승연은 슬슬 자리를 잡아가는 자신의 모습을 그리며 성취감 비슷한 감정을 느꼈다.

"대합을 그렇게 보는 건 어떻게 알았수?"

승연은 자신에게 묻는 소리인 줄 모르고 주변을 두리번거렸다. 주방엔 둘밖에 없었다. 장 여사는 애호박된장국에 쓸 멸치 육수를 내고 있었다. 육수에서 나는 수증기로 얼굴이 번들거렸다. 그녀는 입을 쭉 내밀며 커다란 육수통을 힘을 줘 건져냈다.

"전에 일했던 공장 식당에서 장을 직접 봤어요. 재료가 상하면 제가 변상해야 해서요."

장 여사가 육수통을 싱크대에 털썩 내려놓았다. 커다란 육수통에서 수증기가 올라와 장 여사 주위에 부옇게 퍼졌다. 그녀가 앞치마로 얼굴을 훔치며 말했다.

"상태 안 좋은 거 몇 개 건지고 양념 세게 해서 내놓으라고 할 낍니다. 국은 맑은 게 아니라 얼큰한 탕으로 끓이라고 할 끼고."

승연이 굳이 지적하지 않아도 식당에서 그런 의견을 낼 권한이 있는 사람은 매니저 단 한 명이라는 걸 장 여사가 모를 리 없었다. 그러나 승연은 장 여사가 하는 말보다 그녀가 말을 거는 게 신기해 대답도 하지 않고 멀거니 쳐다봤다. 무심하게 신경 쓰는 말투가 오히려 당혹스러웠다. 장 여사 말대로 하면 괜찮을 터였다. 다만 식재료에 민감한 직원은 알아차릴 수 있고, 단체 급식에서 문제가 생기면 책임은 영양사에게 돌아온다는 몇 번의 경험이 있어서 망설여졌다.

장 여사는 연신 손부채질을 했다.

"더위를 많이 타시나 봐요."

장 여사가 고개를 끄덕였다. 젖은 머리칼이 이마에 들러붙어 움직여도 떨어지지 않았다. 승연은 키친타월을 찢어 장 여사에게 내밀었다.

"여사님, 죄송한데요. 재료 준비할 때도 머릿수건 좀 해주세요. 음식에 그, 땀이 떨어질까 봐 걱정돼서요."

장 여사가 타월을 받아 싱크대에 올렸다. 그러곤 아무 말 없이 철제 수납장을 뒤졌다. 겨우 말을 텄는데 괜한 얘기로 찬물을 끼얹었구나, 승연은 당연히 했어야 할 말이라고 생각하면서도 말을 뱉어버린 것을 후회했다.

"이라문 되지예?"

장 여사가 찾은 물건은 머릿수건이었다. 눈썹까지 눌러쓴 머릿수건은 끝이 들려 장 여사의 머리에 세모꼴로 올라왔다. 표정은 심각한데 고깔처럼 쓴 빨간 수건이 우스꽝스러워 승연은 입을 가리고 웃음을 참았다. 그러거나 말거나 장 여사는 키친타월로 이마의 땀을 문지르고 냉장고로 가된장을 퍼 왔다.

쓸데없이 겁을 먹었는지도 모른다. 장 여사의 말투나 태도가 냉랭한 건 습관이지 다른 뜻이 있어서가 아닌 것을. 그동안 빨리 적응해야 한다는 생각에 촉각을 곤두세웠다. 외부 직원인 자신에게 텃세를 부리는 사람이 혹시라도 있을까봐 걱정했다. 그들이 만든 울타리에 들어가지 못해 궁지에몰리면 어쩌나 하는 생각에 주변을 경계했다. 그런데 불현듯, 그런 예민함이 애당초 필요했을까 하는 의문이 들었다. 장 여사는 그저 주방 아주머니였고, 다른 조리원들도 언제

못 볼지 모를 시간제 일용직이었다. 매니저와 조리장은 일에 바빠 승연에게 관심을 두지 않았다. 승연이 거리를 두고 빌미를 주지 않는다면 해를 끼칠 사람들이 아니었다.

내내 전 직장을 떠올리며 살았다. 그곳과 여기는 엄연히 다른 곳인데도 헤어나기 힘들었다. 이곳은 큰 기업답게 계약서와 매뉴얼에 따라 일을 진행했다. 이런 곳에서 단지 같이 근무했다는 이유로 다른 사람의 책임을 묻거나, 근거 없는 소문을 두고 조사도 제대로 하지 않고 직원을 내치는 일은 없을 것이다. 어쩌면 승연이 하는 걱정은 사람들과 어울려 일하는 데 걸림돌이 되고 있는지 몰랐다.

승연은 장 여사의 머릿수건을 잡아당겨 고쳐주었다. 장 여사는 덥다며 손사래를 치고 물러서서 찬물에 애호박을 씻었다.

*

점심시간이 지난 식당은 휑뎅그렁했다. 입을 닦고 구긴 티슈와 짝을 잃고 바닥에 떨어진 젓가락, 쓰레기통에 잘못 버려진 요구르트병, 볼펜이나 머리핀, 메모지 같은 식당과 어울리지 않는 물건들도 곳곳에 널려 있었다. 아침 배식을 마치고 텅 빈 식당에는 얼마 뒤에 점심 손님이, 조금 지나면 저녁 손님이 꾸역꾸역 밀려들 거였다.

승연은 바닥에 떨어진 수저 몇 개를 집어 설거지통에 넣고 영양사실로 들어갔다. 입사하고 일주일이 될 때까지는 마지막 손님이 식사를 하고 나가면 일을 거들려고 주방에 남았다. 한 주가 지나자 매니저가 승연을 불렀다.

"그건 조리원들이 할 일이잖아요. 영양사님이 당장 할 작업이 얼마나 많은데 언제까지 남의 일만 도우려고 하세요? 안 그러셔도 됩니다."

승연은 영양사 가운을 벗어 옷걸이에 걸었다. 팔에 묻은 닭강정 소스가 굳어 지저분했다. 가운 앞섶의 누런 기름때도 전보다 커진 것 같았다. 늦게 퇴근해서 피곤한 와중에도 뜨거운 물에 손빨래를 했는데 찌든 때는 지워지지 않았다. 영양사복을 교체하면 될 것을 물품 구매 시스템을 사용할 엄두가 안 나 차일피일 미루고 있었다. 영양사복이 깔끔해야 한다는 것은 알지만 급한 서류를 처리하다 보면 개인 물품 정비는 뒷전이 되었다. 수북이 쌓인 서류와 영수증, 벽을 둘러 붙인 메모지도 문제였다. 전임자가 인수인계 없이 퇴사해 남기고 간 것들을 해석하는 데 시간이 걸렸고, 양도 많아서 정리할 엄두조차 나지 않았다. 신유라 위로 최승연, 이라고 적은 스티커가 떨어질 듯 말려 올라갔다.

머그잔에 믹스커피를 털었다. 물을 붓고 커피 알갱이가

사라지는 것을 보며 승연은 평온함을 느꼈다. 한때 익숙했으나 어느새 낯설어진 커피의 감각. 마음은 바빠 가는데 아직도 눈치를 보느라 일을 서두르는 데 주저하고 있었다. 승연은 뜨거운 커피를 천천히 넘겼다.

가안으로 작성한 다음 달 식단표를 인쇄했다. 늦은 오후까지는 식단을 확정해야 내일 조리장과 회의할 수 있었다. 날짜별로 식단을 짚으며 소리 내서 확인했다. 갈비찜과 고추잡채는 저밀도 콜레스테롤 수치를 높여서 같이 놓으면 안 돼. 화장품 회사니 몸매에 신경 쓰는 사람들도 많겠지. 잡채 대신 된장유채나물무침으로 바꾸고. 부대찌개랑 딱새우장은 염도가 높은데 왜 같은 끼니에 넣은 거지? 부대찌개는 황태콩나물국으로 변경. 총무팀에서 회사와 자매결연한 지역의 부추와 자색 양파를 식단에 넣으라고 했는데 어떤 메뉴로 끼워 넣어야 하나. 승연은 이미 짠 식단을 들여다보며 고민에 빠졌다. 생각은 바로 떠오르지 않는데 아무도 방해하지 않는다는 사실이 묘한 안정감을 주었다. 일주일 치 식단까지 수정하면서는 식곤증으로 하품이 나기조차 했다. 커피를 더 마셔야 하나. 승연은 뭉친 어깨를 두드리며 머그잔을 내려다봤다.

전화벨이 울렸다. 승연은 갑작스러운 소리에 놀라 반사적으로 수화기를 들었다. 인사팀 정선우와 총무팀 담당자가 한두 번 전화를 건 것을 제외하고 벨은 거의 울리지 않았다. 영양사실입니다, 하는 말을 가까스로 뱉을 때까지 승연은 전화기를 들고만 있었다. 상대가 숨을 크게 몰아쉬고 말했다.

"영양사신가요?"

젊은 여자였다. 신경질적인 말투에 승연은 바로 대답하지 못했다.

"구내식당 아니에요?"

승연은 그제야 네, 하며 짧게 대답하고 전화를 건 사람이 누구일까 고민했다.

"제가 영양산데요. 어디시죠?"

이번에는 수화기 반대편에서 뜸을 들였다. 승연은 다시 물을까 고민했으나 어쩌면 대금 처리가 안 된 식자재 업체 담당자거나 식단에 항의하는 고객일지 몰라 잠자코 기다렸다. 여자가 짧은 숨을 왈칵 내쉬었다.

"새로 왔다는 영양사, 맞죠?"

"네, 그런데요."

"이미 뽑아놓고도 오랫동안 비워놓는다 했는데, 드디어 앉혔네요."

"죄송한데 누구시죠?"

"알 것 없고요. 그 자리, 얼마나 갈 거 같아요?"

"……."

"남의 자리가 그렇게 좋으냐고요."

3

관리실 직원 하나가 승연의 어깨를 붙잡고 거칠게 흔들었다. 승연은 움켜쥔 손을 밀쳐내며 빠져나오려고 했지만, 그럴수록 악력은 더욱 세질 뿐이었다. 둘을 에워싸고 다른 직원들이 목청을 높였다. 그들은 입을 맞춘 듯 비슷한 말을 반복했다. 공장장은 실랑이를 벌이는 직원들에게서 멀찍이 거리를 두고 앉아 있었다.

"황 과장 어딨어? 그 자식 어디다 빼돌린 거야!"

"이거 왜 이러세요? 놔요, 놓으시라고요!"

승연은 직원의 손에 붙들린 채 자신을 왜 몰아붙이는지 이유를 따졌다. 어깨를 흔드는 손을 밀어내느라 팔목이 욱신거렸고, 사방이 어지러웠다.

"왜 이러냐고? 완전 오리발이네. 니들이 짜고 공장 돈 빼돌렸잖아. 어디서 뻔뻔하게 모른 척해!"

"대체 무슨 소릴 하시는 거예요? 그게 말이나 돼요?"

야간 근무자를 위한 저녁 식사를 준비하던 중 관리실 팀장이 승연을 급히 호출했다. 한껏 올라간 음성에 무슨 일이 벌어진 거라고 짐작했으나, 자신의 일일 거라고는 생각하지 않았다. 공장에는 혈기 넘치는 나이의 노동자들이 많았고, 그들끼리 싸우거나 다툼이 생긴 사람들을 말리느라 언성이 높아지는 일이 자주 있었다. 승연은 그런 종류의 문제일 거라고 여기며 공장장실 문을 열었다. 그곳에는 관리실 직원 넷과 공장장이 험악한 분위기로 모여 있었다. 팀장이 그들 앞에 승연을 세웠다. 그리고 그날 밤 승연은 자정이 넘어설 때까지 직원들에게 붙들려 추궁을 당해야 했다. 어떤 해명이나 설명도 승연에게 허락되지 않았다.

집으로 돌아온 승연은 여전한 공포에서 벗어나지 못했다. 가만히 있어도 누군가가 자신을 잡고 흔드는 것처럼 현기증이 일었다. 불도 켜지 않고 어두운 방에 몸을 말고 누웠다. 누운 자리를 둘러보며 아무도 없는 안전한 집임을 확인했지만 뛰는 가슴이 진정되지 않았다. 은상은 전날도 늦게 오더니 기척도 없이 이른 새벽에 출근했다. 이불을 걷어차고 불을 환하게 켰다. 그들이 한 말을 아무리 상기해도 승연이 황 과장과 함께 자금을 빼돌렸다는 것은 사실이 아니었다. 황 과장이 횡령했다는 돈이 얼마인지, 심지어 자신이 왜 공범으로 지목되었는지 이유조차 몰랐다. 승연이 공장장 앞에서 사실을 부인하자 관리실 직원들은 거짓말하지 말라고 승연을 몰아붙였다. 필사적으로 두 손을 내저으며 날뛰는 사람들을 보고, 일을 꾸민 건 그들일 거라고 승연은 확신했다. 관리실 직원들은 황 과장과 함께 빈 식당에 모여서 회의를 하곤 했었다. 낮은 목소리로 조용히 얘기하는 사람들을 방해하지 않으려고 자리를 비워주었다. 그때 승연이 한 일은 식당 냉장고에 있던 피로회복제를 내준 것밖에는 없었다.

퇴근 시간이 지날 무렵 관리실 팀장에게서 문자가 왔다.

우리가 황 과장이랑 당신이 붙어먹은 거 모를 줄 알았어? 그 새끼 안 잡아 오면 출근할 생각은 하지도 마. 그리고 공장장이나 경찰서에 찾아가서 억울하다고 헛소리했다간 사기에 횡령죄까지 다 물을 거니까 잔말 말고 돈이나 뱉어내!

승연은 온종일 팀장의 문자를 곱씹으며 천장만 노려봤다. 잘 지냈다고 생각했던 동료들에게 배신감이 들어 견딜 수 없었고, 그들이 하는 말에 무력하게 당한 자신이 기가 막혔다.

밤새워 고민한 끝에 승연은 자신이 황 과장에게 철저히 이용당했다는 사실을 깨달았다. 2년을 병원에서 영양사로 근무하다 병원이 지방으로 이전하는 바람에 그만두고 간신히 잡은 직장이었다. 공장은 잠시 일을 하다 관두는 사람이 많아 분위기가 거칠었지만, 영양사로 지내기에는 안정적인 곳이었다. 흘러가는 사람들 속에서 붙박이로 자리 잡은 관리실 직원들 사이에 있으면 오랫동안 그곳에서 일한 것 같은 착각이 들기도 했다. 그중에서 황 과장은 성실하고 사람이 좋아 주변에 사람이 끓었고, 매출과 인력 문제에 민감한 공장장이 따로 불러 상의할 만큼 내부에서 신뢰도 받고 있었다. 승연도 그를 믿을 만한 사람이라고 여겼다. 그는 승연이 부담을 느끼지 않는 선에서 출퇴근과 휴가를 배려했고, 공장 사람들과 마찰이 생기면 중재에 나서줬다. 승연은 그걸 동료가 베푸는 배려라고 해석했다. 그래서 공장장의 눈에 나지 않고, 뜨내기들만 조심하면 그곳에 오래 머물 줄 알았다. 사람들이 선호하는 식단으로 식당을 운영하고, 황 과장이 공장 운영비를 처리하기 힘들어할 때 전표를 대신 처리해주어 일을 도왔다. 하청 업체에서 대금 처리를 잘못했다고 할 때는 자신의 통장으로 돈을 받아 황 과장에게 건네주기도 했다. 하지만 승연이 느꼈던 동료애는 그저 황 과장이 오랫동안 세운 계획의 일부였을 뿐이었다.

승연은 다음 날 공장에 출근했다. 더욱 싸늘해진 분위기를 느꼈으나 이대로 관둘 수는 없었다. 식당에 들어서자 조리원들이 시선을 주고받더니 승연의 주위를 천천히 둘러쌌다.

"우린 승연 씨가 시장에 자주 가길래 장 볼 게 많아서 그런 줄만 알았지. 근데 그 시간에 그 사람 만났었다며? 언제부터 둘이 그랬던 거야?"

"아니라는 거 아시면서 왜들 이러세요?"

협박이나 폭력보다 무서운 건 그녀의 편에서 말해주는 사람이 아무도 없다는 사실과 승연이 당연히 잘못했을 거라고 믿는 대부분의 사람들이었다. 호의적이었던 식당 조리원들마저 승연이 식자재 비용을 과다하게 청구해 자금을 빼돌렸다는 관리실 직원들의 말을 그대로 믿고 있었다. 관리실 팀장은 그 증거로 승연이 황 과장에게 넘겼던 돈을 말했다.

조리원들과 대치하는 사이 관리실 직원들이 식당에 쫓아왔다.

"그 새끼 잡아 왔어? 아니면 돈이라도 찾아온 거야? 그것도 아니면서 여기가 어디라고 기어 나와!"

"저는 아니라고요. 아니라고 몇 번이나 말했잖아요!"

승연은 관리실 직원들 손에 다시 밖으로 내쳐졌다. 자꾸만 아래로 떨어지는 고개를 힘주어 들고, 자신과 관계없는 일이라고 악을 썼지만 가동되는 기계 소음에 목소리는 묻히고 말았다. 진공관 속에 갇혀 세상의 모든 소리가 웅웅대는 것 같았다.

　그 일로 몇 차례 공장에 찾아가고, 관리실 직원들이 집에 쫓아와 황 과장과 돈의 행방을 추궁하는 바람에 지호의 출산에 이르러서 승연의 몸무게는 임신 전보다 적게 나갔다. 어처구니없었지만 승연조차 자신이 오해를 살 만한 행동을 한 건 아닌지 스스로를 돌아보기도 했다. 그 사건이 있고 한참 뒤에 황 과장이 들고 사라진 돈은 법적으로 찾을 수 없는 비자금이라 공장에서 결코 신고할 수 없다는 사실을 알게 되었다. 승연이 그만두고 3년 뒤에 공장은 문을 닫았다.

*

　대야에 담가놓은 무가 수돗물을 받고 찰박찰박 소리를 냈다. 식당 양옆에 세워둔 온풍기 돌아가는 소리가 요란했다. 티브이에 냉동고와 냉장고, 환풍기 소음까지 합쳐져 조리원들은 승연이 들어오는 줄도 모르고 큰 소리로 떠들었다.

　"우리가 모르는 일이 어디 한둘이겠어? 전 영양사도 건드렸다잖아."

　"걔는 정규직 시켜달라고 막 위에다 들이댔다는데?"

　"한 달밖에 같이 안 있어서 모르지만, 사람 참 알 수 없어. 그래도 예뻤잖아."

"이쁘긴 했지. 그래서 우리가 안전한 건가?"

둘은 그러고 한참을 키득댔다. 승연은 걸음을 멈추고 그 자리에 섰다. 남의 이야기를 떠들어대는 게 분명했고, 승연은 그걸 듣고 싶지 않았지만 돌아서면 인기척이 날지도 몰랐다. 괜히 얼굴 붉히는 상황에 놓이긴 싫었다.

"그래도 힘없는 학생한테까지 그러면 안 되지."

"에이, 형님은. 그럼 힘 있으면 그래도 돼요?"

"하긴 네 말도 맞다."

둘이 웃는 사이 누군가 승연의 어깨를 두드렸다. 조리장이었다. 승연은 놀라서 얼른 고개를 꾸벅했다.

"뭐 해요?"

조리장은 주방 사람들도 들으라는 듯 앞을 보며 목소리를 크게 냈다. 조리원들이 승연과 조리장을 돌아봤다. 그들은 당황해 무를 담가둔 대야를 한꺼번에 쏟고는 발이 젖었다며 허둥지둥 움직였다. 매끈하게 닦인 하얀 무 하나가 하수구 쪽으로 굴러갔다.

"주방에 인사하려던 참이었어요."

승연은 가벼운 묵례를 하며 주방으로 걸음을 들였다. 조리원들은 젖은 신을 갈아 신고 오겠다며 서둘러 자리를 피했다. 승연이 주방에 발을 내딛는 순간, 몸이 뒤로 당겨졌다. 조리장이 가방 어깨끈을 잡아당기고 있었다.

"가방은 두고 나오셔야죠. 옷도 갈아입으셔야 할 것 같은데."

조리장의 눈짓에 승연은 자신의 몸을 내려다보았다. 집에서 나온 차림 그대로였다.

잠깐 뵐 수 있을까요?
- 신유라

사무실에 들어와 가운을 걸치고 휴대폰을 꺼냈다. 문자에 당당하게 이름을 밝힌 저의가 뭘까. 그보다도 전화번호는 어떻게 알아냈을까. 승연은 전날 밤늦게 온 문자에 답하지 않았다. 어디서 본 듯한 낯익은 이름인데 입안에서 맴돌 뿐 떠오르는 사람이 없었다. 하지만 지저분한 가운을 집어 드는 순간 퍼즐이 맞춰졌다. 신유라, 영양사복에 새겨진 세 글자. 며칠 전 자신에게 전화를 걸어 남의 자리가 좋으냐고 따져 물었던 그녀는 조금 전 조리원들의 뒷담화에도 올랐었던 전 영양사가 분명했다. 바로 그 신유라가 모습을 드러낸 거였다.

승연은 조리원들이 했던 말을 떠올렸다. 그들은 전 영양사가 위에다 '들이댔다'는 표현을 썼고, 그 의미를 승연도 모르지 않았다. 조리원들의 말만 듣는다면 전 영양사인 신유라는 성적인 추문 때문에 퇴사를 한 것 같았다. 소문이 한번 퍼지면 진실이 얼마나 쉽게 묻히는지 승연은 잘 알고 있었다. 그러나 설사 그렇다고 하더라도 겨우 자리를 잡아가려는 승연이 신경 쓰기에는 복잡한 일이었고, 나서봤자 할 수 있는 일도 없었다. 자칫 잘못 건드렸다간 신유라를 더 자극하는 꼴이 될 수 있었다. 그냥 가만히 있는 게 최선일지 몰랐다. 승연은 고개를 내저으며 휴대폰을 주머니에 넣었다.

*

평소보다 많은 손님에 정신없이 점심 배식을 마치고 영양사실로 돌아왔다. 지난 이틀 동안 식단을 확인하고 수정을 요구하는 총무팀 담당자의 전화가 세 통 있었고, 식당 위치를 묻는 고객의 전화와 정산이 잘못되었다는 납품업체의 연락을 받았다. 걸려온 전화가 열 통이 채 안 되는데 승연은 이틀 내내 전화에 시달린 것 같은 피로를 느꼈다. 신유라가 다시 전화를 걸 것만 같았다. 벨 소리가 날 때마다 신경을 자극해서 볼륨을 최소로 조정했다.

밀린 대금을 정산하려고 전자결재 시스템을 켰다. 오리엔테이션에서 전산 교육을 받았으나 많이 다뤄보지 않아 로그인할 때마다 사용법을 헤맸다. 시스템을 사용해본 적 없다고 말했다면 여기에 다른 사람을 앉혔겠지. 면접에서 컴퓨터를 사용하는 데 무리가 없다고 대답했으나 그건 워드나 엑셀의 합산 기능 정도를 말한 거였다. 매뉴얼을 펼치고 더듬더듬 결재 시스템까지 찾아 들어갔지만 업무에 집중하기 어려웠다.

승연은 더미로 쌓인 서류로 눈길을 돌렸다. 문서를 분류해 정리하는 단순 작업이라면 머릿속이 복잡해도 할 수 있을 것 같았다. 3년 이내에 업체와 거래한 증빙 서류와 회사에서 내려온 공문은 한동안 필요해 보관함에 넣고, 식당 만족도 조사 계획과 결과물, 식자재 재고 대장은 정리해 남겨두었다. 3년이 넘은 소모품 지출 내역과 식품 잡지에서 스크랩한 기사, 위생 교육에 갔다가 받아 온 교육자료는 쓰레기로 분류했다. 업무뿐 아니라 육아 자료, 쇼핑 정보, 인터넷 쿠폰 등 몇 년에 걸친 잡동사니가 문서에 섞여 나왔다.

쌓여 있는 문서를 3분의 1쯤 나눌 무렵 멀리서 전화벨 소리가 들려왔다. 한참을 받지 않자 전화가 끊겼다. 하지만 얼마 지나지 않아 벨이 다시 울리기 시작했다. 식당으로 걸려 온 전화인가? 왜 아무도 안 받는 거야. 승연은 혼잣말로 짜증을 내다가 전화기를 돌아봤다. 수신 램프가 붉게 깜빡댔다. 벨 소리를 줄여놓은 것을 잊고 있었다. 승연은 머뭇거리다 전화를 들었다.

"네, 영양사실입니다."

"정말 이렇게밖에 못해요!"

화난 여자의 음성, 승연의 심장이 덜컥 내려앉았다.

"어머, 이 언니 쫄았네. 저예요, 유하나!"

승연은 유하나의 목소리를 단번에 알아듣지 못했다. 높은 톤이 이틀 전 신유라의 목소리와 흡사했다. 유하나가 이름을 밝힌 뒤에도 말이 나오지 않았다.

"저 기억 못 하는 건 아니죠? 우리 밥 언제 같이 먹나 엄청 기다렸는데, 완전 서운한데요."

짧게 말을 끊으며 까르르대는 말투, 승연은 그제야 유하나를 기억해냈다.

"아뇨, 아뇨. 알아요. 일이 바빴어요. 잘 지냈죠?"

"뭐 대충요. 근데 언니! 13월 식당표가 뭐예요, 진짜. 총무팀 대리가 뭐라고 안 했어요?"

"네?"

유하나는 게시판에 올린 글을 보라면서 장난스럽게 혀를 찼다. 승연은 열어두었던 결재 시스템을 닫고 게시판을 열었다. '3월 식단표'가 '13월 식당표'라고 게시되어 있었다. 게시물을 올리기 전에 내용에 이상이 없는지 몇 번을 확인했는데. 얼굴이 후끈 달아올랐다. 승연은 전화를 어깨에 걸치고 게시물을 수정했다.

"아, 어쩌다 이런 실수를. 알려줘서 고마워요, 하나 씨."

"무슨요. 남보다 나은 게 눈치랑 시력밖에 없는걸요. 근데 언니! 저 진짜 밥 언제 사줘요?"

유하나의 질문은 난감했다. 같이 밥을 먹자니. 시간 내서 다른 사람과 밥 먹을 이유도, 먹을 마음도 없었다. 이런 식으로 사람들과 친해지는 것도 내키지 않았다.

"음, 요즘 어, 제가 시간이요. 어쩌지, 미안한데요, 그게요."

유하나가 승연의 말에 쿡 하고 웃음을 터뜨렸다.

"언니도 진짜 진지한 사람이에요."

"네?"

"농담이에요, 농담. 여기 사무실에서 일했으면 놀림 꽤나 당했겠어요. 나중에요, 시간 날 때 먹어요. 대신 제가 커피 사 들고 영양사실로 놀러 갈게요."

"미안해요, 대신 커피값은 제가 낼게요. 그런데 제가 시간이……."

"으윽, 또 그런다. 이제 농담도 안 할래요! 아, 그건 그렇고요. 뉴스가 있어서 연락했어요. 음, 뉴스라기보다는 알아두는 게 좋을 것 같아서요. 이래 봬도 우리, 동기잖아요. 요새는 잠잠했었다나 봐요. 사람들이 또, 라고 말했거든요."

"뭐가요?"

"또 성추행 사건이 터졌다고요. 이번에는 인턴이라는데,

이 회사 완전 상습이네. 언니 자리도 그것 때문에 난 거잖아요. 대충 알고는 있었죠?"

승연은 뒷머리를 잡아채는 강한 현기증을 느꼈다.

'우리가 모르는 일이 어디 한둘이겠어?'

'그래도 힘없는 학생한테 그러면 안 되지.'

아침에 조리원들이 떠들던 말이 이제야 선명하게 이해가 됐다. 성추행 사건 때문에 신유라가 회사를 나갔다는 것, 그리고 그와 비슷한 사건이 또 터졌다는 것. 승연이 간신히 생각을 정리하는 와중에도 유하나는 소문에 대해 쉴 새 없이 떠들었다. 대학생 인턴이었고 마케팅팀에서 일했는데, 고객 설문조사를 마치고 회식하는 자리에서 팀장이 옆에 앉혀 추행한 것 같다고, 다른 인턴이 인사팀에 보고하면서 이야기가 퍼졌다고 말했다. 이번에는 노조에서도 쉽게 넘어갈 분위기가 아니라며 마치 말썽 많은 연예인의 스캔들을 떠들 듯 신나서 전했다.

"근데요, 하나 씨."

"네?"

"하나 씬 그런 소문이 재밌어요?"

"아아, 그건 아니고요. 언니도 알아두는 게 좋을 거 같아서요. 언니 자리도 그 뭐야, 레드카드잖아요."

시끄러웠다. 자기 일도 아니면서, 사실관계도 모르면서 무책임한 말로 남의 사정을 떠드는 사람이 왜 이다지 많은 건지. 승연이 한마디 더 하려고 입을 열었을 때 노크 소리가 들렸다. 나중에 다시 얘기해요. 승연은 일방적으로 전화를 끊고 문을 향해 들어오라고 말했다.

문을 밀고 매니저가 들어왔다. 조회와 배식 때를 제외하고 그를 식당에서 만나기는 좀체 어려웠다. 매니저는 회의가 있다면서 자주 자리를 비웠고, 식당에 있을 때조차 식당 사람들보다 선린의 직원들과 더 어울렸다. 매니저는 적응은 잘하고 있냐고 물으며 사무실을 찬찬히 둘러봤다. 그의 시선이 영양사복에 잠시 머물렀다. 승연은 아직 치우지 못한 물건이 많다며 서류 더미를 가리켰다.

"그건 그렇고, 위에서 뭐 들은 거 없어요?"

식당 사람들은 선린을 '위'라고 표현했다. 식당이 17층에 있고, 5층부터 9층이 사무 공간이니 정확히 말해서 식당이 위였지만 웬일인지 사람들은 총무팀이나 인사팀에 갈 때면 5층으로 올라가봐, 8층에 올라갔다 올게, 하고 회사가 위층에 있는 것처럼 말했다. 매니저는 턱을 위로 들고 말을 더할 듯 말 듯 입술을 달싹이며 승연의 표정을 살폈다.

"아까 조리원들이 그러던데, 그 사람들이 하는 말을 들었다고요."

승연은 우두커니 매니저를 쳐다봤다. 들었다고 수긍하는

것도, 듣지 않았다고 부인하는 것도 이상했다. 자신은 그냥 그 자리에 서 있었던 것뿐이다. 듣고 싶어서 들은 게 아니라 듣지 않는 편이 차라리 나았다. 번거로운 일에 시달리고 싶지 않았다. 남의 말을 일부러 엿듣는 사람으로 오해받는 것 같아 둘만 있는 공간이 불편했다. 주머니에서 짧게 진동이 울렸다. 승연의 대답을 기다리던 매니저의 얼굴에 난감함이 스쳤다.

"밝혀진 건 없대요. 그런 일이란 게 늘 소문만 무성해서 믿을 것도 못 되고, 우리가 신경 쓸 건 더더욱 없고요. 신유라도 참, 허무맹랑한 소릴 떠들었던 거죠."

"저요, 남들 하는 얘기에 별로 관심 없어요. 히터 소리가 너무 커서 조리원들이 하는 소리도 안 들렸고요. 그냥 말을 끊기가 애매해서 문 앞에서 기다렸던 거예요. 그 사람들이 어떻게 말했는지 모르지만 저는 그랬네요."

승연은 자기도 모르게 퉁명스럽게 대꾸했다. 그러자 매니저는 아, 하면서 손바닥을 쳤다. 총무팀 담당자와 얘기할 때 종종 보이는 과장된 웃음이었다.

"그래요. 이상한 소문에 휘둘리지 마시고, 혹시 신유라가 만나자고 하면. 아니다, 서로 볼 일이야 있겠어요? 그나저나 우린 환영식 언제 하죠?"

승연은 대답을 머뭇거렸다. 회사 사람들과 밖에서 어울리기 싫었다. 그들과 사적인 말을 늘어놓기 싫었다. 일할 때 어색하지 않을 정도만, 딱 그 정도의 거리만 유지하고 싶었다.

"죄송한데, 한 걸로 치면 안 될까요? 제가 애를 맡길 데가 없어요."

매니저가 안 된다면서 손을 저었다.

"에이, 그래도 섭하죠. 조금 이르게 하거나, 아니면 남편한테 부탁해요. 맞벌인데 설마 하루도 안 봐줘요? 제가 총무팀 직원들하고는 시간 맞춰볼게요."

매니저는 사무실을 다시 훑어보고는 밖으로 나갔다. 돌아나가는 그의 발걸음이 한결 가벼워 보였다. 그가 나가고 얼마 안 돼 주방에서 조회 구호를 외치는 소리가 들렸다. 8시였다. 승연을 찾는 사람은 없었다.

서류를 다시 들췄다. 글자가 눈에 들어오지 않았다. 방금까지 어떤 규칙으로 문서를 분류했는지, 무얼 버리려고 했는지 도무지 기억나지 않았다. 쌓아둔 서류를 뒤적였으나 버리려고 분류한 서류가 전부 내버리면 안 될 것처럼 느껴졌다. 무슨 용기로 남의 회사 문서를 멋대로 버린다고 내놓았을까. 승연은 분류한 종이 뭉치를 물끄러미 쳐다보다 아직 확인하지 않은 문자가 있다는 게 생각났다. 휴대폰을 들었다.

제가 회사로 찾아갈까요?

-신유라

　언제까지 그녀를 신경 쓰면서 지내야 하는지. 신유라가 하는 행동을 봐서는 승연이 반응이 없으면 더욱 집요해질 것 같았다. 이럴 바에는 그녀를 만나 자신과는 관계없는 일이라고 명확히 선을 긋는 게 나을지 몰랐다. 그래야 딴생각에 시달리지 않고 일을 할 수 있을 테니까. 승연은 곧장 문자를 보냈다.

　내일 6시, 사당역 스타벅스에서 봐요. 늦지 마세요.

　-최승연

*

　2층을 꽉 채운 테이블에서 신유라를 찾긴 어렵지 않았다. 혼자 앉은 사람도 드물었지만, 티 나게 주변을 두리번거리는 한 사람이 있었다. 승연은 가슴께까지 생머리를 늘어뜨린 여자와 시선을 맞추고 앞으로 다가갔다.

　"신유라 씨?"

　여자가 고개를 까딱했다. 핑크빛이 도는 빨간 입술이 승연의 눈에 강하게 박혔다. 둥글고 진한 눈매에 잔머리가 곱슬곱슬 이마에 내려와 얼굴만 보면 고등학생처럼 보였다. 신유라는 카페 로고가 그려진 머그잔을 입에 댄 채 얼마간 말이 없었다.

"안 오시나 했어요."

승연은 휴대폰을 테이블에 올려 시간을 확인했다. 벌써 6시 반이었다.

"미안하지만 애가 기다려서 시간을 길게 못 내요."

신유라는 애도 있어요? 하고 말하고는 어깨를 으쓱했다. 옆으로 치켜든 턱이 뾰족하게 승연을 향했다. 그녀는 머그 잔에 묻은 틴트 자국을 지워 없앤 뒤 승연을 응시했다.

"어떤 사람인지 궁금했는데, 의외네요. 애가 있다는 것도 그렇고. 시간이 없으시다니 짧게 묻죠. 그 자리에서 얼마나 버틸 거 같아요?"

신유라가 질문을 하며 어깨를 다시 으쓱했다. 눈을 내리 깔다가 천천히 치켜뜨는 모습을 보는 것만으로 승연은 숨이 갑갑했다. 어느 정도 예상한 태도였다. 인수인계 하나 없이 쓰레기 더미만 남기고 떠난 전임자인데 자신을 불러 부드럽게 대할 리 없었다. 그래도 자신이 그녀의 말을 들어줄 이유는 없었다. 그건 상대의 사정이니까, 회사랑 싸우다 문제가 생겨도 자신이 해줄 일은 없을 테니까. 다만 20분 내로 자리를 뜨려면 의미 없이 말을 끌어선 안 되었다.

"뭔가 단단히 오해하는 것 같은데요. 내가 뭘 버틴다는 거죠?"

"오해요?"

신유라의 목소리가 날카롭게 올라갔다. 다행히 카페는 사람들의 잡담과 흐르는 음악으로 시끄러웠다. 승연은 신유라를 쳐다보다 말고 시간을 확인했다.

"전요, 회사에서 영양사를 뽑아서 지원했어요. 제 능력으로 회사 절차에 따라 취업한 거라고요. 내가 여기에 왜 앉아 있어야 하는지 모르지만, 오늘이 마지막이에요. 앞으로 이런 일로 사람 부르지 마세요."

신유라의 눈이 살짝 흔들렸다. 긴 속눈썹 때문인지 눈을 감고 뜰 때마다 다크서클처럼 눈 아래로 그늘이 졌다. 승연은 동그랗게 치뜬 눈을 피하지 않고 응수했다. 자세히 보니 안구에 실핏줄이 그어져 있었다. 신유라는 엄지로 눈 주변을 꾹꾹 누르고는 자신이 왜 자리에서 쫓겨났는지 진짜 모르느냐고 물었다. 그러면서 그쪽도 곧 당할 거예요, 라고 말을 이으며 승연이 자신을 도와야 하는 이유를 강한 어조로 설명하기 시작했다.

2부

어디에나 있고
어디에도 없는

4

친한 언니 얘긴데요. 제가 대신 용기를 내보려고요. 여기에 올라간 다른 글보다 조금 길지 모르니까 이해하고 읽어주세요.

언니는 올해 스물여덟 살이에요. 작년에 취직을 했죠. 재수하는 바람에 남들보다 1년 늦게 대학을 갔는데 학자금대출이 밀려 2년을 또 휴학했어요. 졸업 후에는 알바를 전전하면서 백수 생활을 2년 더 했고요. 너무나 흔한 얘기죠?

언니는 예쁘다는 말을 종종 들었대요. 웃을 때 눈이 없어지면서 해맑아지는 인상이랄까. 그래서 입사한 회사에서 "넌 인성이 아니라 인상 때문에 뽑혔어" 하는 말을 농담처럼 들었고요. 언니는 그 말을 딱히 좋아하진 않았지만, 칭찬으로 알고 웃어넘겼죠. 어쨌든 2년 계약에 파견근무였지만 처음으로 직함이 있는 회사에 들어가서 꿈만 같았대요.

아, 언니는 영양사예요. 일하는 곳이 회사 식당이었는데 같이 일하는 사람 중에 가장 어려서 막내로 불렸대요. 사석에서는 매니저와 조리장에게 오빠라고 부르고, 조리원들한테는 언니라고 농담처럼 말했죠(오버라고요? 헐, 다들 고상한 데서만 일하시나. 그렇게 부르면 꼰대들 은근 좋아해요). 식당 사람들은 물론이거니와 식당을 관리하는 회사 직원들도 영양사라는 직함보다는 막내라고 부르며 언니를 찾았죠. 막내야, 생수통 갈아줘. 막내야, 총무팀에 택배 온 거 있대. 막내야, 나 오늘 애 학원 상담 있으니까 저녁 배식 부탁해.

일을 하다 사람들과 부딪히면 막내니까 참는 게 낫다고 생각하면서 분위기가 싸한 날에는 알아서 청소나 쓰레기 분리수거 같은 주방 허드렛일도 했어요(영양사의 업무는 주방에서 일을 돕는 게 아니래요). 간식 상자에 과자를 채우고, 가끔은 사비를 털어 커피를 돌리고, 회식에서는 마이크를 잡고 분위기를 띄우기도 했죠. 그러다 보니 정작 영양사 업무는 밤늦게나 할 수 있었고요. 그래도 언니는 사람들이 자기를 좋아해서 그러는 거라고 억지로 위안을 했대요.

하여튼요. 언니는 5개월을 바쁘게 보냈어요. 바보같이 "제가 일 좀 하죠?" 하면서 시킨 일을 다 했었대요. 몸이 하나뿐이니 당연히 지칠 수밖에요. 그래도 어쩌겠어요. 막내인 데다, 월말에는 어김없이 근무 평가가 기다리는걸요.

그러던 어느 날이었어요. 식당 매니저가 서류 뭉치를 내밀더래요. 언니는 이게 뭐냐고 물었고, 매니저는 식자재 업체 리스트와 제안서라면서, 다음 달 식자재 공급업체 심사가 있으니 준비하라고 대답했대요. 그러곤 형광펜으로 체크한 업체가 선정되도록 문서를 만들라고 지시했대요.

언니는 사회에 나가면 그런 비슷한 일들이 있을지 모른다고 각오했었다나 봐요. 그래도 무턱대고 알았다고 대답할 수는 없잖아요. 영양사 사무실로 돌아가 다른 업체들의 제안서도 넘겨봤죠. 그리고 깨달았어요. 매니저가 찍은 회사가 형편없다는 사실을요. 다섯 개 업체가 제안서를 냈는데, 그중에 세 곳은 누구나 들었음 직한 식자재 공급업체였어요. 매니저가 찍은 회사는 식자재 공급 방법도, 공급을 못 받았을 때 대책 방안도 엉망이었어요. 하물며 예시된 식단도 동네 백반집보다 못했고요. 언니는 찜찜해서 업체를 알아봤어요. 아니나 다를까 홈페이지는 물론이고 검색되는 것도 없었죠. 대학 동기들에게 전화를 돌렸더니 다들 매니저한테 속지 말라거나 매니저가 시키는 대로 하지 말라는 말뿐, 정보는 어디에서도 찾을 수 없었대요.

다음 날 언니는 마음을 단단히 먹고 매니저를 찾아갔어요. 식자재 업체 선정 같은 중요한 업무는 자신이 처리하면 안 될 것 같다고, 해본 적이 없어서 서투르다고 둘러댔죠. 어렵게 입사한 직장인데 문제를 일으켰다가 괜한 피해를 볼까 봐 밤새 고민해 찾아낸 거절 방법이었어요(이 회사는 실제로 식당 매니저가 식자재 업체나 인력을 관리하거든요). 그러자 매니저는 언니를 뚫어져라 쳐다보면서 영양사협회 사이트에 들어가 '영양사의 업무와 역할'을 찾아보라고 하더래요. 지금껏 자신이 도와준 것도 몰랐냐면서 이제부터라도 업무 똑바로 하라고 화를 냈대요. 언니는 그 말에 자신도 모르게 "그럼 제가 알아서 업체를 선정해도 될까요?" 하고 물었어요. 매니저는 어처구니없다는 표정을 짓고는 자기가 알아서 처리하겠다며 방을 나가버렸어요.

그 뒤로 식당 분위기가 급반전되었어요. 조리장인가, 그 사람 하나 빼고는 언니를 모두 없는 사람으로 취급하더래요. 언니가 짠 식단과 다른 식단으로 배식하고, 그래서 항의하면 영양사 탓으로 돌려 회사 담당자가 언니를 불러 세우게 하고, 주 6일 모두 새벽조로 편성시켜놓고 아무도 식당에 나오지 않았대요(새벽조는 새벽 6시까지 나와서 일을 봐요). 가끔 조리장이 도왔지만, 그 사람도 매니저에게 평가를 받는 입장이라 눈치를 봐야 하잖아요. 일하거나 식사할 때 대꾸도 하지 않는 유치한 따돌림은 물론이고, 재고가 안 맞는다며 그 책임을 모두 뒤집어씌웠어요. 언니는 뒤늦게 후회했죠. 5개월을 바삐 지내다 보니 재고는 신경 쓸 겨를이 없었거든요. 매일 사람들 뒤치다꺼리를 하고, 밀린 전표를 처리하고, 위생 점검표를 들고 식당과 주방을 돌며 체크하다 보면 퇴근 시간은 지하철이 끊기기 직전이었으니까요.

재고 건으로 회사 감사실에 불려 간 날, 언니는 그달 평가를 받았어요. 고작 반년도 근무하지 않았는데 다음 해 계약이 힘들 것 같다고 적힌 평가지가 봉투에 담겨 사무실 책상에 올려져 있었죠. 문득 그 평가지가 초등학교 3학년 때 책상 서랍 깊숙이 놓여 있던 죽은 쥐 같더래요. 언니는 전학을 와서 한동안 왕따를 당했거든요. 전학 온 지 일주일쯤 지났을 때, 반장이 반 아이의 발에 뜨거운 물을 부어 화상을 입혔는데, 언니가 선생 앞에서 반장 편을 들어주지 않아서 지독히 괴롭혔던 거예요. 왕따는 그해가 넘어가도록 계속됐고, 언니는 아침마다 교실 뒷문에 멀찍이 서서 책상 서랍 속의 어둠에 무엇이 들어 있는지 가는 눈으로 쳐다봐야 했었대요.

결국 언니는 매니저가 말한 문서를 만들었어요. 시간이 촉박하다는 재촉을 받아가며 야근까지 해서 말이죠. 엉터리 업체가 선정돼야 하니 문서는 당연히 허술할 수밖에요. 언니는 그때 결재권이 있는 누군가가 잘못을 잡아주길 바랐대요.

식당은 다시 가족 같은 일터가 됐죠. 사람들은 언니를 막내야, 하고 불렀고, 식당 재고는 감쪽같이 맞춰졌어요. 물품이 새로 들어온 게 아니라 시스템상으로 숫자가 맞게 된 거죠. 아마도 누군가가 시스템에 접속해 제자리로 돌려놓은 것이겠죠.

오로지 언니만 이전과 다른 상태가 되었어요. 오전과 오후 두 번씩 재고관리에 매달리면서 식단과 다른 음식을 주방에서 만들까 봐 전전긍긍하는, 자신이 만든 문서가 엉망인 것을 알면서도 이미 결재된 서류를 보고 또 들여다보는 일종의 병적인 집착이 생긴 거죠. 한 달에 두 번 하는 회식도 더 이상 가지 않았고요.

그리고 몇 주 뒤, 사업본부장 비서가 매니저와 언니를 불렀어요. 본부장이 둘에게 저녁을 사고 싶다고 했다면서요. 언니는 본부장이 부른다니 긴장했죠. 사업본부장은 회사에서 회장, 사장 다음으로 실세거든요. 자기가 본부장 귀에 들어갈 만큼 큰 잘못을 저질렀나 많이 불안했대요. 그게 아니면 파견직 영양사인 자신을 본부장이 부를 이유는 없잖아요. 사실 언니는 한 달에 한 번 사내 VIP식당에서 임원들이 모여서 식사할 때 본부장을 보곤 했었대요. 그러니까 입사하고 다섯 번쯤 그 사람을 본 거였죠. 그는 꽤나 유명한 사람인데 '온·오프라인을 아우르는 K뷰티 전문가'라고 신문에도 여러 번 기사가 났어요. 지금도 검색하면 포털에 얼굴이랑 이력이 나와요. 인터넷 뉴스에는 남대문에서 화장품 가게 점원으로 시작해 회장 운전 비서를 거쳐 본부장까지 오른 입지전적인 인물이라고 소개되어 있고요. 한마디로 더럽게 독한 놈이랄까요.

어쨌든 본부장의 얼굴을 가까이 마주한 건 그날이 처음이었어요. 늘 VIP들이 오기 전에 음식을 세팅하고, 도착하면 자리를 떴으니까요. 아무튼 맞은편에서 본 본부장은 시장에서 장사를 한 것 같다기보다는 오랫동안 임원을 해온 것 같은 분위기를 풍겼대요. 메뉴판을 내려다보며 손가락을 느리게 까닥대는 모습이랄지, 웨이터에게 와인의 산도와 풍미를 묻고 마실 종류를 고심하는 표정, 식사하는 동안에 식당 사람들의 안부를 묻는 말투가 점잖게 보였다나. 잠깐 본 겉모습으로 사람을 판단하긴 그렇지만 언니는 퍽 좋은 인상을 받았어요. 하여튼 그날 저녁, 분위기는 화기애애했다는군요. 고급 음식이 차려진 자리에 본부장은 매너를 갖춰 둘을 대했고, 매니저는 본부장이 하는 말에 시종 웃었으니까요.

헤어지면서 본부장은 한 달에 한 번 식사를 같이하자고 제안했대요. 자신이 맡은 본부의 몇몇 부서들과 그렇게 하기로 했다면서요. 매니저는 거의 황홀한 표정으로 영광이라고 답했고, 그렇게 셋은 네 달 동안 만남을 이어갔어요. 본부장은 특유의 입담과 소탈함으로 매번 자리를 편하게 만들었고, 덕분에 언니는 매니저와 사이가 회복되는 듯했대요. 그때 상황을 알았어야 했는데……. 하긴 눈치를 챘다 해도 결론이 달랐을까요. 일개 하청 업체 직원이 회사 본부장의 호의를 거절할 수나 있었겠느냐고요.

다섯 번째 모임이었어요. 그날은 과천 외곽의 프랑스 가정식 식당에 갔어요. 언니는 석양이 유난히 붉다고 생각하면서 운전석 옆자리에 몸을 기대고 나른히 밖을 내다봤어요. 차는 P턴을 하고 굴다리를 지나 시골길로 들어섰고, 그 뒤로 나온 좁다란 길의 양옆에는 푸른 작물이 조금 자란 밭이 펼쳐졌대요. 구불구불한 길을 직진해 얼마 안 가 식당에 도착했어요. 평소보다 멀리 나간다고 느꼈지만 만나는 장소가 매번 한적한 곳이라 의심하지 않았다고 언니는 말했어요.

그들이 도착한 식당은 양옥을 개조한 이층집이었어요. 저문 해를 배경으로 자줏빛에 가까운 붉은 지붕이 눈에 띄었대요. 본채와 별채가 마주 보고 있었는데 별채는 창고 같은 조립식 건물이었어요. 식당 손님은 언니와 본부장, 매니저가 전부였고, 셰프는 매니저와 안면이 있는 프랑스인이었대요. 조리장의 안부를 묻는 걸 보면 조리장과도 아는 사이였던 것 같아요.

수프가 나오고, 전채 요리가 나오고, 와인이 따라지고. 은은한 촛불에 온화한 기운이 퍼져 언니는 대접받는 기분이 들었대요. 그렇게 스테이크가 나오고 식사를 하는 도중 매니저가 휴대폰을 들고 급히 밖으로 나갔어요. 그리고 조금 있다가 들어와서는 바깥 냉장고에서 후식을 못 찾겠다면서, 셰프를 데리고 다시 나갔어요. 식사하던 중간에 갑자기 후식을 찾으러 나가다니, 지금 생각하면 이상하지만 그때는 아무 눈치도 못 챘대요. 실내에는 언니와 본부장, 둘만 남았죠. 본부장은 언니의 잔에 와인을 더 따르고 접시에 에스카르고를 올려줬대요. 그는 와인을 들이켜며 언니도 마시라고 손짓을 했어요. 언니는 매니저와 같이 있을 때 두 잔을 마셨지만 마땅히 할 말도 없고, 거절하기도 애매해서 잔을 비웠죠.

그때부터 공기가 심상치 않게 바뀐 거예요. 그날을 위해 본부장은 얼마나 준비했을까요. 그 생각까지 하면 치가 떨려 말도 안 나오지만……. 아무튼 공들인 시간에 비해 실행은 지나치게 빠르게 이뤄졌죠. 당하는 사람조차 무슨 일이 벌어지는지 감을 못 잡을 정도로요. 언니는 와인 세 잔을 연거푸 마신 뒤라 뒤로 다가선 본부장을 민첩하게 피하지 못했어요. 자신은 돌싱이라고, 걱정하지 말라는 개소리를 하는데도요. 대체 뭘 걱정하지 말라는 거죠? 완전 미친 새끼 아닌가요? 언니는 자리에서 벌떡 일어났어요. 하지만 본부장은 당황하는 기색도 없이 뒤에서 언니를 끌어안았어요. 그러고는 계약할 때 안정적인 자리로 옮겨주겠다면서 가슴에 손을 밀어넣었어요. 그 순간 체온보다 뜨듯한 온도로 쇄골에 닿았던, 용이 새겨진 금팔찌. 언니는 아직도 본부장의 금팔찌가 언니의 목을 휘감는 꿈을 꾼대요.

죄송합니다, 본부장님. 이러시면 안 돼요. 고작 안 된다고, 곤란하다는 말을 반복하며 언니는 있는 힘을 다해 그를 밀어냈어요. 하지만 취기로 몸이 비틀거려 그의 품에서 빠져나오기 힘들었고, 나중에는 몸싸움이 돼버렸죠. 아무리 소리쳐도 대답하는 사람이 없었어요. 본부장이 하의를 잡아당겨 속옷까지 끌어 내리려는 찰나, 언니는 잠시 느슨해진 그의 팔을 세게 물고 간신히 탈출했어요. 블라우스 단추는 거의 떨어져 나갔고 치마 지퍼는 벌어졌죠. 한 손으로 흘러내리는 치마를 쥐고 식당에 벗어둔 재킷은 챙기지도 못한 채 맨발로 시골길을 뛰었어요. 앞이 보이지 않는 캄캄한 길이라 잘못하다간 잡힐지 모른다는 생각에 한참을 뛰다 풀이 우거진 도랑에 숨었어요. 거친 숨소리와 울음이 새어 나가지 못하게 입을 틀어막고, 날이 바뀌어 희미하게 시야가 밝아질 때까지 쪼그려 앉아 기다렸죠. 그리고 도망칠 길이 보이자 미친 듯이 뛰었어요.

그게 작년 4월 초예요.

이 일은 실제 일어난 일이고요. 제가 말한 회사는 "여자를 생각합니다. 여자만 생각하겠습니다"가 캐치프레이즈인 화장품 회사예요.

언니는 지금 계약이 해지된 상태예요. 회사에 돌아가 항의했다가 파견 회사에서도 계약을 파기당했고요. 식당 사람들은 모르는 일이라고 발뺌을 했고 인사팀과 감사실에서는 파견직이 정직원이 되려고 일을 꾸몄다며 사정도 듣지 않더래요. 성폭행 흔적이 어디 있냐면서 바라는 게 뭐냐고, 되레 법적인 책임을 묻겠다며 으름장을 놓더라고요. 아니, 이 나라는 꼭 강간을 당해야 죄가 됩니까? 여자의 몸에서 복구 안 되는 상처가 나와야, 그

걸 입증할 고화질 영상이 있어야 조사할 수 있는 거냐고요! 어두컴컴한 시골길이라 증거가 될 CCTV도, 증언해줄 사람이 없다는 것도 빤히 알면서 증거를 대라니. 하긴 유일한 증인인 매니저는 그런 일은 없었다고 딱 잡아떼더군요.

언니는 그 뒤로 몇 번이나 자살을 시도했어요. 하지만 죽은 후엔요? 뭐가, 뭐가 달라지는데요? 죽지 말라고, 언니가 잘못한 것도 아닌데 왜 그러느냐고, 제가 대신 싸워주겠다고 했어요. 고작 여기에 글을 올리는 것밖에는 할 수 있는 게 아무것도 없으면서요.

뺏길 게 없다고 잃을 것도 없는 건 아니에요. 뺏길 게 없는 사람한테 뺏는 건요, 고층 난간으로 사람을 몰아세운 다음 한 발로 버티고 있으라는 것과 다름없어요. 그러다 미끄러져 추락하면 아무 짓도 안 했는데 혼자 실수해서 떨어진 거라고 안타까운 척 연기하면 되니까. 귀찮은 사람 간단히 처리하는 거죠. 그 회사는 그렇게 언니를 내쫓고도 기다렸다는 듯 다른 영양사를 뽑아서 너무도 태연하게 '여성복지 우수 기업'이라고, 핑크 리본을 펄럭이며 유방암 예방 캠페인을 하고 있어요. 진심으로 가증스러워요.

언니는 고용노동부와 국가인권위원회에 진정을 준비하고 있어요. 하지만 이길 수 있을지 겁이 난대요. 저도 실은 상처만 커지지 않을지 걱정돼서 말리고 싶어요. 광풍처럼 몰아쳤던 미투

운동을 기억하세요? 그거 했던 사람들 지금 어떻게 살고 있어요? 언니같이 회사에 항의했다가 누명만 쓰고 묻혀버린 사람들은요? 혹시 아는 분 있어요? 아무리 둘러봐도 피해자만 사라졌을 뿐, 용기 나는 사례가 없어요.

아, 쓰다 보니 또 열이 받네요. 어쨌든 언니는 살아 있어요. 살아 있는 게, 그래도 다리에 힘을 주고 버티고 서 있다는 게, 그들은 잊었지만 언니가 절대 잊지 않을 거란 게, 우리도 안 잊을 거란 게, 힘든 걸 알면서도 계속 부딪칠 거란 게, 그게 더 중요한 거 아닌가요?

짧게 쓰려고 했는데 긴 글이 되고 말았네요. 그래도 여러분이 끝까지 응원해주시고, 진심을 다해 공감해주시면 많은 힘을 얻을 것 같아요. 작은 댓글과 공감, 퍼 나르기로 언니를 도와주세요. 그 사람들이 처벌받도록, 그런 회사가 더 잘되지 않도록 관심 가져주세요. 청와대 국민청원에 글이 올라가면 동의 버튼 꾹 눌러주시고요. 제발, 함께해주세요.

5

"언니, 지금 게시판이 터질 것 같아요."

유하나의 말에 승연은 놀라 '오늘의 메뉴' 게시판을 열었다. 사흘 전 '계절 노크 – 도미살간장조림'을 금주의 영양 상식으로 올린 뒤 승연이 올린 게시물은 없었다. 지난번처럼 제목을 잘못 올렸는지, 음식 사진이 바뀌어 올라갔는지, 첨부문서에 오타라도 있는 건 아닌지 전화를 어깨에 끼고 마우스를 열심히 움직였다. 아무리 살펴봐도 실수는 없었다.

"나 못 찾겠는데, 어디가 잘못됐다는 거예요?"

"어, 또 존댓말이네?"

유하나는 수화기에 대고 키득거렸다. 시도 때도 없이 터지는 유하나의 웃음소리가 귀에 거슬렸다. 대체 어딘데요?

하고 정색하며 묻자 유하나는 찾아봐요, 하면서 또 말장난을 걸었다.

"하긴 언니는 못 보겠다. 나야 사내 행사를 공지해야 해서 직원 게시판에 들락거릴 수 있지만, 언니는 그런 권한 없죠? 파견직들은 직원 게시판을 아예 못 본다고 들은 것 같기도 하고요."

승연은 그제야 움켜쥔 마우스를 놓았다. 짜증이 밀려왔다. 직원 게시판에 뭐가 올라가든 그게 무슨 상관이라고 바쁜 사람에게 전화를 걸어 놀리는지. 밤새 감기 기운이 있는 지호를 살피느라 신경이 곤두선 상태였다. 하필 자주 가던 소아과마저 쉬는 날이라 잠시 짬을 내 다른 병원을 검색하던 중이었다. 승연은 잠이 모자라 충혈된 눈을 손바닥으로 감싸며 전화를 끊어버릴까 고민했다.

카페에서 신유라를 만난 날, 그녀는 승연에게 자초지종을 들려준 뒤 회사를 상대로 법정 싸움을 준비하고 있다고 말했다. 하지만 정식으로 소송을 제기하기 전에 세상에 이 일을 먼저 알릴 거라고 했다. 승연은 그게 무슨 뜻인지 이해하지 못했지만, 다음 날 '사당역 스타벅스'라고 적은 퀵을 받고 나서 비로소 알게 되었다. 봉투 안에는 고용노동부와 국가인권위원회에 넣을 진정서와 편지가 들어 있었다. 편지는 자필로 쓴 복사본이었다. 모음의 끝을 둥글리기도 하고, 밖으로 뻗치게 한 걸 보면 평소 글씨체와 다르게 보이려고 애쓴 것 같았지만, 3인칭인데 1인칭에 가까운 서술과 실제 겪은 것처럼 생생히 한 묘사는 현장에 있던 본인이 아니라면 하기 어려운 거였다. 승연은 글을 읽다 쉬고, 다시 읽기를 반복하며 편지를 넘겼다. 거칠게 반항했을 신유라가, 본부장에게서 빠져나가려고 외치는 목소리가 생생하게 그려졌다. 그러함에도 자신이 아닌 척 태연히 글을 써야 하는 억울함도 곳곳에 느껴졌다. 그리고 그날 밤, 이것과 같은 내용의 글이 인터넷 유명 커뮤니티 한 곳에 올라왔다.

"인턴 성추행 사건 때문에 익명 게시판이 난리가 났어요. 증인까지 나왔는데도 마케팅팀장이 멀쩡하게 회사를 다니고 있다고요. 지난번 영양사 사건 때는 뭐 하나 해결된 것 없이 흐지부지 된 모양이던데, 이번엔 뭔가 다르려나."

유하나는 승연이 듣거나 말거나 계속 떠들어댔다. 신유라가 쓴 글 때문에 소란스러운 게 아니었구나. 아직 회사에서는 신유라의 움직임은 모르는 것 같았다. 승연은 휴대폰으로 선린을 검색해보았다. 회사 정보 아래로 두바이 면세점에 입점했다는 기사와 핑크 리본 캠페인에 동원된 유명 아이돌과 배우들의 사진, 회장 인터뷰가 차례로 검색되었다. 승연이 입사할 무렵 홍보 캠페인을 시작하고 큰 이슈는 없던 회사라 지난 사흘 동안 검색되는 내용은 하나의 통 이미지처럼 표출되는 게 똑같았다. 하지만 승연은 몇 번의 검색 끝에 신유라가 올린 글을 두 곳의 커뮤니티에서 더 찾아냈다. 포털에서 검색되는 것 말고도 어딘가에 글이 더 퍼져 있을지 모른다.

신유라가 털어놓은 이야기만으로 승연의 머릿속은 충분히 혼란스러웠다. 밀린 식당 일에 오늘도 늦어져 재희에게 아픈 아이를 맡길 수도 있다고 생각하니 머리가 아파왔다. 유하나가 일부러 알려주지 않아도 승연이 알아야 할 회사 공지는 매니저가 조회할 때 알려주었다. 남의 일로 수시로 전화를 걸고, 사무실에 먹지도 않는 간식을 두고 가며 생색을 내는 유하나가 불편하기만 했다. 승연은 바빠서 일을 봐야 한다며 유하나의 말을 끊었다.

재고 리스트를 출력해 식자재 창고에 들고 갔다. 미뤄두었던 재고 확인을 드디어 할 때였다. 열 평 남짓한 공간에는 두 대의 대형 냉장고와 냉동고가 양쪽 벽에 설치되어 있었다. 마트 식료품 코너처럼 두 줄로 길게 이어진 3층 철제 선반에는 식기부터 장류, 기름, 소스, 통조림, 인스턴트식품 재료 등이 올려졌다. 승연은 두서없이 섞인 물품을 종류별로 분류해 정리하고 재고 내역과 맞춰보았다. 품목 번호에 맞게 몇 번을 확인했으나 재고는 맞지 않았다.

창고에 들어오기 전에 재고는 어떻게 관리하느냐고 매니저에게 물었으나 그는 대강 하면 된다고 대답했고, 조리장은 일을 만들지 말라며 웃어넘겼다. 승연은 창고를 한 바퀴더 돌아 물품을 확인하고 뻑뻑해진 눈을 비볐다. 시스템상에는 있는데 재고량이 턱없이 부족하거나 심지어 없는 물건도 있었다. 용량이 다르거나 브랜드가 다른 품목도 보였다. 재고 문제로 발목을 잡혔었다는 신유라의 말이 무겁게 마음을 짓눌렀다.

누군가 창고 문을 두드렸다. 시계를 보니 어느새 두 시간이 흘러 있었다. 조리장은 안으로 들어오지 않고 문에 몸을 반쯤 끼운 채 말했다.

"곧 배식인데 여기에 계속 있을 거예요?"

형광등을 등지고 선 조리장의 얼굴에 그림자가 드리워졌다. 구겨진 얼굴과 창고에 울려 퍼지는 목소리. 둘만 있는 공간이 불편했다.

"시간이 이렇게 된 줄 몰랐어요."

승연은 재고 리스트를 옆구리에 끼고, 밖으로 나가려고 문에 손을 뻗었다. 조리장은 승연의 팔을 밀고는 문에 기댄몸을 완전히 빼내 안으로 들어왔다. 다가온 숨에 승연은 호흡을 멈췄다.

"이런 말 안 하고 싶었는데요. 적당히 하세요, 적당히. 전임자가 사고를 쳤다고 파헤치기라도 하시게요?"

"무슨 말씀이세요?"

"식당이 문을 연 이래로 재고가 맞은 적은 없었어요. 이게요, 혼자 고생한다고 해결되는 문제가 아니라고요."

"재고가 맞은 적이 없다니요?"

"저기요, 자꾸 이런 식으로 튀면 영양사님까지……"

조리장은 말끝을 흐리며 고개를 돌렸다. 어쩌면 그는 재고와 관련해 숨길 게 많은 사람인지 모른다. 신유라를 궁지로 몬 사람 중 하나일지도 몰랐다. 재고가 안 맞는 것쯤이야 모두가 아는 비밀이고, 그 비밀이 승연에게 피해를 주지만 않는다면 아무래도 상관없었다. 매니저가 주는 대로 계산서를 처리하고, 식자재가 부족하면 나가서 사 오면 될 일이다. 하지만 그런 식으로 일했다던 신유라는 결국 이곳을 떠나야 했다. 승연은 신유라처럼 쫓겨나면 안 됐다. 전 직장에서처럼 어이없는 이유로 몰려서도 안 됐다. 적어도 아이가 어린이집을 졸업할 때까지는, 더 안정된 직장으로 옮길 수 있을 때까지는 이 회사를 더 다녀야 했다. 그러기 위해서는 적어도 재고 같은 문제는 자신의 손으로 깔끔하게 정리해야 했다.

"아무튼 저도 뭐가 어디에 있는지 알아야 하잖아요. 매번 주방 사람들한테 묻기도 그렇고요."

팽팽한 기운이 그의 얼굴에서 조금씩 옅어졌다. 승연은 조리장의 표정이 바뀌는 걸 쳐다보지 않았다. 폐쇄된 공간, 의심에 찬 눈초리, 승연을 밀고 들어왔던 손길까지. 그저 이곳에서 나가고 싶었다. 등을 타고 식은땀이 흘렀다. 승연은 자신을 바라보는 조리장을 등지고 문을 힘껏 밀었다.

"영양사님!"

주방에 들어서자 매니저가 불렀다. 이젠 매니저까지 재고 문제를 따지는 건가. 승연은 조리장에게 했던 변명을 상기하며 매니저 앞에 섰다.

"위에서 찾아요. 5층 노조 사무실로 가보세요."

매니저가 귀찮다는 듯 툴툴거리며 천장으로 턱을 치켜들었다.

*

낮은 테이블을 둘러싸고 소파에 사람들이 앉아 있었다. 푹신한 가죽 소파에 앉아 차를 마시는 사람들은 얼핏 보면 가벼운 담소를 나누는 것처럼 보였다. 하지만 테이블에 쌓인 서류를 내려다보는 얼굴이 어느 하나 밝지 않았다.

노조 사무실은 승연이 임용장을 받은 대회의실과 분위기가 흡사했다. 사무용 가구의 종류와 배치, 앉아 있는 사람이 확연히 다른데도 비슷한 위압감을 주었다. 벽에는 직원들이 환하게 웃고 있는 단체 사진이 걸려 있었다. 직원 화합 행사 때 찍은 사진 같았는데, 앉아 있는 사람들의 심각한 표정 때문에 사진 속의 밝은 표정이 이질적으로 느껴졌다. 실내공기는 덥고 텁텁했다. 승연은 작게 목소리를 내며 사람들에게 인사했다. 인사팀 정선우가 기다렸다는 듯 일어섰다. 그 옆으로 유하나가 보였다.

"식당에서는 자주 뵀는데 사무실에서는 오랜만이죠?"

정선우가 환한 얼굴로 승연에게 자리를 내주었다. 승연은 어색하게 웃으며 그렇다고 대답했다.

"두 사람 모두 도착했으니 저는 가보겠습니다. 선배님들, 저희 컴백맘 살살 부탁드립니다!"

정선우는 사람들을 향해 허리를 깊이 숙였다. 승연은 엉겁결에 정선우와 같이 목 인사를 다시 했다. 직원들은 누구의 인사를 받는지 알 수 없는 시선으로 가보라고 고개를 주억거렸다. 내키지 않는 표정으로 고개를 까딱이는 사람들을 보니 이 자리에 왜 불려 왔는지 의구심이 들었다. 세 명의 직원 중 가운데에 앉은 커트 머리가 승연과 눈을 맞추고 악수를 청했다. 앞머리를 눈썹 라인에 맞춰 잘라 각진 턱이 도드라져 보였다.

"인사가 늦었네요. 입사 축하합니다. 노조 여성국장 김자경이에요. 최승연 씨라고 했죠?"

노조 여성국장이라니, 승연이 근무했던 병원과 공장에는 없던 직책이었다. 승연은 그렇다고 대답하며 유하나를 돌아봤다. 유하나는 평소와 다르게 어떤 말도, 표정도 없이 조용했다. 애써 사람들의 시선을 피하는 것도 같았다. 김자경은 찬찬히 웃으며 차분하게 내려온 커트 머리를 뒤로 흩뜨려 넘겼다.

"갑자기 호출해서 놀랐을 거예요. 일이 급박하게 진행돼서 말이죠. 회사 인턴 건은 들었죠?"

승연은 머뭇거리다 고개를 저었다. 귀담아듣지 않으려고 해서 기억나는 것이 별로 없었다. 남의 소문에 말을 더 보태고 싶지도 않았다.

"하나 씨가 말했다고 하던데, 아니었나?"

바닥에 멍한 시선을 보내던 유하나가 자세를 고쳐 앉았다. 부드러운 듯 말을 끊는 김자경의 태도를 봤을 때 원하는 말을 듣기 전에는 적당히 넘어갈 것처럼 보이지 않았다.

"혹시, 성추행을 말씀하시는 건가요?"

승연은 목까지 채운 셔츠 단추를 하나 풀었다. 실내가 더워 숨쉬는 게 갑갑했다. 식자재 창고에서 급히 뛰어와 체온 조절이 안 되는지도 몰랐다. 김자경은 이마에 주름을 만들며 그렇다고 대답했다.

"부탁할 게 있어서 불렀어요. 이것부터 볼래요?"

A4 용지에는 '전 직원에게 드리는 글'이라는 제목이 큼지막하게 적혀 있었다. 승연은 "저희는 선린의 여직원입니다"로 시작하는 글을 빠르게 읽어나갔다.

"이번에 저희가 설문도 받고 여차하면 임원실 앞에서 1인 시위나 단체행동을 하려고 해요. 우리도 당했다, 하고 크게 터뜨릴 수도 있지만 지금 시점이 좀 그래요. 요새 해외 매출도 지지부진한데 브랜드이미지에 부담이 될까 봐서요. 빌어먹을 애사심 같은 거죠. 일단 내부에서 문제를 제기하고, 그 뒤에 방법을 찾으려고 합니다. 당황스럽겠지만, 같이해야죠? 두 분도 선린에서 근무하는 여직원이잖아요."

다른 직원 둘이 승연과 유하나를 보며 고개를 끄덕였다. 의견을 들으려고 부른 자리가 아니었다. 수긍 또는 동조를 바라면서 시간이 없다는 이유를 들어 통보하는 모양새였다. 승연은 고개를 숙여 성명서의 끝부분을 마저 읽었다.

......

선린에서는 매년 의무적으로 성희롱 예방 교육을 실시하고 있으며, 대외적으로는 여성을 위한 다양한 캠페인을 펼치고 있습니다. 그러나 정작 내부에서 성폭력 사건이 터진 지금, 사측은 사건 은폐에만 급급한 모습을 보이고 있어 그간 구성원들이 힘

겹게 쌓아 올린 기업이미지와 자존감을 떨어뜨리고 있습니다. 우리 여직원회에서는 이번 인턴 성추행 사건에 대한 철저한 조사와 가해자에 대한 납득 가능한 징계를 요구합니다. 조직에서 강자와 약자 간에 일어나는 부당한 일에는 반드시 합당한 조치가 따라야 합니다.

......

선린의 여직원들은 이번 사건을 회사에서 어떤 투명한 과정을 통해 해결하는지, 그에 대한 해결책이 과연 적절한지 지켜볼 것입니다. 만약 그간의 관행처럼 약자에 대한 배려 없이 사건을 무마시킨다면 여직원회에서는 단체행동을 불사할 것임을 미리 밝히는 바입니다.

......

조직원, 여직원회, 약자에 대한 배려, 단체행동. 승연의 입에 몇몇 단어가 깔깔하게 닿았다. 생각해본 적 없는 단어들이었다. 지금도 여전히 깊이 생각할 여유가 없고, 그럴 상황도 아니었다. 그들은 그런 말들이 승연에게 얼마나 적합한지, 애초에 선택이 가능한 문제인지 고민도 하지 않고 불렀을 테다.

승연은 회사를 위해 일할 거지만 자신과 관계없는 사건 때문에 몇 년 전 공장에서처럼 혼란에 휩싸이기 싫었다. 지금도 충분히 힘든데 더 힘들어질 수 없었다. 내버려두라고, 귀찮게 하지 말라고 선을 그어야 했다. 아니, 처음부터 선은 그어져 있었다.

"죄송하지만 제가 여기 소속도 아니고요. 나선다고 해도 별 도움이 안 될 거예요."

승연의 맞은편에 앉은 직원이 얼굴을 일그러뜨렸다.

"어디 딴 데서 근무하시나 봐요?"

유하나가 고개를 들어 승연에게 한쪽 눈을 감았다. 가만히 있으라는 신호였다. 직원은 답답하다는 듯 고개를 젖히고 말했다.

"저기요, 영양사님. 영양사님도 관계가 있다고요. 하기 싫은 사람 억지로 끌고 갈 생각은 없는데요. 영양사님이 앉은 자리도 이런 일 때문에 자주 교체된다는 말입니다. 전임자처럼 안 된다는 보장이라도 있어요?"

직원은 깍듯이 존대하고 있었으나 격앙된 감정이 목소리에 고스란히 드러났다. 김자경이 직원의 팔을 잡으며 말을 막았다.

"이 과장, 나가서 열 좀 식히고 와. 처음 들으면 당황할 수도 있지. 그리고 승연 씨, 우리가 길게 여유는 못 줘요. 내일까지 생각해봐요. 고민해보고 서명이든 활동이든 같이하는 걸로 합시다. 업무 시간인데 시간 많이 뺏었네요. 이만 복귀

하세요."

유하나는 김자경의 말이 끝나자마자 자리에서 일어나 허리를 숙였다. 그러곤 나가자며 승연의 어깨를 잡아끌었다. 딱 잘라 거절했어야 했나, 문을 나설 때까지 승연은 그러지 못한 게 후회되었다.

6

4월 초인데도 더위를 많이 타는 조리장과 장 여사는 주방에서 반팔을 입었다. 조리장은 식당 에어컨을 켰다가 춥다는 직원들의 불평에 전원을 끄곤 했다.

승연은 이틀째, 배식이 없는 시간이면 패딩 점퍼를 걸치고 창고에 틀어박혔다. 날이 따뜻해질수록 바깥과 온도 차가 커져 창고 안은 더욱 싸늘하게 느껴졌다. 영상 2도의 찬 기운에 소름이 돋았다. 지퍼를 목 끝까지 올리고 손을 비볐다.

유하나는 오전에 사무실에 들러 여직원회에서 전해주라고 했다며, 미안하다는 사과와 함께 성명서와 서명지를 책상에 두고 갔다. 그리고 얼마 안 있어 정선우가 전화를 걸어왔다. 아시죠? 그거 서명하면 우리 회사가 얼마나 시끄러워지는지.

　승연은 냉동고까지 모조리 뒤져 식자재를 바닥에 늘어놓은 뒤 위치와 개수를 리스트에 기입했다. 날짜를 적고, 확인한 물품은 휴대폰에 사진으로 남겼다. 승연이 지금 할 수 있는 일은 기껏해야 그런 거였다. 그게 아무리 조작하기 쉽고, 허물어지기 쉬운 기록일지라도 승연의 손으로 직접 남겨야 했다. 뜨거운 호흡이 갑갑해 목 끝까지 올렸던 지퍼를 아래로 내렸다.

　점심 배식을 10여 분 남기고 창고를 나섰다. 문을 열자 더운 기운이 몸을 감싸며 걷잡기 힘든 간지러움이 일었다. 패딩을 벗고 손톱을 세워 목과 허벅지, 팔을 사납게 긁었다. 왼쪽 중지와 약지 손톱 아래로 피가 고였다. 지난밤, 지호도 잠결에 목덜미를 세게 긁었다. 한동안 잠잠했던 아토피가 심해지는 건 아닌지 걱정되었다. 병원에 데려가라고 재희에게 부탁했어야 했는데 재고 파악에 정신이 팔려 전화하는 것을 잊었다. 아이가 품에서 멀어지면서 잔병치레가 점점 잦아지는 것 같았다. 지금이 아니면 재희에게 연락할 시간이 없었다. 곧 점심을 배식해야 하고, 오후에는 잡지사에서 하는 컴백맘 인터뷰가 예정되어 있었다. 승연은 손톱 아래 고인 피를 엄지로 긁어내며 휴대폰을 들었다. 재희는 전화를 받지 않았다. 아침에 검색하던 인터넷 페이지로 손가락을 옮겼다.

페이지를 새로 고치자 '선린'의 검색 결과가 달라졌다. 신유라가 올린 글이 여러 인터넷카페로 퍼져 나가고 있었다.

　뼈가 있는 갈비 세 덩이와 살코기 네 조각. 승연은 조리원들이 미리 담아놓은 건더기 위로 뜨거운 육수를 부었다. 어깨에서 기운을 빼고 손목의 스냅을 이용해 직원들에게 국그릇을 건넸다. 몸은 마음보다 시간에 정직했다. 구부린 허리와 목이 뻐근할 뿐 이제 사오백 그릇을 푸는 건 그다지 고되지 않았다. 승연은 기분이야 어떻든 맛있게 드세요, 하는 인사말을 건넸다. 대부분은 그냥 지나쳤고 더러 고개를 까딱하며 돌아보는 사람이 있었다.

　"연락 온 거 없지?"

　승연은 얼결에 네? 하면서 몸을 틀었다. 승연에게 묻는 소리가 아니었다. 두 사람이 식판을 들고 테이블로 향하며 대화하고 있었다. 쓸데없이 예민해진 거라고 되뇌며 갈비탕 그릇을 다시 들었다.

　"아직 연락 안 왔어요?"

　조리장이 옆에 서서 승연이 들고 있는 국그릇을 뺏었다. 이번에는 승연에게 묻는 거였다. 승연은 반사적으로 국자를 놓지 않으려고 손을 꽉 움켜쥐었다.

　"2시부터라면서요. 잡지에 나가는데 거울 좀 봐야 하는 거 아니에요? 이쪽 볼에 육수가 튀었나. 엄청 번들거려요."

조리장은 빈 그릇으로 얼굴을 가렸다. 승연은 소매로 볼을 문지르고 배식대 옆으로 물러섰다. 신경이 곤두서 고맙다는 말이 나오지 않았다. 조리장에게 국자를 건네고 사무실로 들어가는데 다리에 자꾸 힘이 풀렸다. 앉아서 쉬고 싶지만 벌써 약속 시간이 가까워졌다.

유 기자는 성이 같다고 반가워하며 유하나에게 명함을 건넸다.

"혹시 본관이 어디세요?"

"고흥 유씨인데, 기자님은요?"

"오, 진짜요? 우리 조상이 같아요. 존경하는 유관순 열사!"

그는 승연과도 밝게 인사를 한 뒤 카메라를 들어 두 사람을 찍었다. 그가 들고 나온 카메라는 은상이 한때 갖고 싶어 하던 거였다. 조작이 쉽고, 가격도 저렴하다면서 몇 번이나 카탈로그를 보여줘 익숙한 모델이었다. 유 기자는 자신이 포토그래퍼는 아니지만 잡지에 나갈 인물 사진은 〈타임〉지에 내놓아도 무리 없을 만큼 잘 찍는다고 너스레를 떨었다.

"길게 시간을 못 내시니까 예의 안 차리고 말하겠습니다. 이혼하셨다고요?"

유하나는 남편이 사채업자에게 쫓겨 어쩔 수 없었다고 가볍게 대꾸했다. 아이 둘은 시댁에서 보고, 자신은 생활비를 번다는 묻지 않은 말까지 덧붙였다.

승연은 적잖이 놀랐다. 유하나는 만날 때마다 말을 많이 했고, 투명하리만치 감정을 얼굴에 드러내는 사람이었다. 그런데 그녀에 대해 아는 게 거의 없다고 생각하니 얼굴이 다시 보였다. 승연은 사람들과 거리를 유지했다. 불필요한 관심은 받고 싶지 않으니까, 쓸데없는 동정에 초라해지기 싫으니까. 소문이란 지극히 타인을 위한 기호품 같은 거라서 안부를 묻고 걱정해주는 행동이 나중에는 짐이 되어버렸다. 친근함이 조롱으로 돌아왔던 몇 년 전처럼. 하지만 유하나는 거리낌 없이 본인의 사정을 꺼내 보였다.

"그럼 양육비 때문에 경단녀 취업 프로그램에 참여했다는 말인가요?"

"그렇다고 볼 수도 있고 아니라고도 할 수 있어요. 경단녀가 아니라도 일은 필요했으니까요. 상황을 가릴 처지는 아니었어요."

유하나가 빙긋 웃자 유 기자도 따라 웃으며 의자를 당겨 앉았다.

"일은 얼마 만에 다시 시작한 거예요?"

"3년 정도? 둘째가 두 돌이 지나서 시가에 맡길 수 있었거든요."

"남편은요?"

"사채라고 아까, 그 이상은 노코멘트입니다."

유하나가 검지를 흔들었다. 껄끄러운 이야기를 어렵지 않게 거절하는 재주를 가졌다. 기자는 고개를 끄덕이며 질문을 바꿨다.

"이건 좀 다른 얘긴데요. 경력 단절 여성 프로그램에 이혼한 여성을 뽑았다고 하면 다른 지원자가 반발하지 않을까요?"

"에이, 유 기자님. 무슨 질문이 그래요. 그건 말도 안 되죠. 지금이 19세기 개화기도 아니고. 만약 회사에서 그런 조건을 내세웠다면 지원자들이 가만히 있었겠어요?"

유하나는 주먹으로 테이블을 가볍게 치며 승연을 돌아봤다. 승연은 갑작스러운 눈짓에 대답은 못 하고 고개만 주억거렸다. 눈을 맞추며 생각해보니 유하나에 대해 아는 게 있긴 했다. 유하나가 말한 3년 동안, 그녀는 인터뷰에서 말한 것과 달리 파견 회사에서 이어준 다른 곳에서 근무했다.

유 기자는 무슨 업무를 맡았는지, 회사에서는 컴백맘을 위해 어떤 제도를 운영하는지 물었다. 유하나는 총무팀에서 우편 업무와 체육행사, 동아리 활동 지원 등 사내 행사를 담당한다고 말했다. 회사에서는 컴백맘을 위해 출퇴근 시간을 정할 수 있는 유연근무제와 월 1회 유급 가정 휴무제를 운영하고 있다고 덧붙였다. 무엇보다도 워킹 맘을 배려하는 분위기죠, 하고 말했을 때 기자는 셔터를 눌렀다. 홍보팀 차장이 무심한 척 질문지를 넘겼다.

"고생하셨습니다. 유하나 씨가 워낙 재밌게 말씀해주셔서 최승연 씨에게 물을 게 남았나 모르겠네요. 정말 간단한 신상 명세와 하는 일만 묻겠습니다."

유 기자는 '간단한 신상 명세'라는 말이 재미난 농담이라도 되듯 반복해 말하며 웃었다. 유하나는 기자의 장단을 맞춰 "아뇨, 꼼꼼히 파헤쳐주세요, 유 기자님!" 하고 목소리를 높였다.

"영양사시라고요?"

"네."

승연은 유하나처럼 말을 잇지 못했다.

"자기소개를 하신다면요?"

"제 이름은 최승연이고요. 서른일곱 살이고. 송림, 아니 선린에 컴백맘으로 뽑혔습니다."

"긴장하셨네요. 생방송 아니니까 편히 말씀하세요. 제가 알아서 기사 내보낼게요. 가족관계는요?"

"딸이 있어요. 다섯 살 먹은."

"남편은요?"

유하나처럼 남편에 대해 말하기 싫다고 거절할 수 없었다. 차라리 이혼이 낫지 남편이 가출해서 소식을 모른다는 말은 나오지 않았다. 그 말을 하고 더 보탤 말도 떠오르지 않았다. 유 기자가 승연의 눈치를 살폈다.

"그럼, 이혼이나 다른 사정이?"

기자가 유하나를 돌아봤다. 유하나가 웃었다.

"아뇨, 일본에 나가 있어요."

거짓말은 너무도 태연히 나왔다. 연애할 때 국비 지원으로 직업 개발 프로그램을 마치면 일본에 취업할 수 있다고 은상이 떠들던 말이 떠올랐다. 승연은 남편이 프로그래머로 작년부터 외국에 나가서 일해 자기 혼자 아이를 키운다고 말했다. 그러곤 아이를 어린이집에 맡기고 회사를 다니느라 하루가 어떻게 지나가는지 모르겠다며 손을 매만졌다. 웃으며 말할 넉살은 없었다.

"대애박! 비밀에 싸여 있더니만 알고 보니 형부가 능력자였구나!"

유하나가 승연의 어깨를 세게 두드렸다. 승연은 유하나의 팔을 말없이 밀어냈다.

유 기자는 유하나에게 했던 질문을 승연에게 비슷하게 던졌다. 그저 예의상 비슷한 시간을 할애하려는 것으로 보였다. 기자는 승연에게 영양사복을 입게 하고 사진을 찍었다.

소매 얼룩이 신경 쓰여 두 손을 모아 배 부분에 내리고 지저분한 곳을 가렸다.

슬슬 인터뷰를 마무리 짓는 분위기가 되었다. 유 기자는 잠깐 사진을 들여다보더니 고개를 들고 말했다. 순식간에 웃음기를 완전히 지워낸 얼굴이었다.

"마지막으로 최승연 씨에게 질문을 하나 더 드리고 싶은데요."

승연이 의아해 고개를 드는 사이, 유하나가 "뭔데요?" 하고 명랑하게 물었다. 홍보팀 차장도 고개를 들었다. 기자는 휴대폰을 꺼내 승연에게 내밀었다.

"이 글, 본 적 있으시죠?"

*

쉽게 말하죠. 이건 엄연히 무고입니다. 가당치도 않은 소리라고요. 그걸 설마 사실로 믿는 건 아니죠? 성폭행 미수라니, 정말 기가 차군요. 그 여자가 그 일이 있었다고 우기는 때는 말이죠. 이런 일로 소송이 많아서 기업들이 시도 때도 없이 고개를 숙였던 바로 그때란 말입니다. 세상에 무슨 배짱으로 그런 때에 일을 벌이는 사람이 있답니까? 최 영양사가 입사했을 때 아무 말도 안 한 건 정말이지 아무 문제가 없어서, 말할 필요조차 없어서 그랬던 거예요.

그럼 그 여자가 한 말을 조목조목 따져볼까요? 이건 보도 자료에도 낼 건데. 근데 씨발, 뭘 그렇게 구구절절 적었어. 기자는 왜 그딴 걸 들고 와서 캐묻는 거고. 이건 누가 봐도 신유란데, 언니라니 설정도 참 유치하지. 아, 내가 지금 최 영양사한테 화내는 게 아니에요. 요새 이 건으로 돌 지경이 라서요.

그러니까 말이죠. 두 가지로 요약되더군요. 하나는 식당 업체 계약 건, 이건 재고관리까지 포함한 얘기겠죠. 두 번째 는 성폭행 미수. 하아, 진짜 입에 담기도 성질나네.

사실 식당 계약은 저희도 놓친 부분이에요. 그런데 이걸 문제 삼으면 신유라가 타격이 더 클 텐데 왜 이러는지 이해 가 전혀 안 가네요. 같은 일을 하니까 잘 알 거 아니에요, 영 양사의 업무. 통상 단체 급식장에서 업체 계약과 재고관리 는 영양사의 주 업무라고요. 그에 따른 책임도 물론 영양사 가 지죠. 올린 글을 보니까 매니저가 한다고, 회사에서도 다 알았다는 식으로 써놨던데, 대체 어느 회사에 다녔답니까. 그 시나리오를 누가 쓴 거냐고요.

우리 회사 식당은 말이죠. 오픈해서 지금까지 계약은 줄 곧 영양사가 했어요. 그래서 식자재 업체 입찰 프레젠테이 션을 할 때도 영양사가 들어간 거고요. 자, 봐요. 회의 일지!

"효율적인 배송시스템과 식품 부자재 청결 관리로 식당에 상당히 도움될 것 같다"라고 심사 의견도 적었네요. 식당 매니저는요, 애초부터 회사와 식당의 중간에서 다리 역할을 하면서 외부 손님을 상대로 서비스를 맡는단 말입니다. 그게 바로 팩트라고요. 이제 와서 무슨 뚱딴지같은 소린지 모르겠군요.

하, 재고관리도 그래요. 그전까지 문제없던 재고가 하필, 왜 신유라가 관리했을 때만 틀렸을까요. 그건 우리도 묻고 싶습니다. 그걸로 발목을 잡겠다는 심사인가 본데, 좋은 게 좋은 거라고 조용히 퇴사하도록 넘어가게 배려해준 게 누군데. 그것 때문에 우리도 지금 입장이 난처하단 말입니다. 최승연 영양사도 나중에 이딴 식으로 책임 전가 하지 마세요. 우리도 한 번 당했지 두 번은 안 당합니다.

두 번째로 성폭행 미수 건. 하, 어디서 소설을 쓴답니까, 드라마를 찍는답니까. 갑질, 성추행, 피해자와 가해자. 요 근래 기업 하는 사람이라면 학을 떼는 말이에요. 몇 년 전에 사무실에서 농담으로 한 말이 성추행 되는 게 아닌가, 술자리에서 직원들에게 술을 따르라고 한 적이 있는데 고소감은 아닌가, 기억도 안 나는 걸로 고민하고 눈치 보고. 사실 말이 나와서 그렇지 어느 회사나, 아니 남자 직원들 사이에서는 다반사로 있는 일이잖아요. 술잔 주고받고, 가끔은 외모 가지고 실없는 농담도 하고, 자리에 없는 사람 욕도 해가면서 말이죠.

물론 그게 옳다는 말을 하려는 게 아니에요. 아무래도 시대가 변했으니까 직장 문화도 바뀌어야겠죠. 일이 급해도 퇴근 후나 휴일에는 절대 직원들에게 사적인 연락은 하지 말아야 하고요. 나도 그게 맞다고 생각합니다.

이번 일을 본부장님께 보고했더니 실소하시더군요. 식당 사람들 격려 차원에서 밥 한 끼 사 먹인 게 어쩌다 거기까지 갔냐면서요. 그 양반이요, 매너라면 대한민국에서 넘버원입니다. 젊을 때 현장에서 뒹군 분이라 이런저런 경험이 많아 아랫사람들과도 격의 없이 지내시고요. 그래도 혹시 몰라서 식당 사람들을 불러 면담을 했어요. 하나같이 금시초문이라더군요. 거기에서 제일 오래 일한 장 여사는 쓸데없는 소릴 한다고 어찌나 호통을 치던지.

게다가 과천에 있는 프랑스 가정식 음식점이라고요? 거긴 또 어디랍니까? 찾아보세요, 지도에 그런 데가 있는지. 같이 갔다던 매니저도 셋이 따로 만난 적은 없다고 했어요. 그리고 문제 삼으려면 그때, 적어도 계약 해지할 때라도 했어야지 왜 몇 달이 지나서야. 아, 이런 말도 2차 가해라고 하던데 웬만해야 이런 얘길 안 하죠.

최 영양사한테 따질 일은 아닌데 말하다 보니 또 흥분했네요. 정선우 대리를 시켜서 말을 전할까 하다가 그래도 내가 설명하는 게 나을 것 같아서 불렀습니다. 정 대리는 작년에 인사팀에서 근무를 안 해서 자세한 내막까지는 몰라요. 어디 가서 싫은 소리도 못 하고 웃기만 하는 게 물러터져가지고.

고로 결론은 말이죠. 잡지사에서 마지막에 한 질문은 무시하세요. 그건 내가 홍보팀이랑 상의해서 처리하겠습니다. 기자가 연락해 와도 전화 받지 말고요.

이건 혹시나 해서 하는 말인데. 이번 일로 여직원회에서 시끄러워요. 알아서 처신 잘하라고요. 컴백맘, 좋은 취지로 뽑은 건데 노조 일까지 거들면 저희도 재계약 장담 못 해요. 면접 때 말한 대로만 하세요. 내가 물었죠? 당신의 양심과 회사의 기밀 중 무얼 택하겠냐고. 그때 뭐랬더라. 잘 기억은 안 나는데, 기밀을 양심과 바꿀 수 있는 거냐고 거꾸로 되물었던가요? 양심에 꺼릴 일을 시키지도 않겠지만, 함부로 입을 놀릴 사람이 아니란 생각에 다른 면접관들이 최승연 씨일 오래 쉰 사람이라고 반대하는데도 내가 밀었어요. 같이 면접 본 사람들은 다 어정쩡하게 답했거든요. 그래요, 사실 냉정하게 말하면 여기 남의 회사 아닙니까. 파견 회사에서도 최 영양사는 여기 사람 아니라고, 분명히 하지 말라고 말릴 겁니다. 슬기롭게 대처해요, 알죠?

그리고 신유라가 따로 연락하진 않았죠? 그건 앞으로도 안 됩니다. 그 여자가 자기와 비슷한 몇 명을 모아 이야기를 만들면 사람들은 그 말이 사실이라고 믿어요. "봐라! 얘도 당하고, 재도 당하고, 나도 당했다. 우리는 모두 힘없는 약자다!"

　사람들은요. 가진 거 없는 사람들이 억울하다고 부르짖으면 그들 편을 들게 돼 있어요. 그게 요즘 사람들이 생각하는 정의고, 휴머니티거든요. 그런데 진실은요. 여기에 앉아 있는 나나, 저기 위에 앉아 있는 본부장이나 그냥 회사원이라는 사실이에요. 어느 날이고 회사에 손해를 입히면 깨끗이 정리되는, 회사 비품 같은 존재죠. 어느 날 갑자기 사고를 당해도 회사야 빈자리에 비슷한 비품을 채워 넣으면 그만이니 문제 될 게 없어요. 그런 우리가 무슨 갑입니까. 세상에 진정한 갑이 있기나 한가요? 짧게 할 말인데 말이 길어졌군요. 이 일로 계속 야근 중이라 나도 머리가 복잡해요.

　여기가 세 번째 직장이라고 들었어요. 뭘 아주 모르는 사람은 아닐 테니 알아들은 것으로 믿죠. 정 대리한테 얼핏 들었는데 남편이 외국에 나가서 혼자 애를 보고 있다고요? 고생이 많네요. 그래도 애가 하나니까 혼자라도 할 만하죠? 나는 아이 셋에 외벌이라 숨 쉴 틈도 안 나는데. 여하튼 매니저한테 말해서 탄력 근무 할 수 있게 조치하라고 할게요.

그래요. 우리, 이 회사에서 오래 봐야죠?

*

여성국장 김자경과 다섯 명의 여직원이 둘러앉은 테이블에는 서명지 몇 부가 널려 있었다. 직원 중 하나가 승연을 보고 앉으라며 소파 끝을 가리켰다. 그들은 건성으로 승연에게 인사를 하고는 하던 회의를 계속했다. 옆에 앉은 사람을 크게 의식하지 않는 눈치였다.

건조한 공기는 지난번과 다르지 않았다. 가습기를 켜면 좋겠는데. 승연은 집에 있는 오래된 가습기를 떠올렸다. 이번 월급을 타면 가습기를 바꿔야 하나, 공기도 안 좋은데 청정기를 들여야 하나. 지호가 밤마다 마른기침을 했다. 아토피에 비염까지 도져 잠결에 몸을 긁는 지호의 팔목을 붙든 채로 잠들 때가 많았다.

한참의 토의를 끝내고 김자경이 승연의 앞으로 자리를 옮겼다. 그녀는 목이 잠기는지 차를 넘기고 입 주변 근육을 풀었다.

"식당도 시끄럽죠?"

승연은 그냥 그렇다고 대답했다. 이틀을 연이어 인사팀장과 식당 매니저, 총무팀 식당 담당자, 파견 업체 안 부장에게 불려 다녔다. 그들은 하나같이 근거 없는 소리니까 신유라가 올린 글에 동요하지 말라고 설득했다. 식당 사람들은 별말 없이 평소와 같이 일했지만, 그 침묵이 승연은 오히려 더 불편했다.

김자경이 허리를 깊이 숙이고 승연에게 가까이 다가왔다.

"아직 서명을 안 했다고 들었어요."

김자경 뒤로 직원들이 봉투에 서명지를 밀어 넣으며 힐끔거렸다. 김자경은 입술을 지그시 물고, 손깍지를 껴서 무릎에 올렸다. 낮은 숨소리가 들렸다.

"노조원이 아니라서 나서기가 그래요."

"그렇지만 선린에 다니잖아요?"

"……."

"영선 씨, 이번 건은요. 여직원들에게, 특히 노조와 회사의 도움을 못 받는 직원들에게 가해지는 폭력에 관한 문제예요. 안 그래요, 영양사님?"

승연은 김자경이 동의를 구하는 사람은 영선이 아니라고 대답하고 싶었다. 무엇 때문에 얼굴까지 찌푸려가며 이름도 기억 못 하는 사람을 위해 나서준다는 건지, 전혀 고맙지 않았다.

"재계약 때문에 그래요?"

승연은 어떤 반응도 하지 않고 테이블을 내려다봤다.

"인사팀장이 불렀다면서요? 서명하면 계약 연장 안 해준 대요?"

김자경은 승연의 표정을 살피고는 고조되었던 목소리를 조금 낮췄다.

"순진하게 그 말을 믿는 건 아니죠? 하라는 대로 하는 사람 쉽게 생각하는 거, 잘 알고 있잖아요? 그리고 영선 씨가 서명한 걸 누가 알겠어요? 우린 몇 명이 서명했고, 비정규직도 참여했다고만 공표할 건데."

뒤에 있던 직원 둘이 김자경 옆으로 둘러앉았다. 그들은 서명지를 담은 봉투를 테이블에 조용히 내려놓았다. 정적이 이어졌다. 밖을 응시하는 척 승연을 흘깃대는 눈빛이 10여 분 넘게 지속되었다. 불규칙하게 이어지는 숨소리와 노조 전임직이 사무실에서 통화하는 소리가 이따금 들렸다. 승연은 시계를 내려다보고는 봉투를 가리켰다.

"알겠습니다. 할게요. 하지만 이 이상의 활동은 진짜 힘들어요."

서명한다고 해서 크게 바뀔 건 없을 것 같았지만 제안을 거부하면 또 다른 뒷일에 휘말리게 될까 봐 두려웠다. 어쩌면 많은 사람이 하는 형식적인 서명일지 모른다. 김자경은 승연이 오래 버틸 거라고 예상했는지 순순한 대답에 놀라 소파에서 등을 급하게 떼었다. 승연은 식당이라고 소속을 쓰고 서명란에 이름을 적었다. 김자경이 펜을 놓는 승연에게 말했다.

"고마워요. 사실 회사에서 유방암 환자를 위한 핑크 리본 캠페인을 진행 중이라 우리도 일을 벌이는 게 썩 내키지는 않아요. 하지만 이번까지 입을 다물면 회사에서 여직원들의 입지가 흔들릴 수밖에 없어요. 스스로 자리를 포기하는 셈이죠. 이번 기회에 저희가 위치를 다잡아서 앞으로 나가야 하는데. 아, 물론 영선 씨 같은 비정규직들에게도 도움이 될 거고요. 저희가 힘 있는 자리에 올라야 영선 씨도 시답잖은 사고 때문에 자리를 위협당하지 않을 테니까. 여하간 공은 잊지 않을게요."

김자경이 서명지를 흔들며 웃었다. 승연은 식당에 미팅이 있어 가봐야 한다고 몸을 일으켰다. 너무 오랫동안 노조 사무실에 머물렀다. 식기 납품업체 영업 직원이 30분 넘게 승연을 기다리고 있을 거였다. 승연은 인사를 하고 긴 파티션을 지나 문고리를 돌렸다. 그리고 복도로 얼굴을 내밀었을 때 휴대폰을 두고 왔다는 사실을 깨달았다. 다시 돌아온 승연에게 김자경이 고개를 갸웃했다.

"뭐, 할 말이 더 있어요?"

할 말은 노조 사무실에 들어와 김자경이 승연을 불렀던 순간부터 있었다. 승연은 소파 구석에 떨어뜨린 휴대폰을 집었다.

"아니요. 휴대폰을 두고 가서요. 저, 그런데요. 국장님."

"네?"

"제 이름은요. 영선이 아니라 최승연이에요."

김자경은 무슨 말인지 모르겠다는 눈초리로 미간을 찌푸려다.

3부

17층,
천장이 높은 식당

7

승연은 전날 청소를 한 뒤 뒷정리를 덜한 거라고 생각했다. 식당 사람들이 창문 옆에 100리터 쓰레기봉투를 기대어 놓고 깜빡 잊어버렸다고, 그러다가 쓰레기가 제 무게를 이기지 못해 널브러졌을 거라고 생각했다. 비록 창문이 하나만 열려 있었고, 그 창문 가까이에 의자와 쓰레기봉투가 밀려나 있었지만 그것이 무엇을 의미하는지 알아차리지 못했다.

새벽 어스름 빛을 따라 보기 싫게 쓰러진 쓰레기를 치우러 갔다. 불을 켜지 않아 잔상이 뚜렷이 남지 않은 게 그나마 다행이었다는 생각은 한참 지난 뒤에나 할 수 있었다. 널브러져 있는 건 사람이었다. 승연은 놀랐으나 얼른 깨워야 한다는 생각에 쓰러진 사람에게 달려갔다. 알코올과 구토 냄새가 섞여 기분 나쁜 체취가 승연에게 다가들었다.

헐렁이는 하얀색 면 후드점퍼를 입은 젊은 남자였다. 남자는 모자를 뒤집어쓰고 상반신과 다리를 구부려 엎드린 듯 옆으로 누워 있었다. 한쪽 팔이 바닥에 떨어져 있고, 다른 팔은 옆구리에 걸쳐 배 앞으로 내려왔다. 후드 모자에 가려 코와 입매가 겨우 보였다. 입가로 토사물이 길게 흘러나와서 승연은 코를 쥐고 눈살을 찌푸렸다. 사람들에게 먼저 연락해야 하나 망설이다가 남자의 팔을 슬쩍 두드렸다.

"저기요."

승연은 무릎을 꿇고 앉아 남자를 더 세게 흔들었다.

"여기서 주무시면 안 돼요!"

남자의 팔이 승연의 무릎 위로 무겁게 미끄러졌다. 순간 곤두서는 신경. 승연은 조심스레 남자의 얼굴로 손을 가져다 댔다. 온기는 도는데 숨을 쉬는 것 같지 않았다. 남자의 팔을 만졌을 때 고스란히 전해졌던 감촉이 생생해 몸서리가 쳐졌다. 살았는지 죽었는지 확실하게 확인해야 하는데 팔이 부들거려 펴지지 않았다. 시선을 잔뜩 흐리고 남자의 코끝에 손을 가져갔다. 닿는 호흡이 없었다. 전화를 걸려고 했지만 손에 자꾸 힘이 빠져 휴대폰을 계속 바닥에 떨어뜨렸다. 휴대폰을 겨우 쥐고 생각나는 대로 번호를 눌렀다.

"반갑습니다, 고객님. 무엇을 도와드릴까요?"

승연은 한참 동안 말을 잇지 못하다가 더듬더듬 상황을 설명했다. 숨을 쉬지 않는다고, 누워 있다고, 팔이 떨어졌다고, 하얀 옷을 입었다고, 그러다가 횡설수설 도와달라고 외쳤다. 114에서는 전화가 이상하다고 감지했는지 119에 연결해주었다.

소방대원들이 GPS로 위치를 추적해 식당에 도착하기 전까지, 식당 새벽조가 출근해서 승연을 식당 의자에 앉힐 때까지 그 시간을 어떻게 버텼는지 머릿속은 블랙아웃이었다.

곧이어 경찰들이 들이닥쳤고, 총무팀 팀장과 직원들이 뛰어나왔다. 대원들은 쓰러진 남자를 구급차에 실으며 어떻게 된 일이냐고 승연에게 사정을 물었다. 모르겠어요, 저 사람이 여기, 아니 저기 벽에요, 아니 식탁 아래 누워 있었어요. 새벽에, 그게 아니라 밤에 모자 티를 입고……. 거기까지 말하다가 승연은 모르겠다며 세차게 머리를 내저었다.

혼란 속에서 날이 밝았다. 식당 등을 모두 켜놓은 것보다 밝은 빛이 창문으로 들어오고 있었다. 환한 빛 속에서도, 영양사실로 몸을 옮긴 뒤에도 승연의 눈에는 하얀 후드점퍼의 남자가 계속 웅크리고 있었다. 그를 만진 촉감이, 그의 살갗에서 올라왔던 온기가, 알코올과 토사물로 비리고 역겨웠던 체취가, 무엇보다도 어스름에 드리워졌던 죽음이 눈앞에서 꺼지지 않았다.

식당은 폴리스 라인이 쳐져 이틀 동안 배식이 중단되었다.

*

회사 안은 조용했고, 밖은 시끄러웠다. 안의 고요함은 복잡한 일에 휘말리지 말자는 현실감에서 나온 적요일 테다. 구성원들은 회사에서 입단속을 하기 전에 내부의 침묵을 알아서 받아들였다.

식당에도 정적이 흘렀다. 사물이 내는 공허한 소리만 공간을 채웠다. 수돗물이 똑똑 흘러내리는 소리, 국이 끓어 냄비 뚜껑에 부딪치는 소리, 박자감이 잘 맞는 칼질 소리와 알루미늄 통이 바닥에 떨어져 타일을 구르는 소리, 채소의 물기를 공중에 탈탈 털어내는 소리.

오로지 장 여사만 분위기에 휩쓸리지 않고 평소와 같은 모습이었다. 그녀는 팥을 고르며 못마땅하다는 듯 말했다.

"어디서 이런 걸 떼어 왔나. 벌레 먹은 것도 마이 보이고. 회장님 드실 건데 묵은 팥인 거 확인도 안 했나."

팥은 전날 밤 승연이 퇴근하며 시장에서 사 온 거였다. 장 여사 말대로 팥이 어떤지 확인하지 않고 값을 치렀다. 팥 따위가 눈에 들어올 리 없었다. 장 여사가 투덜대는 소리도 잘 들리지 않았다. 다른 때 같았으면 승연은 잘못 사 왔다는 것을 확인하고 새벽에 문을 여는 시장을 찾아 좋은 팥을 구하러 다녔을 것이다. 아니, 애초에 오래된 팥은 고르지도 않았을 것이다. 평소라면 장 여사의 불평에 의미 없는 맞장구를 쳤을 조리원들도 승연의 얼빠진 표정을 보고 조용히 팥을 골라냈다.

"뭐라꼬 이렇게 조용한데? 다들 죄라도 졌습니꺼?"

"그거 그만하시고 내다 버리세요. 제가 업자한테 전화해서 바로 주문 넣을 거니까."

조리장은 장 여사와 승연을 번갈아 쳐다보며 휴대폰을 들고 주방을 나갔다.

매니저가 긴급 조회라고 사람들을 불러 모았다. 연일 긴급 조회였다. 매니저는 정렬한 사람들을 확인하고는 가장 끝에 서 있는 승연에게 괜찮냐고 물었다. 승연은 매니저가 들고 있는 업무 수첩에 멍하니 시선을 두고 고개만 끄덕였다. 매니저는 수첩을 펼쳐 읽어나갔다.

"총무팀에서 내려온 공지입니다. 이번 일로 충격을 받은 직원들이 많아 식당에서 식사를 꺼린다고 합니다. 식당을 방문한 직원들이 편안하게 식사할 수 있게 배려해달라는 요청입니다. 영양사님은 앞으로 2주 동안 소화가 잘되는 음식으로 식단을 조정해 공지하시고요. 다른 분들은 청결에 각

별히 신경 써주세요. 직원 식사 수가 줄어든 만큼 외부 고객을 받을 거니까 배식량은 그대로 유지하시고요."

매니저는 바쁘게 말을 쏟고는 목을 쓰다듬었다. 그는 들고 있던 업무 수첩을 내리고 사람들을 찬찬히 훑어보았다.

"어쩌다 보니 회사에서 발생한 뉴스가 모두 식당이랑 관계됐어요. 자살이야 우리 소관이 아니니까 상관없지만 전 영양사 건은, 다른 목소리를 내면 곤란합니다. 식당의 존치가 걸린 문제예요. 인터뷰 요청이 오면 일단 모른다고 하시고, 연락은 가능한 피하세요. 오후부터 한 분씩 면담할 거니까 그렇게들 알고 계시고요. 어차피 금방 지나갈 겁니다. 그리고 그것보다 중요한 공지 사항은 나흘 뒤가 회장님과 임원들이 VIP식당에서 식사하시는 날이라는 겁니다. 한 달에 한 번 있는 행사니까 정신 바짝 차려주세요. 장 여사님은 하시던 대로 비서실에 연락해서 회장님이 드시고 싶은 음식 준비하시고, 영양사님은 서빙을 부탁합니다. 다른 분들도 최선을 다해 두 분을 서포트해주시고요. 민감한 시기니까 더욱 신경 씁시다."

남자는 결국 위세척 중에 죽었다. 술과 다량의 수면제를 복용한 게 사인이었으나 병원에 늦게 도착한 탓도 있었다.

죽고 싶다, 라고 시작해 살고 싶었습니다, 라고 끝을 맺은 유서가 후드점퍼 주머니에서 접혀 나왔다. 경찰은 고층 식당 창문이 열려 있고, 그 앞에 남자가 쓰러진 것으로 봐서는 투신도 시도했던 것으로 추정했다. 승연은 그가 마케팅팀 인턴이라는 사실을 경찰조사를 받으며 알았다. 그리고 성추행을 당한 소문의 인턴이란 사실은 조사가 끝나고 마케팅팀 직원에게 들었다. 인턴이 남자일 거라는 생각은 미처 하지 못했다. 그저 뉴스에서 흔하게 접했던 사건처럼 당연히 피해자가 여자일 거라고 생각했다.

승연은 두 번 더 경찰서에 다녀오고, 네 번 회사 감사실에 불려 가 조사를 받았다. 사실 사건 당일 일어난 일은 승연보다 CCTV가 더 많이 증언해주었다.

회사에서는 인턴의 죽음을 조용히 처리했다. 단체행동을 준비한다던 여직원회 또한 어떤 입장도 내지 않았다. 상황을 아는 몇몇 부서 관계자들이 있었을 텐데 어떤 말도 떠돌지 않았다. 경찰은 자살이라고 결론을 내려 사건을 빠르게 마무리 지었다. 며칠 전까지만 해도 그토록 시끄러웠는데 지금은 아무도 떠드는 사람이 없다는 게, 바깥으로 소문이 퍼지지 않는 게 승연은 오싹했다. 꽤 오랜 시간이 흐를 때까지 승연은 인턴의 얼굴이 자신의 얼굴로 변해 흐릿하게 없어지는 악몽에 시달렸다.

식당 사람들은 점심을 먹으며 TV를 봤다. 선린의 사장이 케이블 경제 방송에 나와 대국민 사과를 했다. 조금 떨어진 뒤편에는 본부장이 두 손을 모으고 서 있었다. 승연은 TV를 등지고 앉아서, 사장과 본부장의 얼굴 대신 식당 사람들의 벌린 입만 볼 수 있었다. 매니저는 뉴스를 올려다보며 신문과 다른 매체에도 많이 보도될 거라고 무심한 척 말을 보탰다.

"지난해 선린에서 벌어진 불미스러운 사건으로 국민 여러분께 심려를 끼쳐 깊이 사죄드립니다. 어떤 말로 표현해도 죄송한 마음을 감출 길이 없습니다."

승연은 전날 본 "화장품 중견기업 선린, 파견직 영양사 성추행 밝혀져"라는 제목의 뉴스 때문에 회사에서 사과 방송을 한다는 걸 알았으면서도 사장의 말에 집중하지 못했다. 후드점퍼를 뒤집어쓴 인턴의 모습이 아른거렸다. 승연은 생각을 떨치려고 TV로 고개를 돌렸다.

화면에 본부장이 잠깐 비쳤다. 본부장은 반백의 정수리를 내보이고 고개를 들지 않았다. 치밀하고 노련한 사람이었다. 전날 VIP식당에서 회장과 식사를 할 때 그는 전 영양사 건은 별일이 아닌데 커졌다고, 알아서 처리하겠다면서 침통한 표정을 지었다. 서빙을 하던 승연은 신유라의 글에서 본부장이 했던 행동을 떠올렸다. 염색하지 않아 회색으로 변한 그의 머리가 어딘지 연출처럼 느껴졌다.

"임기도 얼마 안 남으셨는데 말도 안 되는 루머에 사과까지 하시고, 정말 책임감이 대단하시지 않아요?"

매니저가 말하자 앞에 앉은 조리원이 언제 퇴임하는 거냐고 물었다. 매니저는 사장이 미국 투자회사에서 온 전문경영인이라 계약이 종료되는 두 달 뒤에는 다시 돌아갈 거라고 대답했다.

사장은 고개를 들어 원고를 다시 읽었다.

"앞으로도 선린은 사회적책임을 다하는 화장품 전문 기업으로서 소명에 최선을 다할 것을 분명하게 밝히는 바입니다. 다시는 이런 일이 없도록 재발 방지를 약속드리며, 마음의 상처를 입으신 분들께 고개 숙여 사죄의 말씀을 올립니다."

본부장은 사장의 사과에 이어 대책 방안을 발표했다. 모든 책임은 마케팅팀장에게 있으며, 관련자를 해고하고 피해자를 구제하겠다고 발표했다. 그러곤 늦었지만 모든 것을 제자리로 되돌리겠다는 말을 덧붙였다. 그는 발표를 마치고 연단에서 내려와 사장과 함께 허리를 굽혀 인사했다.

가해자가 마케팅팀장이라고? 승연은 국을 뜨다 숟가락을 떨어뜨렸다. 그 소리에 TV를 지켜보던 시선이 승연에게 몰렸다.

승연의 주변에 머물던 차가운 기류는 자살 사건이 있고
나서 자연스럽게 허물어졌다. 사람들은 텅 빈 시선으로 자
신들을 대하는 승연에게 메뉴를 묻고, 조리법을 상의하고,
배식조를 얘기했다. 거꾸로 승연은 식당 사람들과 잘 지내
기 위해 억지로 보였던 친절과 수없이 고민하며 뱉었던 빈
말을 하려고 더 이상 노력하지 않았다. 가끔 웃을 때도 있었
지만 그건 어느새 몸에 밴 배식 절차 같은 거였다. 사람들은
승연이 달라진 이유가 시체를 보고 난 후유증과 신유라로
인해 어수선해진 상황 때문이라고 이해하는 것 같았다. 식
당에서 엄청난 것을 목격한 승연에게 큰일을 함께 넘겼다는
묘한 동료 의식을 느끼고 있는지 몰랐다. 승연은 드디어 집
단에 속했다는 느낌을, 유쾌하지 않은 소속감을 지난 한 주
간 체감하고 있었다.

장 여사가 오이장아찌를 오물거리며 말했다.

"그럼, 막내가 복귀한다는 거야?"

정적이 흘렀다. 승연은 자신을 흘끔거리는 시선들을 느꼈다.

*

웬일이냐고 묻는 신유라의 목소리가 냉랭했다. 신유라가

승연을 살갑게 대했다면 승연은 그녀를 더 의심했을 것이다. 전과 다름없는 신유라의 말투에 그나마 다행이라는 안도감이 들었다.

"왜 가해자가 바뀌었어요?"

신유라가 올린 글은 더 많은 곳에서 검색되었다. 그런데 어찌 된 일인지 사장이 사과 발표를 한 뒤로 몇몇 사이트에서는 가해자가 마케팅팀장으로 바뀌어 올라가고 있었다.

신유라는 웃으며 승연을 응시했다. 승연은 신유라의 냉소 띤 얼굴에도 기분이 상하지 않았다. 다만 어설프게 자신을 떠보지 않길, 이런 일로 얼굴 맞대는 일이 더는 없길 바랄 뿐이었다.

"갑자기 관심이라도 생겼어요? 오늘도 저, 말 짧게 못 하는데."

카페에 도착할 때까지 승연은 고민했다. 신유라에게 무엇을 물을 것인가, 일이 더 복잡해지지 않을까, 만나서 나아질 게 있을까. 승연은 자꾸만 밀려드는 두려움을 생각했다. 하지만 회사가 피해자를 구제하겠다는데 아무것도 안 하고 기다릴 수는 없었다. 그럴 바에는 신유라에게라도 직접 물어서 상황을 제대로 알아야 했다. 아이러니하게도 이 순간 승연이 손을 뻗을 수 있는 사람은 신유라가 유일했다.

승연이 신유라의 연락을 피하는 사이 신유라는 여러 사이트에 글을 올렸다. 자신이 소속했던 파견 회사와 고용노동부, 국가인권위원회에도 찾아갔다. 혹시나 도움을 받을 수 있을까 해서 식당 사람들에게 연락했으나 조리장만 연락이 닿았다고 했다.

"회사에서 전화가 왔었어요. 글 내리라고, 안 내리면 명예훼손으로 넘긴다고 인사팀장님께서 친히 연락을 주셨더라고요. 면담 한 번만 하자고 매달릴 때는 바쁘다고 전화도 거부하던 새끼가. 웃기죠?"

신유라의 표정은 승연이 처음 그녀를 만났을 때와 다르지 않았다. 억울한 일로 해고당한 사람이라기보다는 물건에 하자가 있어 컴플레인하러 온 고객 같아 보였다. 어쩌면 그녀는 자기 삶을 망친 사람들에게 컴플레인을 하려고 나타났는지 모른다.

신유라가 의자 팔걸이를 손톱으로 두드렸다. 승연은 휴대폰을 확인했다. 재희에게 오늘은 절대 늦지 않겠다고 약속한 건 둘째치고, 이런 자리가 무엇보다 싫었다. 그들은 커피한 잔 시키지 않고 빈 테이블에 앉아 있었다.

"내가 말한 정황은 아무 증거가 안 된다더군요. 내가 거기에 간 걸 증언해줄 사람이 없다면서. 씨발, 그런 말 할 거면 뭐 하러 사람을 불러? 몸에 상처가 났다지만 누가 그런지 알수 없지 않냐고, 다시 한번 생각해보래요. 자기들은 근무 평가서라는 객관적인 증거가 있다면서요."

신유라의 볼이 얇게 떨렸다. 높아진 음성 때문에 건너편 테이블에서 이따금 둘을 흘깃거렸다. 승연은 거칠게 숨을 쉬는 신유라도 불안했지만 어두워지는 밖을 내다보니 마음이 더 초조해졌다.

"그런데 왜 가해자를 바꿨어요?"

"어쨌든 폭행 진단서는 있고, 내 증언과 정황이 일관되잖아요. 명예훼손이라고 우긴다 해도 내가 갑자기 퇴사한 것도 그렇고. 노동부에 신고하고, 국민청원까지 올린다니 지들도 귀찮아지겠다 싶었겠죠. 게다가 인턴 자살 때문에 회사가 들썩인다면서요? 절대 저를 무시할 수 없을 거예요."

"그러니까 왜! 사람이 바뀌었냐고요!"

"퇴직금 차원에서 위로금을 주겠다고 인사팀장이 말했어요. 그러면서 이러는 거예요. 실은 저를 추행한 그 사람은 본부장이 아니라 마케팅팀장이었다고요."

승연은 어처구니가 없어 크게 웃음을 터뜨렸다. 칠흑 같은 어둠 속에서 폭행을 당한 것도 아니고 밝은 실내에서 강간을 당할 뻔한 사람이다. 얼굴을 자세히 본 적이 없다고 하나 식당에서 종종 서빙을 했고, 정기적으로 만나 식사를 하던 사이였다. 그런데 사람을 헷갈렸다고? 그런 말도 안 되는 소릴 왜 자신에게 늘어놓는지, 놀리려는 것으로밖에는 해석

131

되지 않았다.

"속으로 욕하고 있죠? 뭔 개소리야, 하면서. 저도 알아요. 근데 사실이에요. 와 진짜, 난 그 사람이 본부장인 줄 알았어요. 생각해보니 밥 먹을 때 사업본부장이 보내서 왔다고 했던 것 같기도 하고."

승연은 지금까지 신유라의 말을 듣고 있었던 자신이 극도로 한심해졌다. 성공한 기업가로 신문에 소개됐던 본부장은 한낱 추행범이었고, 억울하게 쫓겨났을지 모른다고 생각했던 신유라는 거짓말이라고 하기도 허술한 말을 천연덕스럽게 뱉고 있었다. 모두 더러운 장난을 치고 있었다. 숨이 뜨거워져 똑바로 앉아 있기 힘들었다.

신유라는 일어서려는 승연에게 앉으라고 손을 휘젓고는 흐트러진 머리를 귀 뒤에 꽂았다.

"인사팀장이 그런 식으로 말하는 거 보면 우리 둘이 만난 거 회사에 말 안 했나 봐요. 영양사님이 하도 연락이 안 돼서 회사랑 작업이라도 들어간 줄 알았는데. 어쨌든 고마워요."

승연은 분노를 가까스로 다스리며 신유라를 쳐다봤다. 작은 가능성이라도 잡아보겠다고 여기 앉아 있는 자신도 우습지만 아무렇지 않게 거짓말을 하는 그녀가 한없이 가증스러웠다.

"이렇게까지 하면서 회사로 돌아오려는 이유가 뭐예요?

더 힘들어질 거란 생각은 안 해봤어요?"

"어라, 인사팀장도 똑같이 말하던데. 근데 그게 왜 궁금해요?"

"나도 내 자리를 지켜야 하니까요. 그쪽처럼 다른 사람을 구차하게 또 밀어낼 수는 없잖아요."

신유라는 무심히 고개를 주억거렸다.

*

열흘 사이 식당 분위기가 다시 바뀌었다. 새벽 출근 날이면 주방은 어김없이 난장판이었다. 바닥에는 전날 다듬고 버린 배춧잎과 양파 껍질, 파 뿌리, 국물을 우려내고 남은 멸치와 다시마, 북어 대가리 등이 섞여 뒹굴었다. 뒤처리를 하는 게 어려운 일도 아닌데 쓰레기를 남긴 사람들의 저의가 보이는 듯했다. 쓰레기를 치우는 것쯤이야 아무렇지도 않지만 아무렇지 않게 출근해 그들과 같은 공간에 머물 것을 생각하니 머릿속에서 시끄러운 히터가 돌았다. 몇 년 전 공장에서의 일이 반복되는 게 아닌가, 겁이 났다.

새벽조인 조리원들은 아침 배식에 맞춰 늦게 출근했다. 그들은 눈에 띄게 승연을 피해 조리장 옆에서 일을 했다. 이틀에 한 번씩 품목에 맞춰 정리해놓은 식자재 창고는 물건이 뒤죽박죽 섞여 있었다. 도대체 누가 늦은 시간에 숨어드는지 알 수 없었다.

어쩌면 제자리로 돌리려는 건지 모른다. 승연에게 하는 것처럼 필요에 따라 사람을 정리하는 게 그들의 오랜 방식일지도. 선린의 후속 조치 발표 이후 식당 사람들은 승연과의 거리를 유지했다. 이제는 공기의 흐름이 달라졌다는 사실을 알고 재빨리 승연이 없던 과거로 돌아갈 준비를 하는 것이다. 아직 그대로네? 식사하러 온 직원들의 의아한 시선을 하루에도 수차례 느끼며 승연은 모르는 척 일을 했다. 왜 그렇게 쳐다보느냐고 묻고 싶었지만 그러지 않았다. 난감하게 쳐다보는 눈길을 감내할 수밖에 없었다. 아직은 아무 일도 일어나지 않았기 때문이다.

매니저는 배식 중간에 승연을 불러 지난해 맺은 식자재 업체 계약에 대해 말했다. 본부장의 지시에 따라 이전 공급 업체와 계약을 해지하고 자격이 되는 다른 업체를 찾아야 한다면서.

"제자리로 돌려야죠."

그의 태도는 신유라가 올린 글과 별반 다르지 않았다. 신유라를 더는 믿을 수 없지만 그녀가 쓴 글의 일부는 사실로 보였다. 승연은 이야기의 끝을 알고 있었으나 그저 일이 파악되지 않았으니 시간을 달라고 확답을 미뤘다.

"여기가 첫 직장도 아니잖아요. 경험이 많을 테니 누구에게도 피해 가지 않도록 만들어보세요. 서둘러주시고요."

승연은 신유라가 작성한 서류를 꼼꼼히 살폈다. 업체를 어떻게 선정했는지 입찰 절차는 보이지 않았고, 예산도 산출 근거가 모자라 문제를 삼기에 충분했다. 신유라는 총무팀에서라도 제동을 걸어주길 바라며 자료를 일부러 누락한 것 같았다. 이렇게 허술한 문서가 결재됐다니 놀라울 따름이었다.

전 영양사에게 강압적으로 시킨 일이라 계약을 파기한다? 업체가 제공한 식자재가 엉망이라 계약을 종료할 수밖에 없다? 계약하고 9개월이 지나서야 문제가 있다고 판단한 것 자체가 말이 되지 않았고, 문서를 아무리 잘 보강한다 해도 제대로 알아보지 않고 추진한 책임을 면할 방법이 없었다. 계약 법령까지 뒤졌으나 마땅한 근거를 찾을 수 없었다. 책임질 사람이 필요했다. 승연은 뻑뻑해진 눈알을 누르며 누구에게 책임을 지울지 고심했다. 결재 라인에 걸린 모든 사람이 책임자였다. 누구에게도 피해가 가지 않는 방법이란 애당초 없었다. 돌연 답이 없는 답이야말로 매니저가 원하는 답이 아닐까 하는 결론에 다다랐다.

그날 오후, 매니저가 승연을 다시 불렀다. 그는 서류 봉투를 내밀며 인사팀장에게 전달하라고 말했다.

"부탁 좀 합시다. 제가 지금 많이 바빠서요."

매니저는 주방 후드 아래서 조리장과 담배를 태우며 커피를 홀짝이고 있었다. 옆에서 승연을 비스듬히 지켜보던 조리장은 난처한 듯 담배를 끄고 자리를 떴다. 파를 다듬던 장여사가 못마땅해하며 그만 피우라고 소리를 질렀다.

승연은 봉투를 받아 들고 무력감을 느꼈다. 업체 계약 문제만 걸려 있지 않다면 봉투를 도로 돌려줬을 것이다. 무게가 느껴지지 않는 새 봉투였다. 입구를 접지 않은 모양새를 봐서는 그 안에 아무것도 없을 확률이 높았다. 사실 무엇이 들었든 상관없었다. 하지만 장난처럼 건네는 봉투를 받으니 매니저가 신유라에게 했던 것처럼 자신을 몰아갈 거라는 생각을 떨칠 수 없었다.

승연은 봉투를 옆구리에 끼고 인사팀이 있는 8층을 눌렀다. 머릿속에는 자신을 인사팀장에게 보내는 이유가 무엇인지, 인사팀장이 어떤 말을 꺼낼지에 대한 생각이 가득 들어찼다. 그를 만나면 안부를 먼저 물어야 하나, 아니면 묻는 것에만 답해야 하나. 여직원회에서 벌인 서명에 참여했다고 화를 내는 건 아니겠지. 자신의 말을 무시했다고 상대도 안 하면 어쩌지. 승연은 봉투를 끝까지 열어보지 않았다. 확인하고 나면 인사팀장을 쳐다볼 수 없을 것 같았다.

새로 발급받은 영양사복에는 최승연, 이라고 이름이 버젓이 새겨 있었다. 승연은 영양사복을 벗지 않았다. 아직은 자신이 식당에 버티고 있다고 알려주고 싶었다. 주말에 세탁해 다려 입은 옷에서는 움직일 때마다 섬유유연제 향이 났다.

엘리베이터를 타고 내려가는 짧은 사이 승연은 거울을 들여다봤다. 자리를 지키려고 안간힘을 쓰는 얼굴이 눈앞에 있었다. 불과 석 달을 근무했다. 지호를 떠올리며 억지로 고개를 들고 사람들과 눈을 맞췄다. 적응해야 한다는 의무감에 꼭 할 말이 아니라도 쓸데없이 안부를 묻고, 말을 거는 사람이 있으면 맞장구를 쳤다. 남들에게는 다만 처음이라 익숙해지는 과정이, 승연에게는 말이 안 통하는 이국에서 살아남는 것처럼 용기 내야 하는 일투성이였다. 승연은 빈 봉투를 전달하러 가는 지금 또한 그런 일의 연장이라고 되뇌었다.

인사팀장은 그의 자리에 선 채로 누군가와 이야기를 나누고 있었다. 검정 스트라이프 정장을 입은 단발머리 여자가 팀장에게 고개를 주억거렸다. 다리와 팔을 다소곳이 모으고 경청하는 모습에 신입 사원이나 협력 업체 직원이라고 생각했다. 그런데 가까워질수록 낯이 익었다. 가슴까지 내려오는

긴 생머리가 아니고, 핑크빛이 도는 붉은 틴트를 바르지 않았지만, 분명 아는 얼굴이었다.

승연은 엉겁결에 고개를 숙여 인사했고, 신유라는 눈으로 인사를 받았다. 가볍게 컬을 넣은 헤어스타일이 인상을 한층 부드럽게 했다. 인사팀장은 봉투를 받아 들며 고맙다고 손을 흔들었다. 무력하게 건넨 빈 봉투가, 존재감을 보이려고 영양사복도 벗지 않고 찾아온 모습이, 신유라를 멀거니 바라볼 수밖에 없는 처지가 더없이 부끄러웠다.

*

다음 날도 신유라는 회사에 왔다. 그녀는 인사팀장, 정선우 대리와 함께 식당에 들렀다. 낮은 구두에 전날과 같은 정장 차림이었다. 신유라는 승연이 건네는 국을 받아 들며 다른 직원들처럼 가볍게 묵례했다. 인사팀장의 자리를 챙기는 신유라의 목소리를 들으니 가슴에 확성기를 댄 듯 심장 소리가 요란하게 들렸다.

모든 걸 제자리로 돌린다는 본부장의 말에는 신유라와 승연의 자리도 포함되었던 걸까. 신유라의 글은 며칠 사이 여러 사이트에서 빠르게 사라졌다. 남은 글은 사람들이 퍼 가면서 미처 지우지 못한 것일 테다. 그마저도 시간이 흐르면서 하나씩 지워지고 있었다.

　매니저가 승연을 지나 세 사람이 있는 테이블에 인사하러 갔다. 그들이 웃었다. 그것도 아주 크고, 밝고, 유쾌하게. 신유라의 목소리가 여러 사람이 내는 소음에 묻혔다가 승연의 이름을 말할 때만 또렷이 살아났다. 그들이 승연을 한심하게 말하고 있는 것 같았다. 승연은 국자를 든 채로 주방으로 가서 조리장에게 내밀었다. 조리장은 아무것도 묻지 않고 국자를 받아 들었다. 승연은 넷이 앉은 테이블로 곧장 걸어갔다. 그러곤 할 말이 있다고 넷의 앞을 서성이자 매니저는 식사를 마치고 얘기하자며 기다리라고 했다. 신유라는 밥 먹을 시간은 달라면서 사람들을 둘러보고 웃었다.

　작업자들이 승연의 허락도 없이 영양사실에 들어와 가구를 옮기고 있었다. 양쪽 벽에 두 개의 책상이 등을 돌리고 설치되었다. 작업반장으로 보이는 사람이 책상을 새로 설치할 공간이 모자라 옷장과 서류함은 바깥에 내놓았다고 말했다. 배식을 하는 사이 영양사실에 한 자리가 더 만들어진 것이다. 승연은 자신의 공간에 들어온 작업자들과, 제 물건도 아닌데 들어차 있는 집기를 보자 사방이 어지러웠다. 작업자의 잘못은 아니지만 설치가 완료되었다며 서명해달라고 작업일지를 내미는 손이 뻔뻔하게 느껴졌다. 주방으로 뛰어가 매니저를 찾았다. 조리장은 매니저가 총무팀에 올라갔다며, 조리하던 스파튤라로 위를 가리켰다. 승연은 신유라에게 전화를 걸었다. 신유라는 연락을 받지 않았다.

　오후 내내 끈질기게 달라붙던 초조함이 승연을 기어코 끝으로 몰아가고 있었다.

*

　지호는 어린이집 앞에 서 있는 승연을 멀뚱거리고 쳐다봤다. 그러곤 한참 만에 엄마를 알아보고 폴짝 뛰어와 품에 안겼다. 상체가 앞으로 기울며 몸에 닿는 보드라운 감촉, 승연은 지호를 안아 가슴에 올리고 얼굴을 비볐다. 경찰조사가 남았다고 둘러대고 일찍 퇴근하길 잘한 것 같았다.

　"엄마, 나 보러 왔어?"

　"왜? 엄마가 오니까 싫어?"

　"아니, 하늘에 해가 떠 있어서."

　지호가 눈을 찡그리며 하늘을 가리켰다. 아이는 하원할 때 집으로 데려갈 사람을 하늘을 보고 알아냈다. 언니는 해가 떠 있을 때 오고요, 엄마는 깜깜해져서 친구들이 다 가면 와요. 조금 자란 손톱 밑에 파랗고 노란 크레파스 때가 껴 있었다. 승연은 지호를 품에 다시 안았다. 아이는 입을 헤벌리고 고개를 뒤로 젖혀 몸을 흔들었다. 승연은 함빡 웃다가 익숙한 표정에 가슴이 서늘해졌다. 그건 은상이 기분 좋을 때 자주 짓던 표정이었다. 아이의 얼굴이 보이지 않게 몸을 더 꽉 끌어안았다. 지호가 숨이 막힌다고 발을 굴렀다. 승연은 생각을 흩뜨리려고 아이를 좌우로 흔들며 바닥에 내려놓았다.

"엄마, 나 오늘 집밥."

"응?"

"집밥! 엄마는 집밥 안 해주잖아."

어디서 '집밥'이란 말을 들었을까. 아이의 말은 나날이 늘고 있었다. 언젠가부터 승연은 아이의 일을 물어야만 알았다. 언제 그랬어? 누가 그랬는데? 어디에서 들었어? 익숙한 모습이 낯설게 변하는 건 실로 짧은 순간이었다. 더럭 겁이 났다. 아이는 어느 틈에 승연이 모르는 모습으로 자라고 있었다.

승연이 혼자 키운 아이였다. 승연이 공장에서 횡령 사건으로 힘들어할 때 은상은 아이를 지우자고 했다. 은상도 회사를 얼마 다니지 못할 것 같다면서, 그들에게 아이는 부담이며, 사치라고 말했다. 승연이 낙태를 거부하자 은상의 태도는 더욱 완강해졌다. 그런 그를 보며 아이에게 아빠가 필요하다는 기대는 접었다. 공장 사람들이 집에 쫓아왔을 때조차 그들로부터 보호해주기는커녕 정말 몰랐느냐고 의심했던 사람을 믿고 의지할 수는 없었다. 승연은 은상이 지호를 쓰다듬으려고 손을 뻗을 때조차 몸을 밀어내며 막았다. 어쩌다 아이를 데리고 산책이라도 나가면 어딜 데려가느냐고 화를 냈다. 우리 지호를 뭐 하러 만지는데? 이제 와서 그걸 왜 당신이 하려고 드는데? 소원했던 부부 사이는 그런 일이 잦아지면서 완전히 멀어졌다.

근래 야근이 잦아 저녁도 재희가 챙길 때가 많았다. 일주일에 하루뿐인 휴일을 아이와 온종일 같이 보내지만, 밀린 집안일을 하느라 놀아주지 못해 지호는 엄마와 시간을 보낸다고 생각하지 않는 모양이었다. 집밥이란 말은 아마도 재희나 어린이집 선생, 어쩌면 재희가 틀어놓은 텔레비전에서 들었을 터였다. 승연은 아이와 잡은 손을 공중에 높이 흔들었다.

"지호는 집밥으로 뭐가 먹고 싶은데?"

"어, 생각 좀 하고."

"생각? 우리 딸이 이제 생각도 다 하네? 그래, 생각 좀 해봐라."

"음…… 수제비!"

지호는 잡은 손을 놓고 폴짝폴짝 앞으로 뛰더니 동그랑땡과 양념치킨도 해달라며 신나서 외쳤다. 지붕이 낮은 주택가가 이어지고 있었다. 비슷한 모양의 집들이 승연의 주위로 빙그르르 돌았다. 폴짝 뛰어오르는 빨간 에나멜 구두에 빛이 반사되어 승연의 눈에 강하게 박혔다.

모두 은상이 좋아하는 음식이었다. 승연은 아이에게 은상의 모습이 보이는 게 당연하다고 생각하면서도 갑작스러운 공포에 휩싸였다. 그저 아이가 아빠를 닮은 건데, 승연은 아무것도 아닌 일에 과민해진 자신을 깨닫고 뻣뻣해진 뒷목을 세게 주물렀다.

지호가 승연에게 달려와 안아달라고 팔을 뻗었다가 장난을 치며 도망쳤다. 배를 툭 내밀고 안짱다리로 뛰는 모습이 낯설었다. 은상의 뛰는 모습을 기억해보았다. 잘 떠오르지 않았다. 승연은 자신이 지호처럼 뛰는지 의식하며 아이를 쫓았다. 뛰어가는 아이는 누구와도 닮아 보이지 않았다. 승연은 숨이 차고 다리가 휘청거려 더 뛰지 못하고 그대로 섰다. "엄마!" 하고 자신을 크게 부르는데도 지호를 향해 빨리 뛰어갈 수 없었다.

"여기까지 오게 해서 미안합니다. 계약이 많아져서 움직일 틈이 나야죠. 최저임금이 올라서 이 바닥도 술렁이더니 웬걸요. 휴게시간과 점심시간을 근무시간에서 빼고, 교통비며 식비 같은 일비는 최저임금에 합치니까 결론적으로 달라진 게 없어요. 되레 최저임금이 기준이 돼서 그보다 더 주던데도 거기에 맞춰 임금을 깎았으니까요. 한국말을 조금 하는 외노자를 찾는 회사도 부쩍 늘었고. 최근에는 무인 기기나 로봇으로 인력을 대체하는 곳도 늘어났으니 앞으로 또 어떻게 될지. 그런 면에서 선린은 양반이에요."

안 부장은 지호를 돌아보며 말했다. 지호는 목 주위가 가려운지 어깨를 비틀며 유튜브 영상을 보고 있었다. 한 번도 본 적 없는 애니메이션에 휘둥그레져 낯선 사무실인데도 보채지 않고 얌전했다. 승연은 눈살을 찌푸리며 그만 긁으라고 지호의 손을 목에서 떼어냈다. 굳은 상처에 딱지가 뜯겨 동그랗게 피가 고였다. 옷에는 아토피 때문에 생긴 살비듬이 지저분하게 떨어져 있었다. 시간을 내서 병원에 데려갔어야 했는데, 휴일에 아이를 끌고 용역회사에 앉아 있다니. 승연은 심란해 아이의 옷을 털어주었다. 이런 상황이 짜증스러웠다.

"정 대리한테 얘기는 들었어요. 지난주에 선린에 갔을 때 말을 해볼까도 했는데 다른 회사 계약 때문에 정신이 없어서 시간 내기가 어려웠거든요. 어차피 말을 꺼내봤자 달라질 것도 실은 없고요."

안 부장이 캐비닛의 잠금장치를 열었다. 승연이 사무실에 들어온 뒤로 안 부장은 부산하게 서류를 뒤지며 돌아다니고 있었다. 하려던 말이 중간에 끊겨 어색함이 계속되었다.

두서없이 쌓인 서류 더미 속에서 안 부장이 찾는 걸 과연 발견할 수 있을지 의문스러웠다. 다닥다닥 붙은 책상 위로 부장이라고 쓰인 아크릴 명패가 여기저기에서 보였다. 부장과 팀장만 있는 회사. 파견근로자들의 자리는 없었다.

맞은편 책상을 뒤지던 안 부장은 여기 있네, 하고 중얼거리며 서류철을 들고 자리로 돌아왔다. 그는 서류를 빠르게 넘겨 최승연, 이라고 적힌 근무 평가서를 승연에게 내밀었다. 근무 평가서는 태도, 능력, 성과 세 개의 카테고리로 나뉘어 있었다. 지난 3개월 동안 한 일을 평가한 서류였다. 1차 평가는 매니저가, 2차 평가는 총무팀장이 했다. 항목 하나를 제외하고 두 사람이 체크한 내용은 같았다. S, A, B, C 네 단계로 나눈 단순한 결과표를 한눈에 훑어보는 건 오래 걸리지 않았다.

"저도 어제 팩스로 받았어요. 보면 알겠지만 평가가 안 좋아요."

무엇이 더 낫다고 가릴 수 없이 세 개의 항목이 고르게 나빴다. 근무 태도에는 "조퇴 잦음, 고객 응대 불친절"이라고 메모되어 있었다. 승연은 매니저의 말을 떠올렸다.

'처음부터 잘하는 사람이 세상에 어딨어요?'

'어떻게 매번 웃으면서 사람을 대합니까?'

억울함보다 배신감이 빠르게 차올랐다.

"당분간 두 사람이 같이 근무한대요. 그 전 영양사라는 사람, 어떻게 되는 거냐고 물었더니 정 대리도 위에서 하는 거라 잘 모른다면서, 아무튼 열심히 하라고만 하네요."

"그치만 저는 이거, 진짜 정말, 아니에요."

안 부장은 들고 있던 볼펜을 담배처럼 물었다. 한 입 빨듯 숨을 깊이 들이쉬더니 평가서 위에 볼펜을 올렸다. 지호가 들고 있는 휴대폰에서 애니메이션 주제가가 흘러나왔다. 지호는 앉은 채로 캐릭터를 따라 엉덩이를 들썩였다. 안 부장이 서랍 안쪽에서 사탕 두 개를 꺼냈다. 누룽지 맛과 딸기 맛 사탕. 지호는 손바닥을 곰곰이 쳐다보다가 두 개를 모두 집었다. 안 부장은 근무 평가서를 제 방향으로 돌리며 승연에게 눈을 맞췄다.

"사정이 왜 없겠어요. 다행이라면 이게 첫 평가라서 아직은 기회가 있다는 거긴 한데. 좌우지간 다음 분기에도 이렇게 나오면 많이 힘들어지겠죠. 음, 쪼개기 계약이라고 들어봤죠? 해지 조항은 해석하기 나름이에요. 그쪽에서 맘먹고 업무태만을 문제 삼으면 3개월 뒤라도 해고가 가능하단 말이죠. 현재로서는 두 사람을 경쟁시켜 하나만 남기려는 의심이 강하게 듭니다만."

안 부장은 근무 평가서를 거두고 자리에서 일어섰다. 그의 휴대폰이 연신 울리고 있었다. 안 부장은 휴대폰을 꺼내

바삐 문자를 보냈다.

밤 9시 20분, 바깥에는 벚꽃이 활짝 피었고 봄바람이 살랑이는데 사무실은 싸늘한 기운만 감돌았다. 켜놓은 등마저 어두침침해 그림자만 진하게 느껴졌다.

"공장 파견직 계약이 있어서 다음 주에 선린에 들어가요. 분위기 살펴서 다시 한번 물어볼게요. 너무 큰 기대는 말고요. 우리도 올해부터 선린이랑 계약을 시작한 거라 주장할 수 있는 게 별로 없어요."

야근을 하면서 면담하는 안 부장이나 아이를 데리고 나와 사정하는 승연이나 빈말로도 잘 지냈느냐고 안부를 물을 처지가 아니었다. 녹차 티백이 누렇게 우려진 종이컵에 차가워진 손을 이따금 녹이면서 자신이 어디에 서 있는지 조금씩 깨달을 뿐이었다. '제자리'라는 말에 승연은 고려 대상조차 되지 않았다는 사실을, 제자리를 찾아 돌아올 사람에게 자리를 돌려주고 떠나는 게 자연스러운 수순이라는 것을 말이다.

승연은 꼭 부탁한다고 안 부장에게 허리를 깊이 숙이고는 자리에서 일어섰다. 지호는 영상을 보느라 승연이 일으켜 세우는데도 다리를 펴지 않았다. 아이는 엉겁결에 휴대폰을 뺏기고는 승연에게 끌려 나왔다.

승연은 사무실을 나와 회사 간판 위에 붙은 사훈을 올려다봤다.

147

사랑합니다. 힘냅시다.

지호가 애니메이션을 더 보여달라고 다리를 흔들며 보챘다. 승연은 몸이 흔들거리는 것을 느끼며 반투명 창에 얼굴을 붙이고 사무실을 들여다봤다. 안 부장은 전화 통화를 하며 서류를 정리하고 있었다. '송림 파트너스'라고 적힌 이 회사도 승연이 속한 곳은 아니었다. 승연은 자신이 머물 어딘가를, 지금의 흐름을 바꿀 수 있는 누군가를 기필코 찾아야 했다. 그리고, 승연의 머리에 문득 한 사람이 떠올랐다.

"안 부장님!"

다급하게 문을 열고 들어온 승연에 안 부장이 놀라 눈을 동그랗게 떴다.

"우리 지호 잠깐만 맡아주실 수 있나요? 제가 급하게 어딜 가봐야 해서요."

8

유 기자는 승연이 테이블에 다가서자 들고 있던 펜을 내려놓았다. 승연의 전화가 울렸다.

"죄송합니다."

나중에 연락하겠다고 재희의 전화를 끊으며 승연은 기자에게 거듭 사과했다. 무턱대고 죄송하다고 말하고, 납득되지 않는 변명을 하며 궁색한 표정을 짓는 일상. 승연은 유 기자와 인사를 나누기 전부터 이미 지쳐 있었다.

"애가 아토피가 심해져서요. 돌보미한테 병원을 부탁했는데 길을 못 찾나 봐요."

"아아, 애가 있다고 하셨죠. 이해는 합니다만, 저도 마감이 있어서요."

유 기자는 하는 말과 달리 이해 못 하는 표정으로 손목시계를 두드렸다. 회사에서 유하나에게 본관을 물으며 유쾌하게 잡지 촬영을 했던 친근한 모습은 간데없었다. 피곤한 눈빛이 냉소적으로 비쳤다. 그는 아무런 설명도 하지 않고 업무 수첩에 끼워둔 종이를 승연에게 내밀었다. 반으로 접힌 세 장의 용지에 낯익은 문장과 글씨가 보였다. 신유라의 필체였다. 비록 복사본이지만 기자가 어떻게 자필 편지까지 가지고 있는지 승연은 문득 의아해졌다.

"그건 저번에 회사에서 물어보셨잖아요. 모른다고 이미 대답을 했고요."

"그랬죠. 내용이야 인터넷에 퍼져서 새로울 건 없는데, 요즘 들어 게시물이 하나씩 사라지는 게 이상해서요. 그래서 회사 내에 어떤 움직임이 있는지 물어보러 왔습니다. 이거, 전 영양사가 쓴 거 확실하죠?"

인터뷰로 몇 마디 나눴지만, 그가 어떤 사람인지 몰랐다. 다소 지치고, 어찌 보면 무례한 태도가 얼마 전에 만났던 기자와 같은 사람인지 묻고 싶었다. 게다가 그가 건넨 명함에는 잡지사가 아닌, 이름 모를 인터넷신문사가 적혀 있었다. 승연은 그걸 왜 묻느냐는 눈빛으로 기자를 쳐다봤다. 유 기자는 편지를 돌려받고는 휴대폰을 꺼냈다. 두꺼운 손가락으로 번호를 가리고 보여준 건 선린의 영양사에게 직접 물어보라는 짧은 문자였다.

"실은 신유라 씨한테 먼저 연락했었어요. 절대 안 받더라고요. 그래서 선린의 홍보팀이랑 그쪽 직원들, 그러니까 유하나 씨한테까지 전화했는데 아예 안 받거나 설명을 듣자마자 모른다고 끊어버리더군요. 어쩔 수 없이 영양사님께 연락드리긴 했는데……. 회사에서 신유라를 해고도 하기 전에 영양사님을 먼저 뽑았다면서요? 입사는 물론 나중에 시켰지만요. 이 문자를 보낸 사람이 영양사님도 돌아가는 사정을 잘 알 거라고 말하더군요."

"그런 말도 안 되는 소리가 어딨어요? 제가 컴백맘으로 뽑힌 건 기자님도 아시잖아요."

이번에는 집주인에게서 전화가 왔다. 어제 할 말이 있다는 그의 메시지에 답을 보내지 않았다. 얼마 전 퇴근길에 옆집과 아랫집 사람들이 건물을 부수고 빌라를 올릴 거라고 떠들던 소리가 기억났다. 집주인은 조만간 집을 비워달라는 말을 하려는지 몰랐다. 승연은 수신 거부로 전화를 돌렸다. 집주인에게 당장 할 말도 없었고, 전화를 받았다가는 이야기가 완전히 끊길 것 같았다.

"사이트에서 게시물은 없어지고, 선린 이름으로 나가는 기부금은 늘어나고, 전 영양사는 한참 시끄럽다가 소리 없이 사라지고. 엄청 수상해서요."

회사에 대해 물어볼 것이 있다고 그에게 연락이 왔을 때, 승연은 전 영양사 성추행 사건의 비밀을 터뜨려서 얻게 될 기회를 생각했다. 일을 제쳐두고 유 기자 앞에 선 이유도 자신이 해결하기 어려운 문제를 외부의 힘을 빌려 풀 수 있을지 모른다는 기대 때문이었는지도 몰랐다. 해고되지 않으려면 자신이 회사의 이번 조치 때문에 또 다른 피해자가 될 수 있다고 기사에 모습을 드러내는 방법밖에 없다고 생각했다. 어떻게든 선린에 남아야 했다.

"전 영양사가 회사에 복귀한다고 들었어요."

"그럼, 같이 근무하는 거예요?"

"그건 모르겠어요. 제가 어떻게 되는지도요."

유 기자는 생각보다 좋은 회사네? 하면서 메모를 했다. 승연이 원한 건 그런 기사가 아니었다. 자신이 의도한 것과 달리 좋은 회사로 기사가 날 거라고 생각하니 뜨거운 숨이 눌러지지 않았다. 좋은 회사면 나를 잘라도 괜찮다는 건가.

"그럼 신유라랑 회사가 이미 쇼부를 봤다는 거예요? 사실 신유라가 올린 글, 증거도 없고 밝혀내기도 힘들어요. 이런 일이란 게 조금만 지나면 시들해지기 마련이라 쫓아다니는 내내 고민했는데. 역시나 완전히 헛수고했네."

기자는 허탈해하며 수첩을 닫았다. 그가 그대로 카페를 나서면 아무 일도 일어나지 않을 것이다. 도리어 해고자를 복직시킨 양심 있는 기업이라고 기사가 날지 모른다. 모든 게 제자리로 돌아갈 것이다. 마음이 급했다. 승연은 기자가 주워 든 업무 수첩을 잡았다.

"이대로 가시면 안 돼요."

기자는 황당하다는 표정을 지었다. 대답할 필요도 못 느끼는지 수첩을 뺏고는 자리에서 일어섰다.

"알았어요. 기사 좋게 써줄게요."

"사람이 죽었어요."

"네?"

"사람이 죽었다고요."

"지금 무슨 소릴 하시는 거예요?"

"회사에서 사람이 죽었다고요!"

기자의 무관심한 반응 때문에 끝내 주워 담을 수 없는 말을 뱉어 버렸다. 유 기자는 다시 자리에 앉아 업무 수첩을 펼쳤다.

"얼마 전에 대학생 인턴이 자살했어요. 회사에서 괴롭힘을 당했다고 소문이 났던 사람이었고요. 뉴스는 나가지 않았고……. 그 이상은 저도 몰라요."

마감이라고 바쁘게 굴던 유 기자는 오후 내내 연락을 계속했다. 승연은 할 말이 더 없다며 문자를 보내고 전화를 받지 않았다. 그의 번호가 휴대폰에 뜰 때마다 가슴이 철렁거려 전화 모드를 무음으로 돌렸다. 혹시 신유라 때문에 해고될 수 있는 상황은 피하려고 기자를 잡았던 것뿐이었는데, 그의 관심을 끌어야 한다는 생각에 인턴의 자살까지 엉겁결에 폭로하고 말았다. 다음 날 저녁, 기사가 나갈 거라는 유 기자의 문자를 받고, 승연은 그와 주고받았던 문자를 모두 지웠다.

그저 한마디였다. 누구와 치열하게 다툰 것도 아니고 힘들게 서류를 만들어 소송을 준비한 것도 아니었다. 하지만 지금은 그런 시기였다. 빼앗긴 것에 분노하고, 약자라고 생각되는 것들에 연민을 느끼는, 독한 감정을 공유하며 뜨거움을 정의라고, 잘못된 것을 바로잡으려면 다소 과격해도 좋다고 믿는, 바로 그런 시기였다. 의도한 건 아니었지만 승연은 감춰진 사실을 아주 조금 말해버렸다. 어쩌면 내내 하고 싶었던 고백이었는지도 몰랐다.

유 기자는 '선린, 인턴 자살 2주 동안 숨겨'라는 제목의 기사를 터뜨렸다. 회사에서는 나흘째 긴급 간부 회의를 열었고, 직원들에게 함구령을 내렸다. 외부 인터뷰는 일절 금하고 기부금과 봉사활동은 늘리되, 기업 로고가 찍힌 현수막을 걸거나 기념사진을 찍어 불필요한 관심은 끌지 말라는

154

공지가 구두로 떨어졌다. 방송과 인터넷에 나가던 공익광고도 전면 중단되었다. 용기를 내 밖으로 목소리를 내는 사람은 없었다. 사람들이 모인 자리에서 우연히 나올 법한 잡담도 들리지 않았다. 자살, 죽음이란 단어는 일종의 금기어가 되었다.

유 기자는 승연이 연락을 받지 않자 가명을 쓴 인터뷰이를 동원해 후속보도를 냈다. 선린과 여러 기업의 직장 내 자살 사례를 언급하며 '기업윤리를 무시한', '악어의 눈물을 언제까지 믿어야 하나' 등등 인터뷰를 하지 않아도 충분히 쓸 수 있는 내용으로 기사를 구성했다. 두 곳의 지상파방송사에서 선린의 사건을 단신으로 다루자 케이블과 인터넷 매체에서는 취재 차를 몰고 회사로 들어왔다. 뉴스의 배경으로 사장과 본부장이 허리를 굽혀 사과했던 영상이 재생되었다.

식자재 창고는 일주일째 고요했다. 일주일 전 정리한 물품들이 제자리에 그대로 놓여 있었다. 태풍의 눈 안에 든 잠잠한 시간이었다. 기사가 난 뒤 매니저는 식당에서 보이지 않았다. 식자재 업체 재계약이 어떻게 진행되는지 채근하지도 않았다. 출근하기로 한 신유라는 나오지 않았다.

승연은 당분간 창고에 들를 필요가 없다고 생각하면서도 재고 품목과 물건을 대조하는 일을 계속했다. 나흘 동안 사용한 식용유와 간장, 냅킨, 찹쌀가루, 고춧가루 등이 재고에서 빠졌고, 굴소스와 액젓, 무, 파, 마늘이 추가되었다. 승연은 지금 누구에게 도움을 요청하고, 어떤 사람을 경계해야 하는지 사람에 대한 셈도 해보았다. 사람보다 사물에 갇힌 시간이 차라리 평화로웠다.

휴대폰이 울렸다. 본부장의 비서였다. 그녀는 급한 목소리로 지하 3층 주차장으로 바로 내려오라고 했다. 영양사복과 정장도 챙겨 오라고 말했지만, 승연이 두고 다니는 정장은 없었다.

*

바닥으로 난반사된 조명에 승연은 얼굴을 찡그렸다. 촬영석은 천장 조명 때문에 온기가 돌았지만, 승연과 비서가 대기하는 카메라 뒤 자리는 손끝이 시릴 만큼 서늘했다.

비서는 승연에게 주의 사항을 속삭이면서 인터뷰를 하는 본부장과 앵커를 수시로 살폈다. 비서는 방송국으로 가는 차 안에서 예상 질문과 답변이 적힌 종이를 건네주었다. 조명이 환한 오픈 스튜디오도, 바짝 긴장해 굳은 비서의 표정도 승연을 자꾸 움츠리게 했다. 본부장은 웃음기 없는 얼굴로 앵커가 묻는 말에 대답했다.

"유족들이 원치 않으셨습니다. 이런 말씀 참 송구하지만 보상 차원의 이야기를 제외하고는 말씀을 아끼셨어요."

"보상금만 합의하려고 했다는 말씀입니까?"

"아니요, 그건…… 아니고요. 자세한 사정이 외부에 알려지는 걸 꺼렸다는 말이지요."

"왜 그랬을까요? 억울한 마음이 컸을 텐데요."

"저희도 그 부분을 오랜 시간 숙고했습니다. 그런데 생각해 보니, 인턴은 그분들에게 가족이었어요. 소중한 아들이고 오빠이고 그렇지 않습니까. 살아생전에 지켜주지 못했는데 죽은 뒤에 괜한 소문이 떠도는 걸 가족분들이 원치 않으셨던 것 같습니다."

"하지만 그건 회사에서 원인을 제공한 탓……. 아, 죄송합니다. 이렇게 말씀드려도 되죠?"

"통감하고 있습니다. 그런데 인턴이 평소 우울증을 앓았다는 사실은 저희도 몰랐습니다. 대학생 인턴의 경우 다면적 인성 검사가 필수가 아니거든요. 아마도 정규직으로 취직해야 한다는 중압감에 시달렸던 모양입니다. 인턴 중에서 나이가 있는 편이었거든요. 주변에 취직한 친구들도 있을 테고, 저희 회사에도 인턴보다 어린 직원들이 꽤 다니고 있었고요. 인턴 제도를 도입한 게 기회를 공정하게 주고 경쟁을 통해 인재를 뽑으려는 취지였는데, 참으로 안타깝습니다."

"그렇다면 선린에서 인턴들에게 업무를 과도하게 준 사실이나 직장 내 괴롭힘 같은 건 없었다는 의미인가요?"

"단언컨대 없었습니다. 다시 한번 진심으로 유족들께 위로를 표합니다."

앵커가 카메라를 향해 손짓했다. 카메라가 꺼졌고, 비서는 승연의 팔을 잡고 촬영석으로 올라갔다. 스튜디오에 오르니 조명이 강해 눈이 따끔거릴 정도로 시렸다. 본부장이 안경을 벗고 눈을 비볐다. 잘 정돈된 머리가 앞으로 흘러내리고, 팔자 주름이 깊이 패어 평소보다 나이 들어 보였다. 이마에는 땀이 맺혀 있었다. 방금 전 인터뷰할 때와 달리 피로한 얼굴이었다. 비서가 본부장에게 생수와 손수건을 건네며 모두 준비됐다고 작은 소리로 보고했다. 본부장은 상앗빛이 감도는 커프스를 매만지며 승연에게 고개를 끄덕여 보였다. 그 고갯짓에 승연은 바짝 긴장했다.

승연이 본부장의 맞은편 데스크에 앉자 카메라에 불이 다시 들어왔다. 앵커의 질문이 승연을 향했다.

"선린에서 어떤 일을 하시죠?"

"영양사입니다."

"그렇군요. 그런데 파견직이시네요. 일반 직원들과 많이 다른가요?"

"네. 하지만 그게, 파견직이라서 다르기보다는 음, 하는 일이 달라요. 일하는 곳이 떨어져 있고요."

"그럼 회사와 별개로 일한다는 말인가요?"

"아뇨. 그건 아니고요. 회사에서 가끔 지시를 내려요. 그니깐 어, 농산물값이 떨어질 때, 그때는요, 자매결연한 지역의 농산물을 이용하라는 식으로요. 그리고 또, 사내 행사가 있으면 준비를 따로 하고 있고요. 체육 행사나 노조 행사, 임직원 가족 초대 행사 같은 거요. 그냥 보통 회사 식당이랑 비슷해요."

비서가 준 질문지에 있던 내용이었다. 앵커가 파견직 처우를 묻자 더듬더듬 독립된 사무 공간과 출퇴근 시간이 자유로운 탄력 근무, 유급 가정 휴무, 가족 화장품 평생 지원 등 회사에서 컴백맘 공고를 낼 때 봤던 제도를 열거했다. 지금 승연에게는 제도를 이용할 수 있느냐, 파견직이라 느끼는 불평등이 무엇이냐 따위는 문제가 아니었다. 비서가 준 질문지에 맞게 손가락을 몰래 꼽으며 답하느라 스튜디오에 있다는 긴장마저 희석되었다.

"어려운 질문 하나 하겠습니다. 최근 인터넷을 뜨겁게 달구었던 일인데요. 지난해 일어난 영양사 성추행 사건 알고 계시죠?"

승연은 느리게 고개를 끄덕였다. 세 대의 카메라가 자신에게 몰리는 게 느껴졌다.

"회사는 대국민 사과를 했을 때 한 약속을 지켰습니까?"

잠시 뜸을 들였다. '질문을 받으면 시간을 둔 뒤에 말한다.' 비서가 요령이라고 알려줬던 팁이다. 고개를 들었다. 짧은 순간, 본부장과 눈이 마주쳤다.

"네, 전 영양사와 같이 근무하고 있어요. 그리고 근무시간에 성희롱 예방 교육도 음, 두 달에 한 시간은 필수로, 전 직원이 들어야 하고요."

"그렇군요. 그런데 두 분이 같이 근무하는 게 불편하지 않으세요? 그간 혼자 했던 일을 둘이 나눠서 한다? 그냥 보여주기식 인력 낭비 아닌가요?"

앵커의 눈빛과 목소리가 날카로웠다. 승연은 비서가 코치한 내용을 머릿속에 굴려보았다. 아직 신유라와 일하기 전이었다. 괜히 말꼬리를 잡혔다간 곤란해질 수 있으니 신중해야 했다.

"그게요, 저도 많이 헷갈렸어요. 저 보고 나가라는 소리가 아닌지. 그래서 회사에 항의도 했는데 어, 회사에서는 그냥 믿으라고, 각자 할 일이 있다면서 조금만 기다리랬어요. 그리고 지금은, 서로 다른 일을 하고 있어요. 그러니까 저는 식당 일을 계속하고, 복귀한 다른 영양사는 사내 봉사단 지원을 맡아서 해요. 독거노인 도시락 배달이나 어, 그거. 아, 무료 급식소 봉사요."

이번 인터뷰만 제대로 하면 원하는 답을 얻을지 모른다는 비서의 귀띔이 없었다면 스튜디오에 오를 일도 없었을 것이다. 승연은 다른 사람이 알아채지 못하게 말하는 중간중간 깊은숨을 눌러 쉬었다. 그러다가 카메라 감독이 손을 드는 게 보였다. 카메라 뒤에서 부산히 오가는 스태프들도 눈에 들어왔다. 갑자기 아찔해졌다. 사람들 앞에서, 그것도 방송 인터뷰를 하고 있다는 사실이 뒤늦게 믿기지 않았다. 질문이 무엇이었는지, 자신이 숨은 쉬고 말하는지 알 수 없을 정도로 정신까지 혼미했다. 승연은 테이블에 놓인 생수로 입을 축이고 손톱으로 손바닥을 세게 눌렀다.

"마지막으로 조심스러운 질문 하나 드리겠습니다. 인턴 자살 현장을 처음으로 목격하셨다고요."

"네."

"크게 놀랐을 것 같은데요. 당시 어떤 기분이었습니까?"

예상에 없는 질문에 승연은 당황했다. 비서가 준 질문지에는 인턴의 자살에 승연이 어땠는지에 대해 묻는 문항은 없었다. 승연의 답을 기다리던 앵커가 스크린으로 고개를 돌리며 말했다.

"생전 인턴 A씨의 사진입니다."

승연은 뻣뻣하게 고개를 돌렸다. 엷은 모자이크 너머로 두 사람이 머리를 기댄 사진이었다. 승연의 옆 앵커의 데스크에는 원본 사진이 올려져 있었다. 인턴과 또래의 여자가 환하게 웃고 있었다. 말문이 막혔다. 눈을 뜬 인턴의 얼굴을 보는 건 처음이었다. 경찰관이 사진을 보여줬을 때도 옆으로 누운 사진조차 확인하는 게 두려워 시선을 흐리게 하고 고개를 돌렸었다.

승연은 인터뷰 중이라는 사실도 잊고 자리에서 일어섰다. 앵커가 촬영을 중단시켰다.

비서는 승연이 사고 후 정신적인 내상을 입었다고 설명했다. 시체를 보고 신고하는 과정에서 충격을 받았다고, 그래서 트라우마가 생긴 것 같다고 했다. 본부장은 승연의 남편이 집을 나가 아이를 혼자 키우고 있어 인턴과 그의 부모에게 더욱 감정이 이입됐을 거라고, 자신도 부모로서 가슴이 아팠다고 낮은 목소리를 냈다. 앵커는 그럴 수 있겠다며 메모를 하고는 질문을 바꾸겠다고 인터뷰지를 넘겼다.

승연은 깊이 숨을 고르고 손끝만 바라봤다. 정신적인 내상이라고? 그래서 힘들었구나, 하는 생각을 하면서도 그것을 자신보다 먼저 감지하고 떠드는 비서와 본부장이 당혹스러웠다. 더 곤혹스러운 건 은상이 집을 나갔다고 본부장이 말했다는 거였다. 승연은 잡지 인터뷰에서도 은상이 해외에서 일한다고 했지, 가출했다고 말하지 않았다. 재희에게조차 남편 얘긴 꺼내지 않았다. 본부장의 눈빛은 진실을 알고 있는 것처럼 깊어 오싹했다.

카메라 감독이 촬영을 재개하겠다고 말했다. 한 시간 뒤에 시사 프로그램 촬영이 있어 서둘러야 한다고 했다. 앵커는 카메라 감독과 사인을 주고받고는 시작하겠다고 외쳤다.

"아이를 혼자 키운다고 알고 있습니다. 아이가 나중에 선린에 들어간다고 하면, 허락하시겠습니까?"

또 질문지에 없던 질문이었다. 실내가 고요했다. 승연은 어떤 답을 해야 하는지 알 것 같았다.

"네."

앵커가 손바닥을 위로 들어 올리며 길게, 라고 입 모양을 냈다. 승연은 주먹을 꽉 쥐고 눈을 지그시 감았다 떴다.

"저 그게, 사회 경험을 하는 데 도움이 될 것 같아서요. 재미로 회사에 다닌다는 사람은 없을 거니까요."

앵커는 골똘한 표정을 짓더니 다시 물었다.

"그럼 찬성한다는 의미는 아니네요."

"아니요, 그게 아니라요. 그건 제가 나서서 결정할 일도 아니고 애가 알아서 할 문제라서요. 그냥, 그때는요. 이런 일들이 없었으면 하는 거고요."

앵커는 그제야 미심쩍은 얼굴을 풀고 정말 마지막이라며 질문을 이었다.

"임원 앞이라 어려운 질문일지 모르겠습니다. 인턴이 극단적 선택을 한 뒤 사내 분위기는 어떻게 달라졌나요?"

회사는 사건을 감추기에 급급했다. 아니, 감추려는 기미도 보이지 않았다. 승연과 몇몇 임직원이 경찰조사를 받았고, 사내가 잠시 동요했지만 그뿐이었다. 외부에 소문을 퍼뜨리지 말라는 함구령은 놀랍도록 잘 지켜졌다. 인턴의 아버지가 회사에 찾아온 적이 있다고 유하나에게 전해 들은 게 다였다. 승연이 아니었다면 인턴의 죽음은 그야말로 조용히 묻힐 뻔했다.

승연은 뜨거운 조명 속에서도 차갑기만 한 손을 세게 주무르고는 비서가 준 답을 입으로 흘려보냈다.

"직원들이 자발적으로 부의를 했어요. 회사에서는 퇴직금과 위로금을 전달했다고 들었고요. 아, 그리고 공지 사항에 게시물도 올라갔어요. 그게 뭐였냐면, 같이 일하는 동료에게 지켜야 할 직장 매너 같은 거요."

승연은 직원 공지 사항을 볼 권한이 없어서 '우리가 지켜야 할 직장 매너' 같은 게시물이 정말 올라갔는지 알 수 없었다. 조금의 거짓과 진실, 수많은 모호함 속에서 승연은 더듬더듬 말을 이었다. 회사가 인턴의 가족에게 얼마나 보상했는지, 직원들이 조의금을 냈는지, 팀장의 추행을 인턴의 가족에게 어떻게 해명했는지 알지 못했다. 승연이 알고 있

164

는 사실은 인턴이 어떤 사람인지 그녀도 모른다는 거였다.

카메라가 본부장에게 돌아가자 승연은 눈을 가늘게 치뜨고 머리 위로 비치는 조명을 올려다봤다. 맺혔던 콧물이 흐르지 못하고 목 뒤로 넘어갔다. 봄에서 겨울로 계절이 거꾸로 돌아가나. 한기가 느껴지는 스튜디오에 혼자 남겨진 기분이었다.

9

신유라예요. 오늘은 집에서 메일을 보내요. 회사 말고 다른 곳에서 읽어줬으면 좋겠어요. 누가 감시할지 몰라 믿을 수가 있어야죠. 전화를 걸까도 했는데 영양사님이 제 연락을 무시할 것 같아서요. 하긴 저라도 안 받을 거예요.

인터뷰는 잘 봤어요. 시키는 대로 말을 잘하시더라고요. 놀라기도 하고, 짜증도 나고. 본부장이 어떻게 나올지 확인을 안 해도 된다면 욕하고 꺼버렸을지 몰라요. 본부장은 역시나 개소리만 하다 끝내더군요. 하나도 궁금하지 않은, 하나 마나 한 변명들을 주절주절. 그걸 내보내는 방송국 놈들도 뭔가 떨어지는 게 있으니까 그러겠지만요.

그러다 영양사님이 혼자 애를 키운다는 말을 들었어요. 저도 부모가 없는 거나 마찬가지라 그게 딱히 특이하다 생각한 건 아니었는데 그때 영양사님이 지었던 표정이 잊히지 않는 거예요. 어땠는지 아세요? 뭐랄까, 당황해서 얼이 빠져 있었다고 해야 하나. 아마 사전에 얘기가 안 된 질문이었나 보죠? 암튼 그때 깨달았어요. 저 사람도 약은 사람은 못 되는구나, 나처럼 속아서 저 자리에 앉아 있구나. 늘 시간이 없다고 초조하게 주위를 살피며 손을 비벼댔던 것도 생각나고. 영양사님 지난번에 볼 때도 진짜 이상했거든요. 싸우러 나온 사람인데 공격적이진 않고, 다른 사람 일에 관심 없다면서 계속 신경 쓰고. 그렇다고 말을 딱 끊어내지도 못했잖아요. 뭔가 비틀비틀, 거절이 유일한 방어 수단 같은 사람으로 보였어요. 그래서 웃기게도 영양사님이랑 같이할 수 있을 거란 느낌을 받았죠. 최소한 나를 방해할 사람은 못 된다는 판단을 했고요. 몰라요, 왜 그런 촉이 왔는지.

저는 본부장을 죽일 거예요. 흉기로 끝을 내든 처절하게 자리에서 끌어내리든. 제 얼굴이 사회면에 크게 실리길 바라지 않지만 어떻게든 고리를 끊고 싶어요. 그 새끼가 죽어야 제가 살 수 있거든요. 천 번을, 만 번을 고민해도 결론은 같아요. 이건 또 무슨 또라이 같은 소리냐고 욕하고 있죠? 인터넷에 사건을 퍼뜨리고 시끄럽게 복직했으면서, 알고 보니 본부장이 아니라 팀장 짓이었다는 말도 안 되는 헛소리를 지껄여놓고선 왜 또 저러나.

미친년 따귀라도 한 대 갈기고 싶겠죠.

저도요, 한때는 모든 게 제 머릿속에서 사라질 줄 알았어요. 시간이 지나면 다 잊혀질 줄 알았다고요. 하지만 그 일은 영원히 끝나지 않을 거예요. 그 새끼가 완전히 사라지지 않는 한, 머릿속에서 진동하는 악취를 깨끗하게 없애지 않는 한. 하긴 저는 그 더러운 악취도 맡을 수 없지만요.

모든 냄새가 사라진 세상, 영양사님은 상상할 수 있어요? 그날 이후 저는 어떤 냄새도 나지 않는 세상에서 살고 있어요. 보글보글 끓어오르는 김치찌개의 맵싸한 냄새도, 몇 번을 조려 이맛살을 찌푸리게 하는 쾨쾨한 장조림 간장 냄새도, 갓 지어 고소하게 퍼지는 찰밥 향기도, 생선 조리 후 주방 후드에 들러붙은 비린내도, 그 어느 것에도 냄새가 없어요.

이비인후과에서는 비염이나 부비동염을 의심하며 몇 가지 검사를 하더군요. 그런데 코에 문제가 없다는 결과가 나오자 스트레스나 충격을 받은 일이 있냐고 물었어요. 아무래도 스트레스성 질환 같다면서 신경정신과로 가보라고 권유했어요. 그래서 신경정신과에 가서 상담을 받고 뇌 MRI 검사를 받았죠. 의사는 후각장애의 20퍼센트 정도가 원인을 못 찾는다며 '퇴행성 뇌질환으로 인한 무후각증'을 조심스럽게 말했어요. 원인은 스트레스로 보았고요. 결국 아무것도 못 찾은 거죠. 세상의 모든 이름 없는 병은 스트레스 때문 아닌가요. 이름 있는 병의 대부분도 스트레스가 원인이고요. 하지만 당시에는 냄새가 안 난다는 사실뿐 아니라 그날의 폭력과 잔상, 나를 둘러싼 사람들의 거짓말, 그리고 떨어지는 은행 잔고에 공포를 느낄 때라 어떤 의문도 품지 않았죠. 의사가 처방하는 치료제와 신경안정제를 먹으며 줄곧 사람을 피해 다녔어요.

몇 달이 지나도록 후각은 돌아오지 않았어요. 덕분에 미각도 거의 잃은 거나 다름없었고요. 일을 다시 해야겠다는 생각도 없이 누구와 싸우기라도 할 것처럼 맛도 못 느끼는 음식을 입에 쑤셔 넣고 토하길 반복했어요. 하지만 후각은 더 나빠졌고 몸무게는 줄어만 갔죠. 그리고 어느 날 변기에 내려가는 토사물을 봤어요. 너무 가벼워서 내려가지도 못하고 변기 물에 뜬 기름 찌꺼기를 보는데, 더 이상 이렇게는 살 수 없다는 생각이 들더라고요.

무작정 수첩을 펴고 그날의 기억을 적었어요. 그날의 음식을, 그전에 그들과 함께 먹었던 음식들도요. 다섯 달 동안 참으로 다양한 음식을 먹었더군요. 무엇이 문제였을까, 생각나는 대로 수첩에 적으며 그 일로 음식에 트라우마가 생긴 거라고, 다시 찾아가 먹고 나면 증상이 없어질 거라고 기대하면서 리스트를 작성했죠. 혼자 식당을 예약하고 금액을 지불하고, 증상이 나타나는지 살피고. 묘하게 기분이 들떠 흥분으로 고조되다가 아무 냄새도 맡지 못하고 다 게워내곤 했죠. 미련한 착각이었던 거예요.

그리고 딱 6개월이 지났어요. 회사를 떠난 지도 후각을 잃은 지도요. 다섯 달을 나자빠져 폭식과 단식을 반복하다가 마지막 한 달은 그들과 성찬을 먹었던 고급 식당을 찾아다녔는데. 제길, 돈이 떨어져서 더는 할 수 없더라고요. 마지막 식당은 끝내 찾지도 못했고요. 과천 어디쯤 같아서 구글맵을 뒤졌지만 제가 간 프랑스 식당은 지도에 없었죠. 시청과 경찰서에 알아봐도 마찬가지였어요. 미칠 노릇이었지만 제 상태가 정상이 아니었으니 제가 말을 쏟아내면 다들 상대도 안 하더라고요.

그리고 또 한 달을 이런저런 일을 찾으면서 허비했어요. 음식과 관계없는 일을 알아봤죠. 막상 다른 일을 찾으려니 막막하더라고요. 아르바이트만 전전하기에는 몇 달이나 밀린 월세와 생활비를 감당할 수 없었고, 회사를 들어가려니 애매한 나이와 아무짝에도 쓸모없는 경력 때문에 거절당했죠.

한번은 법률사무소에 사무 보조 면접을 보러 갔어요. 면접관이라고 말하기에도 뭣한, 사무장인가 하는 사람이 나왔는데 그좋은 직장을 왜 그만뒀냐고 묻더라고요. 그래서 솔직하게 후각에 문제가 생겨 음식을 만들기 힘들다고 대답했어요. 그랬더니 "냄새도 못 맡는데 이 일을 하겠다고요?" 하면서 황당해하더라고요. 한참 뜸을 들인 다음에는 자기 사무실에서는 사무 보조가 다과도 준비하고, 고객들에게 가끔 향수를 선물한다면서 손을 내저었어요. 물론 저를 내친 이유가 단지 냄새를 못 맡아서는 아니었겠죠. 하지만 그러고 나서 두 번 더 같은 이유로 거부를 당하고 나니 내가 왜 도망쳐야 하는지 모르겠더라고요. 원점으로 돌아온 거죠. 내가 죽든, 그 새끼가 죽든, 동조했던 매니저나 인사팀장이 죽든 결론을 내야 한다는 오기가 났어요. 하지만 누가 나를 믿어줄까, 하는 절망도 같이 느꼈죠.

네, 그래서 돌아왔어요. 복수를 하려면 어떻게든 그 사람들과 가까이 있어야 하지 않겠어요? 본부장은 소란이 커질까 봐 저를 받아준 거고요.

이런 고백을 왜 영양사님한테 하는지 궁금하죠? 미리 선수치는 거예요. 제가 이상한 짓을 해도 넘어가라고, 불필요한 수고 어렵게 하지 말라고. 이런 일에 나설 사람은 아닌 것 같은데 영양사님이 어떤 식으로 움직일지 예측이 안 돼서요.

제가 생각하는 그날, 본부장이 아주 높이 날아 더없이 행복하다고 느낄 그날, 저는 환하게 웃으며 영양사님에게 인사할 거예요. 그게 제 신호죠. 영양사님은 당연히 모른 척해야 하고요. 영양사님을 건드릴 생각은 없지만, 저를 막으면 그 누구라도 쓰러뜨릴 거예요.

조심하세요. 그 사람들이랑 우리는요, 서 있는 위치가 달라요. 다 계산이 있어서 영양사님에게 잠시 손을 뻗는 거죠. 제가 다른 회사에 영양사로 취직하기 어렵게 선린이 수를 썼다는 것도 이런저런 곳에 원서를 돌리다 최근에 알았으니 저도 충고할 처지는 못 되지만 아무튼 조심하시라고요. 그리고 아주 적당한 때 저랑 같이하면 더욱 좋겠죠?

*

기묘한 동거였다. 등을 마주하고 한 사람은 회사 식당을, 다른 사람은 봉사활동을 맡았다. 한 사람이 식당에서 배식을 하면 다른 사람은 사무실에서 봉사 단체와 배식 업체에 연락하고 서류를 들여다봤고, 한 사람이 배식에서 돌아와 식당 행정 업무를 보면 다른 사람은 주방에서 일을 하거나 봉사활동 급식을 하러 나갔다. 둘은 공간을 공유했지만 동선이 엇갈렸고, 설사 같이 있더라도 바빠서 서로를 경계할 틈이 없었다. 승연은 여러 곳을 상대하며 분주한 신유라를 보고 상대적인 여유를 느꼈다. 봉사활동에 보조 아르바이트가 붙었으나 봉사 단체와 식재료 공급 업체, 운반 차량을 계약하고 연락하는 일은 모두 신유라의 몫이었다. 그녀는 통화를 하면서 계획을 세우고, 식자재와 음식을 확인하고, 영수증을 처리한 뒤 봉사활동 차량에도 탑승했다.

메일에 쓴 것과 달리 신유라는 별다른 기색을 비치지 않

172

았다. 어쩔 수 없이 승연과 주방을 같이 쓰거나 식사를 할 때가 아니면 거리를 두고 다가오지 않았다. 식당 사람들은 둘의 거리를 당연하게 받아들이며 아무도 둘을 엮어 말하지 않았다. 배려라기보다는 방관에 가까웠다. 사람이 자주 교체되는 식당에서 자신은 바뀌는 사람이 되지 않길, 계약에 도움도 안 되는 사람들에게 휘말려 껄끄러운 일이 생기지 않길 바라는 경계심에서 나오는 행동이었다. 승연은 그들에게서 그런 마음이 읽혀 가까이 지내기가 점점 꺼려졌다.

승연은 간혹 음식의 간을 맞추는 신유라를 보았다. 그녀는 간이 괜찮은데 혹은 싱거운데 어떠냐면서 아무렇지 않게 식당 사람들에게 물었다. 마치 피곤해서 맛을 볼 정신이 나지 않는다는 듯, 그저 귀찮아 보이려고 맛보기 스푼을 한 손에 들고 고개를 일부러 흔드는 것 같았다. 승연은 그런 신유라와 눈이 마주치면 시선을 먼저 피했다.

승연의 휴대폰이 울렸다. 재희였다. 재희는 어린이집 하원 길에 지호와 놀이터에 들렀다가 병원 시간을 놓쳤다고 말했다. 재희는 지호가 투정을 부리면 냉정하게 끊어내지를 못했다.

"하아, 억지로라도 데리고 가지. 내일 아침에는 꼭 데려가야 해요. 9시 반에 병원 문 열어요."

"저 그게, 오전에는 안 돼요. 8시에 일 마치면 9시부터 시

173

작하는 알바를 가야 해서요."

"그럼 오후는요? 내일도 회사에서 늦을지 모르는데."

"알바가 5시에 끝나긴 하는데, 다음 주까지는 교수님 연구실에서 세미나를 돕기로 했어요."

재희에게 화낼 일이 아닌데 자꾸 짜증을 내고 있었다. 엄밀히 말하면 승연이 미안해할 일이었다. 재희가 일하기로 한 시간은 오전 8시까지였고, 오후에는 어쩔 수 없을 때 지호를 가끔 돌보기로 했었다. 그런데도 이상하게 화가 났다. 아이의 병원도 급하지만 하원은 어쩌라고 이제 와서 일이 있다고 말하는지. 지호를 데리고 병원에 못 간 재희가 답답했다.

사무실 전화가 울렸다. 재희의 전화를 끊고 수화기를 바꿔 들었다. 내일 점심 배식을 마치고 본부장실로 올라오라는 비서의 호출이었다. 내일은 또 무슨 변명을 대고 조퇴해야 하나. 머릿속은 그야말로 뒤죽박죽이었다. 전화를 끊고도 열이 내리지 않아 관자놀이를 세게 눌렀다.

"봐주시는 분이 못 온대요?"

승연은 난데없는 목소리에 놀라 뒤를 돌았다. 신유라는 컴퓨터 모니터를 보고 있었다. 엑셀의 수식을 맞추느라 시선을 떼지 않은 채였다. 닷새째 둘은 말없이 각자 일을 봤다. 처음 사흘은 서로를 의식하며 가끔 스치는 것도 불편해했지만 나흘째 접어드니 그럭저럭 모르는 척 지내는 것도 익숙해졌다.

"못 오는 것은 아니고요."

"그럼요?"

"애 병원을 데려가야 해서요."

"언제요?"

"내일요."

"그럼 내일은 일찍 퇴근하세요. 제가 남은 일을 처리하고 갈게요."

거절하기 힘들었다. 거절이란 말은 선택권이 있는 사람에게나 가능한 단어였다. 승연은 말없이 고개를 끄덕이다 신유라가 자신을 보지 않는다는 걸 깨닫고 목소리를 냈다.

"고마워요. 다음에 꼭 갚을게요."

"그 정도야 뭐. 저 여기 식당 일 봤던 사람이에요."

무미건조한 대답이었지만 불쾌하게 느껴지지 않았다. 유하나의 호들갑스러운 친절과는 다른, 부담을 주지 않는 배려였다. 승연은 신유라의 뒤통수를 보며 다시 한번 고맙다고 말했다. 신유라는 계산이 맞지 않는지 엑셀 함수에 커서를 대고 검지를 까딱거렸다.

*

　문을 열었을 때 본부장은 일어서 있었다. 하늘색 셔츠에
타이를 매지 않고 면바지를 입은 편한 차림이었다. 그는 승
연에게 성큼 다가와 손을 내밀었다. 커다란 손으로 승연의
손을 감싸고, 수고했다며 등을 두드렸다. 승연은 본부장이
이끄는 대로 소파에 앉았다. 자리에 앉자 비서가 생강차를
내왔다. 꿀이 섞여 달짝지근한 생강 향에 침이 절로 고였다.
이런 냄새도 맡지 못하는 걸까. 신유라가 문득 떠올랐다.

　"인터뷰하느라 고생 많았어요. 아쉬운 게 있긴 했지만, 방
송국에서는 되레 진정성이 보여 좋았다더군요. 난 요즘 사
람들 취향을 당최 모르겠어요. 의도한 건 아니었죠?"

　본부장은 집에서 직접 담근 차라며 마시라고 손을 들어
올렸다. 그는 승연이 차를 한 모금 마실 때까지 기다렸다가
뒷말을 이었다.

　"부탁할 게 있어서 불렀어요."

　본부장이 찻잔을 놓고 느리게 턱을 쓸었다.

　"증언 좀 해줘야겠어요."

　승연은 놀라 차를 급하게 넘기고 본부장을 쳐다봤다. 뜨
거운 액체가 식도를 조이고 흘러 가슴이 욱신거렸다.

　"최 영양사도 성추행이 있었다는 건, 알고 있죠?"

"……."

"그걸 증언해달라는 거야."

승연은 잘못 들은 건가 싶었다. 말하지 말라고 당부하는 게 아니라 도리어 말을 하라고?

"이런저런 얘기가 너무 멀리 와버렸어. 사람들이 말이야. 대국민 사과를 하고, 방송에서 인터뷰까지 했으면 좀 믿을 것이지. 아니, 이런 일로 무슨 불매 운동이야? 우리 회사가 제품 가지고 장난을 쳤어, 아니면 일부러 사람을 죽였어? 지난주 매출이 20프로나 떨어져서 주가까지 요동을 치고. 싹 다 고소할 수도 있지만, 싸워봤자 힘만 빼는 일이라 이럴 땐 다른 방법을 찾아서 수습하는 게 낫지."

그는 승연이 다 알 거라고 전제하고는 마케팅팀장의 추행에 대해 떠들었다. 어느새 말도 놓고 있었다.

"그때 나한테 뭐라고 했지? 신유라가 쓴 편지 들고 와서 말이야."

"……."

"자리를 지키게 해달라고, 뭐라고 말했던 것 같은데?"

"지금 이 자리가 필요하다고요. 예전으로 돌아가고 싶지 않다고 부탁드렸습니다."

"아, 그랬었지. 그거 굉장히 좋았어. 내가 먼저 말을 꺼냈지만 자네가 하니까 더 멋지더라고. 일을 제대로 하겠다는

177

인상도 강하게 들었고 말이야."

승연은 딱히 할 말이 떠오르지 않아 고개만 주억거렸다. 아무리 골몰해도 그가 무슨 말을 하려는지 종잡을 수 없었다.

"인터뷰를 한 번 더 해주면, 계약직으로 바꿔주지."

승연이 숨을 멈췄다.

"지금처럼 파견직 해서 언제 혼자 애 키우고 저축해서 집 사고 그러겠어. 이번 건만 잘 처리되면 2년 단위 계약직으로 새로 계약서 쓰자고."

본부장은 말을 멈추고는 비서를 불렀다. 비서가 결재판을 테이블에 내려놓았다.

"자세한 건 이 친구가 설명할 거야. 이번 건까지 처리하면 부탁은 확실히 들어주지. 자리 지키고 싶다며?"

승연은 그의 말이 선뜻 이해되지 않았다. 무얼 더 증언하라는 건지, 그게 무엇이든 왜 자신이 해야 하는지 감조차 잡히지 않았다. 다만 자신이 송림의 안 부장을 만나고 와서 본부장을 찾아가 자리를 부탁했다는 사실은 잊지 않았다. 그리고 절대 그를 실망시키지 않겠다고 약속했던 말도.

본부장은 승연을 앞에 둔 채 비서가 고른 넥타이를 매고, 바지보다 진한 색상의 재킷을 걸쳤다. 향수를 들어 재킷에 고르게 분사했다. 생강과 꿀, 남자 향수 냄새가 공기에 섞여

났다. 본부장은 잘 부탁한다면서 다음에 또 보자고 손을 들고는 집무실을 나갔다. 그가 비운 자리에는 달콤하지만 서로 어울리지 않는 진한 향들이 오래도록 머물렀다.

신유라는 고추기름이 빨갛게 낀 국자를 들고 간을 보고 있었다. 조리원들은 밥과 반찬을 대형 보관 통에 담는 중이었다. 승연의 머릿속은 본부장과 비서가 했던 말과 회사를 조퇴하고 지호를 병원에 데려가야 한다는 생각이 들어차 있는데도, 육개장을 보자 입안에 절로 침이 고였다.

승연은 주방으로 들어가 신유라에게 국자를 뺏어 들었다. 국물에 고사리와 소고기를 올리고 냄새를 먼저 맡았다. 신유라가 우두커니 승연을 지켜보았다. 한입 넘기자 침과 음식이 섞여 몸에 온기가 돌았다. 간이 어떻다는 생각보다도 밥 한 숟갈 떴으면 좋겠다는 마음이 간절했다.

"어때요?"

"맛있어요."

"안 짜요?"

종일 먹은 거라곤 본부장실에서 마신 생강차 두 모금이 전부였다. 간을 못 보는 신유라를 위해 다른 사람들이 모르게 도와주려고 했지만, 국자를 받아 든 순간 몸은 생각이 아니라 감각을 따라 움직였다. 시각과 후각, 그리고 마지막은 미각순으로. 승연은 정신을 차리고 국자에 남은 국물을 마저 넘겼다.

"조금 짜요. 밥에 말면 딱 좋을 간이긴 한데."

"육수를 더 부을까요?"

승연은 신유라를 쳐다봤다. 확신 없이 확인하려는 눈빛이었다.

"어디 봉사라고 했죠?"

"무료 급식소요."

"그럼 노인들?"

"네."

승연은 국자를 신유라에게 건넸다.

"노인들이라면 간이 좀 세도 되잖아요. 거기가 건강식 레스토랑도 아니고, 매일 먹는 것도 아닌데요. 젊은 사람들 입에 맞추면 싱겁다고 소금을 더 달라고 할지 몰라요."

"하긴 노인들이 우리처럼 예민하진 않으니까요."

신유라는 별일 아닌 것처럼 말하며 육개장을 담을 보관통을 끌고 왔다.

"근데, 유라 씨."

"뭐, 또 이상해요?"

"아뇨. 그게 아니라."

신유라는 통을 내려놓고 승연을 심각하게 쳐다봤다. 승연은 그게 아니라, 를 반복했다.

"아, 맞다, 오늘 조퇴죠? 일하느라 깜빡했어요. 4시에 밥차만 보내면 끝나는데, 너무 늦어요?"

"안 늦어요. 근데 그게 아니고요."

"아니면요?"

"그게, 내가 좀, 배가 고파서요."

승연은 빨간 고추기름 아래 동동 떠 있는 육개장 고기를 보며 말했다. 식욕을 달래기는커녕 먹은 양이 적어 허기만 더했다. 신유라가 고개를 흔들면서 크게 웃었다. 승연은 민망해져 피식 웃음을 터뜨렸다. 둘은 서로 그만 웃으라고 말했지만 한참 동안 웃음을 멈추지 못했다. 주방 사람들은 신유라와 승연이 같이 웃는 모습에 의아해하며 그들을 멍하니 지켜보았다.

피부과 조명이 닿은 지호의 피부는 집에서보다 증상이 심해 보였다. 진물에 고름까지 나는 목덜미를 보이자니 창피했다. 긁을까 봐 손목을 손수건으로 묶어 부어오른 붉은 자국도 신경 쓰였다. 의사가 이렇게 되도록 뭐 했느냐고, 엄마가 맞느냐고 한심해 하며 물으면 어쩌지 하는 걱정이 앞섰다. 자신도 힘들지만 아픈 아이 앞에서는 죄인이 된 기분이었다. 의사는 상의를 벗겨 상처를 살핀 뒤 귀 뒤와 목, 팔과 다리의 접힌 부분에 생긴 진물을 소독했다. 얼굴을 한껏 찡그리는 승연과 달리 의사와 간호사는 작은 생채기를 처치하듯 무덤덤했다. 지호조차 아파, 하고 신음을 한 번만 내고는 꾹 참아냈다.

"상처가 이 정도면, 잠을 통 못 잤을 텐데요."

"자주 깨요. 뒤척여서 보면 정신없이 긁고 있고요."

"아직 어려서 많이 보챘을 겁니다. 차트를 보니 2주 만이시네요. 소독하러 자주 나오라고 당부드렸던 것 같은데요."

"그게, 많이 바빠서요."

"아시겠지만 신경 안 쓰면 도로 나빠져요. 아토피 치료는 마라톤이잖아요."

승연은 아무것도 약속할 수 없으면서 알았다고 대답했다. 의사 말대로 마라톤이었다. 하지만 뛰지 못하는 마라톤이었다. 밤늦게 퇴근해 돌아와 할 수 있는 건 자는 아이를 깨워 미지근한 물에 몸을 씻기고 연고를 발라주는 것뿐이었다. 약국에서 구매한 연고는 눈에 띄는 효과가 없었지만 정기적으로 병원에 데려갈 형편이 아니라 방법이 없었다. 비누도 함부로 쓸 수 없어 몸을 씻기는 것도 아토피 전용 세정제로 살짝 헹구어내는 수준이었다. 피로에 지쳐 아무 생각 없이 수건으로 닦아내다가 아이가 울음을 터뜨려 정신을 차릴 때도 있었다. 약해진 피부는 작은 마찰에도 쉽게 터졌고, 목과 허벅지를 긁느라 잠 못 드는 건 예사였다.

피부가 이렇게까지 된 데는 아이가 어떻게 지내는지 알지 못하는 이유가 컸다. 재희와 어린이집 선생이 지호를 위해 따로 만들어놓은 음식을 제대로 먹이고 있는지, 아토피 연고를 시간 맞춰 발라주는지 체크할 길이 없었다. 이따금 재희에게 음식과 위생에 주의하라고 강조하고 있지만 재희의 대답은 그저 '알았다'가 끝이었다. 교육을 받은 전문 돌보미라면 처치가 더 나았을까. 승연은 재희와 어린이집 선생에게 불쑥 화가 났다. 더 이상 내버려둬선 안 된다는 생각을 하자, 무책임하게 집을 나간 은상까지 떠올라 주체하기 힘든 분노가 일었다. 차라리 죽었다는 연락이 오면 원망이라도 덜할 텐데, 잊을 만하면 그에게 오는 고지서가 집에 도착해서 화를 돋웠다.

"음식은 가려서 주시죠?"

승연은 확신 없이 그렇다고 대답했다. 전날도 늦은 밤까지 재희가 지호에게 먹일 아침과 어린이집에 보낼 점심, 저녁에 집에서 먹을 반찬을 만들어 유리용기에 각각 담았다. 몸은 피곤해도 승연이 직접 할 수 있는 일이라 음식을 할 때만은 지호에 대한 미안함이 조금 누그러졌다.

"적외선 치료는 받고 가세요. 진물이 나고 있으니까 당분간 일주일에 두 번은 꼭 나오시고요. 그리고 어머님, 아이 팔을 이렇게 묶으면 상처가 더 심해져요."

승연은 고개를 끄덕이는 척 의사의 시선을 피했다.

간호사가 지호와 승연을 치료실로 안내했다. 지호는 딱지가 굳은 작은 손으로 승연을 꽉 붙잡고 빤히 올려다봤다.

"엄마, 이 빨간 불은 따뜻하기만 하고 하나도 안 아파."

오늘은 신유라가 봐줘 나올 수 있었는데, 앞으로 어떻게 치료를 받아야 할지 막막했다. 아직 어린앤데 얼굴에, 팔에, 목덜미에 상처가 남으면 안 되는데. 긁느라 잠을 못 자서 키가 덜 자라면 안 되는데. 진물이 곪지 않게 높게 묶은 지호의 머리 아래로 아이 손바닥만 한 상처가 보였다. 더는 생각하지 않으려고 상처를 피해 붉은 램프를 쳐다봤지만, 지호는 저를 보라며 승연을 계속해서 흔들었다.

"엄마, 이따 회사 가면 안 돼."

승연은 아이 옆에 앉아 오늘은 아무 데도 안 갈 거라고 말하며 어깨를 쓰다듬었다.

*

또 신유라예요. 2박 3일 출장이 잡혀서 나가기 전에 급히 메일 남겨요.

이번에는 크게 벌이자고 하세요. 되도록 큰 방송사에서 생방으로요. 노인들이 많이 보는 이상한 종편 말고, 작년에 미투운동 이랑 갑질 문제 많이 다뤘던 거기가 딱인데. 판을 크게 벌이면 얼굴이 팔려서 부담도 되지만 거꾸로 회사에서 함부로 버릴 수 없는 카드가 돼요. 영양사님을 이용하려고 덤비는 단체들도 나타날 거고요. 제가 게시판에 글 올렸을 때도 그런 연락 종종 받았어요. 같이해보자, 우리가 돕겠다, 돈이 필요하지 않으냐 등등.

일단 대본을 미리 달라고 하세요. 태연하게 거짓말을 하기 힘들다고 하면 줄 거예요. 지난 방송 때도 그랬다면서요. 인터뷰지는 꼭 갖고 있고, 가능하면 그 용지에 사람들이 낙서하게 유도하세요. 목소리를 녹음하면 더 좋은데 그건 힘들겠죠? 어쨌든 밖에서 만난 기록, 영수증, 사진, 예상 질문지는 꼭 챙기고요. 아, 휴대폰으로 전화 오면 무조건 녹음부터 따고, 통화 중에 증거가 될 얘기는 되도록 길게 끌어보세요. 저번 질문지는 갖고 있죠? 그거 저 주세요. 쓸 데가 있을 것 같네요. 그 사람들이야 잃을 게 직장밖에 없지만 우린 또 그게 전부인 사람이니 티끌이라도 모아야죠.

그리고요. 인턴한테는 미안해하지 말아요. 영양사님이 잘못한 건 없잖아요. 너무 사사로운 도덕에 묶이면요, 본인만 힘들어요. 지금은 해야 하는 일에만 집중하라고요.

암튼요. 영양사님은 그 사람들을 위해서 일하고 그에 맞는 보상을 챙기세요. 절대 하는 척하지 말고 할 때만큼은 진심으로요.

그게 저도 잘 못 하는 건데, 하는 척하느라 생각이 많아지면 일이 엉켜 뒤에서 꼭 탈이 나더라고요. 그렇다고 위험한 일에 무조건 덤비지는 말고요. 양심은 개라도 줄 수 있지만 뒤통수는 내가 지켜야 하거든요. 제안은 그쪽에서 먼저 했으니까 영양사님은 연기만 잘하면 되는데, 할 수 있으려나. 저는 신경 쓰지 마시고요. 저도 영양사님 생각 안 할 거니까. 눈치챘는지 모르지만 저를 돕는 사람들이 여럿 있어요. 그 사람들과 증거도 착실히 모으고 있고, 증거가 없으면 정성들여서 만들어내고 있죠.

또 이런 말 그렇지만, 조심하시고요. 웃기잖아요? 걔네들 논리가 늘 같은 게. 참신하게 변명도 못 댈 거면서 사람을 어디 천박한 바이러스 취급이나 하고. 그 사람들은요, 죽은 인턴도 살려내서 자기들 살 궁리 하는 그런 놈들이라고요. 영양사님까지 방패막이가 되진 마세요.

마지막으로, 날 믿고 말해줘서 고마워요. 그리고 영양사님 딸, 지호라고 했던가요? 병원에 갈 일이 있거나 다른 볼 일이 생기면 제가 맡아줄게요. 외부 일정 없으면 도울 수 있으니까 부담 갖지 말고 언제든 말해요. 다른 것도, 저한테는 부담 안 가져도 돼요.

아, 프랑스 음식점이 어쩌면 과천이 아닐지 모른다는 영양사님의 지적에 머리를 세게 얻어맞은 것 같았어요. 마지막으로 본 도로표지판이 '정부과천청사'라서 당연히 과천이라고 생각했거든요. 거기에 갇혀서 다른 곳은 아예 생각하지도 않았는데. 시간 나는 대로 그 근처를 찾아보고, 기억이랑 비슷한 곳은 직접 가 봐야겠어요.

그 이야긴 출장 다녀와서 다시 말해요.

*

"이번엔 왜 또 찾아왔소? 우리 아들 마지막으로 본 사람 이라고 해서 나왔소만, 내가 아직도 당신들한테 들을 말이 남았는지 모르겠네."

인턴의 아버지는 가까스로 흥분을 억제하는 듯 바지 자락 을 몇 번이나 움켜쥐었다. 하지만 떨리는 음성과 분노에 잠 겨 깊어진 눈은 감춰지지 않았다. 승연은 그와 차분하게 말 하기 위해 마음을 다잡았으나 노인의 눈을 똑바로 쳐다보기 힘들었다. 겁이 났다. 그의 주름진 얼굴과 목 안쪽으로 말려 들어가 구겨진 셔츠 깃을 보니 죄책감이 먼저 일었다.

유하나는 인턴 아버지의 연락처를 알아봐주며 나이가 60 대 중반이라고 귀띔했다. 승연이 알고 있는 60대의 남자들 보다는 지쳐 있을 거라고 예상했으나 인턴의 아버지는 70대 후반이라고 해도 믿길 노인이었다. 그는 눈을 내리깔며 움 켜쥐었던 바지를 털어냈다.

"내버려두면 안 되겠소? 아들 목숨 갖고 장사하고 싶지 않소. 내가 비록 잘살지는 못하지만 그렇다고 아무한테나 손 벌리는 사람은 아니야. 인사팀인가 뭔가 하는 작자들이 한 달 넘게 괴롭히더니 위로금 몇 푼 쥐여주고, 말 안 꺼내겠다는 약속까지 받아내고는 그런 식으로 떠벌려요? 더는 못 참으니까 건드리지 마시오!"

예의 때문이라고 말하자니 의도가 지나치게 선해 보였다. 그보다는 승연이 앞으로 겪을 죄책감을 덜기 위해서라고, 거짓으로 한 인터뷰가 나중에 밝혀져 생길 비난을 미리 대비하는 거라고 말하는 게 솔직했다. 하지만 어떤 말도 나오지 않았다. 인터뷰는 이미 했고, 기사는 다음 주에 배포될 것이다.

지난주 승연은 본부장이 하라는 대로, 비서가 써준 원고를 보고 비슷하게 대답했다. 주간지 기자는 메모는 했으나 승연이 할 말을 미리 알고 나온 듯 녹음기를 두고도 켜지 않았다. 우스웠다. 신유라가 빌려준 보이스 레코더는 승연의 가방에서 돌고 있었는데 말이다. 기자는 대학 다닐 때 선린에서 아르바이트를 했었다며 회사 사람들과의 친분을 강조했다.

기사가 아직 공개되지 않았지만, 반쪽은 사실이었다. 다만 다른 반쪽을, 그러니까 인턴이 마음이 가서 팀장을 따랐는지, 아니면 소문처럼 일방적인 추행이었는지, 그도 아니라면 이 모든 게 직장 내 따돌림을 감추려는 회사의 계획인지 승연은 확실히 말하지 못했다. 인턴의 자의는 없었던 것 같다고 말했지만 기자는 승연의 말을 주의 깊게 듣지 않았다.

"죄송하다는 말씀과 부탁드릴 일이 있어서요."

옆으로 돌아앉아 눈을 맞추지 않던 인턴의 아버지가 승연을 슬쩍 돌아봤다.

"실은 김 군에 대한 인터뷰가 잡지에 곧 나가요. 제가 그 인터뷰를 했고요. 짧게 대답했지만, 잡지사에서 얼마나 살을 붙일지 모르겠어요. 얼마나 시끄러워질지도 모르겠고요."

시름에 잠겨 처져 있던 눈매가 팽팽하게 당겨 올라갔다. 주름지고 나이 든 얼굴인데 웃으며 사진을 찍었던 인턴과 표정이 비슷해 보였다.

"김 군을 괴롭힌 사람이 그 팀 팀장이고, 괴롭힘이란 추행을 말한다. 그게 제가 한 말이에요."

인턴의 아버지가 입술을 단단히 물며 주먹을 테이블에 올렸다. 그는 구부정한 몸을 곧추세우고 입을 열었다. 가래가 차서 거칠어진 숨소리가 가까이서 들렸다.

"그래서 우리 아들의 잘못이라고 했소?"

승연은 세차게 고개를 저었다. 비서가 써준 원고에서 유일하게 똑같이 내뱉지 않은, 아니 뱉을 수 없는 부분이었다.

승연은 기자의 질문에 마케팅팀장이 인턴을 추행했다고 말했다. 기자는 인턴도 같은 성적 지향은 아니었냐고 물었다. 승연은 말할 수 없었다. 그 이상을 보탤 수 없었다. 승연의 무릎으로 툭, 하고 떨어졌던 팔과 비스듬히 보였던 감은 눈이 잊히지 않았다. 힘들지만 살고 싶다는 유서도 마음에 걸렸다. 승연은 인턴은 아니었던 것 같다고, 팀장의 성추행은 경찰서에서 들었다고 기자에게 대답했다.

"다 끝난 판에 뭐 하러 그런 얘기를 하시오. 나도 그놈이 축 처져 들어오는 걸 매일 보면서도 얼마나 시달렸는지 몰랐는데, 당신이 뭘 안다고 함부로 지껄이느냔 말이야!"

승연은 고개를 숙였다. 이 또한 얼마나 하찮은 사과인가. 고개를 들지 않고 말을 이었다.

"또 한 번 떠들겠다는 말을 하려고 왔습니다."

거기까지 듣던 인턴의 아버지가 자리에서 벌떡 일어섰다. 갑자기 일어서는 바람에 그의 앞에 놓인 커피가 승연의 바지로 쏟아졌다.

"더 들을 말도 없고, 할 말도 없소. 더 듣다간 내가 사람을 칠 거 같으니까 이쯤에서 관둡시다."

승연은 커피를 닦지 않고 카페 밖으로 다급히 쫓아 나갔다.

"어르신, 그게요. 인터뷰를 다시 하려고요. 회사 모르게요.

그 전에 어르신한테, 아니 김 군한테 허락받으려고 왔습니다!"

인턴의 아버지는 걸음을 멈추지 않았다. 승연이 하는 말을 들었는지 알 수 없었다. 승연은 거리에 서서 다시 외쳤다.

"저, 김 군 마지막 얼굴 아직도 기억하고 있어요. 그래서 그래요. 저한테 한 번만 기회를 주세요."

걸음이 잠깐 느려졌지만 그는 곧 앞을 향해 빠르게 걸었다. 늦은 오후, 볕이 따뜻해 도로에는 아물아물 아지랑이가 피어올랐다.

*

생리가 시작되려는지 아랫배가 묵직이 당겼고, 허리가 구부러져 뒷목까지 뻐근했다. 승연은 의자를 뒤로 밀어 등받이에 허리를 기댔다. 유 기자가 흘깃 쳐다봤다.

"연락 주실 줄 몰랐어요."

"휴일인데 죄송해요. 계속 전화를 안 받은 것도 미안하고요."

유 기자는 세차게 손사래를 쳤다. 그러곤 정말 괜찮다는 듯 천진한 표정을 지었다. 그는 별일 없었던 것처럼 인사를 주고받는 게 민망했는지 지호에게 얼굴을 돌렸다.

"반가워요, 우리 공주님. 만화 좋아해요?"

고개를 기우뚱하며 눈을 동그랗게 뜬 모습이 자주 짓는 표정인 듯 자연스러웠다. 지호는 유 기자를 멀뚱히 쳐다보다 고개를 크게 끄덕였다. 기자는 지호의 답을 듣자마자 몸을 돌려 가방을 뒤지더니 투명 플라스틱 박스를 내놓았다. 오랫동안 가방에 넣어두었는지 사각 모서리가 전부 눌려 있었다. 지호는 머뭇거리는 기색도 없이 박스를 받았다. 승연이 안 된다며 손을 내리쳤으나 기자가 박스를 낚아채 지호에게 안겨주었다.

허리까지 금발을 늘어뜨린 공주 인형이었다. 지호는 바비 인형의 은빛 드레스에서 눈을 떼지 못했다. 한 번도 갖지 못한 거였다. 바비 인형을 보니 이 테이블에서만큼은 승연이 키를 쥐고 있다는 생각이 들었다. 굳이 인형이 아니라도 자신을 흘끔거리며 쳐다보는 유 기자의 시선이 그랬다. 승연은 말리던 손을 거두고 고맙다고 인사했다.

"저야 월요일에 기사를 내보내야 해서 일요일에도 근무하거든요. 저보다 영양사님이 일부러 나오느라 번거로우셨죠."

기자는 왕관을 금발 머리에서 벗겨내고 있는 지호를 돌아보며 웃었다.

"그러니까 인턴이 마케팅팀장의 성추행 때문에 자살한 거란 말씀이세요?"

"아마도요."

"저번 방송에서는 우울증, 스트레스 그런 말들만 오갔던 것 같은데, 아닌가요? 혹시 성추행 외에 다른 사내 괴롭힘도 있었어요?"

"유서가 나왔어요. 죽고 싶다, 죄송하다, 사람들이 무섭다, 살고 싶었다, 그런 글이 적혀 있다고 하는 말을 경찰서에서 들었어요. 그런데, 마케팅팀 직원들과 인턴들이 그 사실을 몰랐을 리 없는데 아무 말도 안 하더라고요. 증언해주는 사람이 아무도 없다는 게 따돌림이나 입막음이 있었던 것 같기도 하고……. 하지만 이건 어디까지나 제 짐작이에요."

"무서운데 살고 싶다? 본 사람이 있는데 나서는 사람은 없다? 제가 봐도 회사에 문제가 있던 걸로 보이네요. 그런데도 방송에서는 인턴이 정신적인 문제가 있어서 자살한 것으로 내보냈고요. 그런데 이 마케팅팀장, 지난번에 영양사 성추행 사건 일으켰다던 사람이잖아요. 그럼 같은 사람이 전 영양사도 추행하고, 인턴도 괴롭혔다는 거예요?"

기자는 승연의 말에 적극적으로 반응했다. 한 달 전, 바쁜 기색을 비치며 냉소적이었던 그를 생각하면 완전히 다른 사람이었다. 용건을 말하지 않았는데 뛰어나온 것도, 아이를 데려간다는 말에 선물을 사 들고 온 것도. 그게 아니라, 하고 승연이 고개를 젓자 유 기자는 하던 말을 멈추고 펜을 들었다. 승연은 할 말을 생각하며 지호를 돌아봤다.

지호는 인형의 머리를 묶고 있었다. 작은 손으로 머리칼을 움켜쥐고 포장 끈을 잡아 머리에 돌렸다. 인형을 처음 봤을 때처럼 꿈꾸듯 놀란 표정은 아니었으나 골똘해 미간을 찌푸리는 얼굴은 애정이 분명했다. 승연은 지호가 인형에는 관심 없는 아이라고, 그래서 사줄 필요가 없다고 생각했다. 공주처럼 키울 형편도 아니고, 그렇게 키우는 건 아이를 망치는 거라며 디즈니 만화영화도 보여주지 않았다. 그런데 아이의 눈빛은 낯설었다.

"엄마, 머리가 자꾸 빠져."

지호가 울먹였다. 마음대로 되지 않아 속상한 모양새였다. 승연은 지호에게 인형을 받아 들었다.

"이렇게 한 손으로 머리를 잡고, 다른 손으로는 끈을 돌려. 한 번, 두 번, 세 번 돌린 다음에 세게 잡아당기면 돼."

지호는 자신이 해보겠다며 승연에게서 인형을 뺏어 들었고, 유 기자는 그들이 하는 걸 웃는 낯으로 기다렸다. 그의 얼굴에 바쁜 표정이 읽혔지만 승연은 무시했다. 승연은 지호가 머리를 다 묶는 걸 보고서 유 기자를 쳐다봤다.

"전 영양사를 추행한 사람은 마케팅팀장이 아니에요."

그럼요? 기자의 얼굴에 답답함이 묻어났다. 승연은 그의 기분을 짐작하면서도 말을 빨리 하지 않았다. 그래야 자신의 말을 가볍게 넘기지 않고 집중해 들을 것 같았다.

"제가 드릴 수 있는 말은 마케팅팀장이 전 영양사하고 상관없다는 거예요."

"그럼 회사에서는 왜 마케팅팀장 짓이라고 한 거죠?"

"한 사람이 모두 뒤집어쓰는 게, 상대적으로 힘없는 사람이 책임을 지는 게……"

"낫다는 말씀이죠? 회사에 피해가 덜 간다는 얘기죠?"

"아마도요."

유 기자는 승연을 물끄러미 쳐다봤다. 어렵지 않은 얘기라 이해하는 데 무리가 없을 터였다.

"다음 주 목요일에 제가 주간지랑 인터뷰한 기사가 나간대요. 아니라고 몇 번이나 말했지만 마케팅팀장과 인턴이 사내 동성 커플이었다고 내보낼 것 같아요. 두 사람이 사귀는 줄 몰랐던 직원들이 스킨십을 추행하는 걸로 오해했다고, 그래서 성추행 때문에 인턴이 죽었다는 소문이 돈 거라고요. 그 인터뷰는 회사와 잡지사에서 공동으로 기획한 거거든요."

"두 사람이 연인이 아닌 거 확실해요?"

승연은 고개를 끄덕이며 '추행'이라고 확실히 말했다. 기자는 작은 탄식을 터뜨렸다. 일부러 한 반응이 아니라 진짜 내뱉은 탄식 같았다.

"마케팅팀장만 완전 쓰레기가 됐네요?"

유 기자는 말도 안 된다는 듯 이마를 치며 웃었다. 무엇이 그렇게 우스울까. 한 사람을 죽음으로 몰고 간 건 마찬가진데 죄를 더 뒤집어썼다고 쓰레기가 아니라는 걸까. 승연은 아무런 표정도 짓지 않고 기자를 쳐다봤다.

"그건 그렇고, 전 영양사 건은 그 사람이 복직하면서 다 끝난 일 아니었어요?"

기자가 다시 표정을 굳히며 말했다.

"제가 드릴 수 있는 말은 여기까지예요. 그 이상은 추측일 뿐이니 말하기 그렇고요."

"그 추측, 꺼내주실 수 없을까요?"

승연은 고개를 흔들었다. 신유라까지 말하려고 나온 자리가 아니었다.

"전 영양사 문제는 기자님이 직접 알아보세요. 어렵지 않을 거예요. 그리고 이건 인턴의 아버지 연락처예요. 여전히 힘들어하시지만, 한번 연락해보세요."

유 기자는 승연이 내민 메모지를 받아 들고 잠시 뜸을 들이다가 말했다.

"사업본부장. 그 대책 방안 발표했던 사람, 맞죠?"

승연은 지호의 팔을 붙들고 자리에서 일어섰다. 아이는 떨어질세라 들고 있던 인형을 꽉 끌어안았다.

"더 물으면 거절하실 것 같아서 여기까지만 묻겠습니다. 인턴 아버지께는 바로 연락해볼게요. 이번에도 전화로 영양사님을 괴롭힐지 몰라요. 아무튼 불러주셔서 감사해요."

승연은 인사를 하고 몸을 돌렸다. 기자가 그런데요, 하면서 승연을 다시 불렀다.

"개인적으로 한 가지만 더 여쭤도 될까요?"

승연은 잠자코 유 기자를 응시했다.

"왜 저한테 이런 얘길 털어놓으시는지. 솔직히 생긴 지 얼마 안 된 신생 매체라 뉴스가 아예 묻힐 수도 있어요."

승연은 아이의 어깨를 잡으며 인사를 시켰다.

"큰 데는 회사랑 관계된 곳이 많아서……. 그리고 제 말을 들어줄 사람이 없었어요."

*

주방에서는 냉장고와 에어컨이 간헐적으로 굉음을 냈고, 기계음이 멈추면 식기 부딪치는 소리와 수저를 놓는 소리가 들렸다. 풍문처럼 떠돌던 스캔들과 죽음은 사람들의 관심에서 그새 멀어졌는지 식당에서 오가는 얘기는 전날 본

예능프로그램과 말이 많아 늘 우스꽝스러워지는 정치인, 주말 동안 아이들에게 시달렸다는 이야기 등 지극히 일상적인 주제로 돌아갔다. 사실 그런 얘기가 회사 사람들에게는 잘 어울렸다. 남을 해하지 않고, 자신을 궁지에 몰지 않는 평화스러운 잡담, 너무 멀리 떨어져 크게 문제가 되지 않는 남의 이야기들. 그들의 입에는 승연이 기자에게 했던 말이 오르내리지 않았다.

전날 밤 승연은 꼬박 밤을 새웠다. 괜한 짓을 벌였다는 자책감에 배식 도중에도 틈만 나면 휴대폰을 꺼내 기사를 검색했다. 새로운 광고 모델과 함께 사내 봉사단이 무료 급식소 봉사를 나갔다는 기사 말고는 새로운 뉴스는 없었다.

유 기자에게 속은 걸까. 악성 기사를 두고 회사와 거래하는 신문사가 많다는 소리를 얼핏 들은 기억이 났다. 그러고 보니 유 기자가 승연의 눈치를 살피며 길게 매달리지 않던 게 마음에 걸렸다. 일이 바쁘다는 핑계로 그에게 걸려 온 전화를 두 번이나 무시한 것도 후회되었다. 매니저가 보이지 않는 것도 수상했다. 금방 무슨 일이 벌어질 것처럼 가슴이 진정되지 않았다. 이럴 줄 알았다면 신유라에게 먼저 상의를 해보는 건데, 성급한 판단이 후회되었다. 전화는 연결되지 않았다. 승연은 거의 미칠 것 같은 기분에 사로잡혔다. 유 기자에게 속을 수 있다는 의심을 왜 한 번도 품지 않았을까. 왜 인형 머리나 묶으며 자신이 거래 테이블에서 키를 쥐고 있다고 한가하게 거드름을 피웠을까. 정확하지 않은 법률 지식이 머릿속을 헤집었다. 허언이라고, 무고라고, 명예를 훼손했다고, 해고하겠다고 하면 어쩌지? 설마 구속되는 건 아니겠지?

승연은 사무실에 들어와 전화만 초조하게 내려다봤다. 들어온 문자는 없었다. 아침 배식이고 다음 달 식단이고 아무것도 눈에 들어오지 않았다. 유하나에게 전화를 걸었다.

"웬일로 이 시간에? 지금 배식해야 하는 거 아니에요?"

"출근했어요?"

"그죠, 그니까 전활 받지. 커피 뽑아서 막 자리에 앉았어요. 왜요?"

"무슨 말 없어요?"

"무슨 말이요? 무슨 일 있어요?"

"아니, 사람들이 아무 말도 없냐고요."

"뭐야? 언니, 나랑 지금 스무고개 해요? 정확히 말해야 내가 알아보죠."

유하나의 분위기로는 아직 아무 일이 없는 듯했다. 약간의 안도가 들었다.

"아니에요, 내가 예민했나 봐요. 요새 잠을 통 못 잤더니 그렇네. 커피 마셔요."

승연은 식당으로 나가 신유라에게 국자를 받았다. 신유라는 승연을 올려다보고는 사무실로 향했다. 식당에서는 데면데면한 사이로 지내는데도 오늘따라 신유라의 침묵이 더없이 불안했다. 오전 내내 허둥지둥하는 걸 보고도 왜 아무 말이 없을까. 이미 알고 있으면서 모르는 척하는 걸까. 자신만 빼고 모두 알고 있는 것 같은 불길한 기분을 떨칠 수 없었다. 승연은 식기를 내려놓고 신유라를 쫓아 사무실에 들어갔다.

4부

컴백
스페셜

10

두 개의 뉴스가 비슷하게 터졌다. 정확히 말해 발표한 시점은 달랐으나 승연이 접한 시간이 대략 비슷했다.

새벽녘까지 뒤척이던 승연은 재희가 벨을 누르는 소리에 놀라 잠에서 깼다. 재희는 아무리 문을 두드려도 열어주지 않아 하는 수 없이 벨을 눌렀다고 말했다. 6시까지 출근해야 하는데 회사로 가는 버스가 눈앞에서 떠난 시간이 5시 50분이었다. 장 여사에게 늦을 것 같다는 문자를 보냈다. 목요일, 인터뷰가 실린 기사가 나오기로 한 날이었다. 승연은 혹시나 하는 마음에 신문 가판대를 서성였다. 붉은 표지의 주간지가 눈에 들어왔다. 승연은 돈을 지불하고 잡지를 펼쳤다. 잡지 표지에는 승연이 한 인터뷰가 헤드라인으로 나와 있지 않았지만 목차를 뒤적인 끝에 '어떤 진실: 기업, 그 후'라는 두 페이지가 할당된 기사를 찾았다. 버스가 도착했고, 승연은 버스 기사 뒷자리에 앉았다.

　한편 선린의 인사 담당자는 서로 합의된 관계로 보였다고 조심스럽게 입을 열었다. 김 군과 같이 근무했던 대학생 인턴 A씨는 김 군과 마케팅팀장의 사이를 불편하게 여긴 인턴들이 많아 인사팀에 고충 상담하는 일이 더러 있었다고 말했다. 그에 따르면 팀장과 팀원으로 서로 챙긴다고 보기에 석연찮은 부분이 많아서 인턴들은 팀장과 김 군이 있을 때면 자연스럽게 자리를 피했다고 말했다. 실제로 인사 담당자가 내민 고충 상담 일지에는 둘의 사이를 유추할 수 있는 내용이 상세히 기록되어 있었다.

　이에 김 군의 자살 현장을 최초로 목격한 영양사 B씨는 둘의 관계가 회사에서 풍문처럼 떠돌았다고 말했다. 그녀는 파견직인 자신에게도 들릴 소문이라면 회사에서 꽤나 유명한 일이 아니었겠느냐고 반문했다.

　"회사에서도 지극히 개인적인 일이라 공개하기 힘들었을 거예요. 자칫 잘못 건드리면 소수자 인권에 대한 문제가 될 수 있다면서요. 항간에 떠도는 소문이 모두 사실은 아니겠지만, 밝히기에도 무시하기에도 어려웠을 거라는 생각이 들어요."

승연은 잡지를 붙들고 부들거렸다. 자살 현장을 최초로 발견했다는 것만이 사실일 뿐, 승연이 했다는 말은 어느 하나 자신의 입에서 나오지 않았다. 하지만 하지 않은 말이 명백히 승연이 한 것으로 되어 있었다. 인터뷰를 하는 뒷모습이 찍힌 자신의 사진에 심한 배신감과 모욕을 느꼈다. 승연은 겨우 정신을 차려 휴대폰을 들었다.

추악한 기업의 이면, 선린의 끝나지 않은 갑질

유 기자가 기사를 올린 시간은 새벽 3시 46분이었다. 승연이 간신히 잠에 빠진 시간이었다. 승연은 빠르게 기사를 읽어 내렸다. 사건에 대해 아주 잘 아는 사람이라면 승연을 희미하게 떠올릴 수 있으나 그녀라고 단정하기 어려운 내용이었다.

자살로 생을 마감한 인턴 김 씨. 그의 아버지(65)는 선린이 아들이 정신 문제와 성적 성향 때문에 사내 분위기를 흐렸다는 식으로 여론을 몰아가고 있다며, 죽은 아들은 선린에서 성추행과 집단 괴롭힘을 당한 명백한 피해자라고 말했다. 그리고 앞으로 이유를 막론하고 자신의 아들이 악용될 경우 사자에 대한 명예 훼손 등 법적인 조치를 강구하겠다고 의사를 밝혔다.

'모두가 함께 사는 건강한 시민사회' 조희상 대표는 선린의 이번 행태는 '직장 내 권력에 의한 폭력'임과 동시에 기업 내 뿌리 깊게 자리 잡은 '갑질'이란 사실을 직시해야 한다고 말했다. 더불어 선린의 향후 조치가 미흡할 경우 관련 단체들과 연대하여 비상식적이고 비윤리적인 기업 행태를 사법 고발할 것이라고 경고했다.

숨이 턱 막혔다. 하나의 사건을 완전히 다른 방향으로 취재한 두 개의 뉴스가 같은 날에 나왔다. 두 기사 모두 포털사이트에서 주요 뉴스로 다루지 않았지만, 회사는 아마도 빠른 시간 내에 주간지 기사가 메인으로 오르게 힘을 쏟을 것이다.

승연은 사실만 얘기했다고, 금방 지나갈 일이라고 마음을 가라앉히려고 했지만, 머리가 뜨거워 앉아 있기 힘들었다. 현기증이 나서 차창을 열고 밖을 내다봤다. 버스는 회사를 지나 한 번도 가지 않은 길을 내달리고 있었다. 벨을 누르고 다음 정거장에서 내려 반대 방향으로 빠르게 뛰었다. 그러나 다리가 후들거리고 옆구리가 찔린 듯 저려 얼마 가지 못하고 바닥에 주저앉았다. 다 그만두고 싶다고, 힘들어서 더는 못 하겠다고. 지호를 데리고, 아니 혼자서라도 꽁꽁 숨고 싶었다. 거리에 앉아 가쁜 숨을 몰아쉬는데 장 여사에게서 얼마나 늦을 거냐는 전화가 왔다.

"넌 책임질 게 없어서 좋겠다. 나도 다 그만두고 사라져 버리면 좋겠는데."

엄마가 도박 빚을 갚지 못해 혼자 야반도주를 하기 전 즈음 승연을 보고 기운 없이 한 말이었다. 시간이 흘러 구체적인 것은 기억나지 않지만, 그때 엄마가 지었던 표정은 또렷하게 남아 있다. 지금 승연은 기억 속의 엄마보다 여섯 살이 많다. 겨우 열 살인 승연에게, 고작 그따위 말을 남기고 떠난 걸 보면 엄마도 힘든 삶에 욕을 같이 해줄 사람이 어지간히 없었던 모양이다. 그렇다고 '태어나지 말았어야 할 애'라며 매일 밤 승연에게 소주잔을 내던졌던 엄마를 용서할 수는 없었다.

승연은 주간지 회의실에 다시 앉아 있었다. 옆에는 선린의 홍보팀장이 있고, 맞은편에는 지난주 인터뷰를 했던 잡지사 기자와 광고부장이 나란히 앉아 있었다. 이런 자리에서 엄마가 했던 말이 떠오른 이유는 피할 수 있다면 도망치고 싶었기 때문이다. 다른 일을 찾을 수 있다면, 지호가 아니라면 이 상황을 감내할 필요는 없었다. 기자는 승연을 보며 허탈하게 웃었다.

"자주 뵙네요. 2주 뒤에 광고 내보내고 후속보도는 한 달 뒤에 하자고 이미 말을 마쳤는데. 일이 원치 않게 꼬여서 광고는 아주 뒤로 뒤로, 미뤄야겠어요."

비서는 자리에 오기 전에 예상 질문지와 답변지는 물론이고 지어야 할 표정과 말투까지 일러주었다. 이번에는 답안지대로 하라는 당부도 잊지 않았다. 이런 인터뷰에도 슬슬 염증이 났다. 기자가 꼿꼿하게 허리를 세웠다. 앞으로 내린 머리가 윗눈썹을 완전히 가렸다.

"우리 영양사가 이상한 신문 기사 때문에 진이 다 빠졌나 봅니다. 하긴 저도 이렇게 착잡한데 언론 경험이 없는 사람이 어련하겠습니까. 이곳저곳에 얼굴이 돌아다니니 스트레스도 이만저만이 아닐 테고요. 그래서 오늘은 제가 도움을 좀 드리러 나왔습니다. 이해하시죠, 기자님?"

홍보팀장의 말에 기자는 가볍게 고개를 끄덕였으나 냉소를 띤 눈빛은 풀지 않았다. 그녀는 테이블에 녹음기를 올렸다.

"방금까지 지난 기사 때문에 구독자에게 항의를 받았어요. 뭐가 사실이냐고 묻더군요. 오늘 인터뷰를 마치고 저희가 냈던 기사를 원점에서 판단할 겁니다. 정정보도까지 가면 저희도 우스워지지만 선린도 많이 힘들 거예요."

"두 분의 관계는 어땠죠?"

208

"식당에서 가끔 마주쳤습니다."

"그냥 지나쳤다는 말씀?"

"아뇨, 서로 안부를 묻고, 얘기도 하고요."

"친한 사이였다는 거네요?"

비서는 친한 사이라고, 식사 시간에 인턴이 늦을 때 밥을 챙겨줬었다고 말하라고 했다. 몇 번 식사를 챙기다 보니 일상적인 잡담까지 나누게 되었다고. 하지만 승연은 친하다는 말을 차마 할 수 없었다. 사실 인턴의 이름도 이곳에 오기 전에 비서에게 처음 들었다. 친하다는 말은 무책임했다. 죄책감이 이는 말이었다. 승연이 머뭇거리자 홍보팀장이 끼어들었다.

"잔상이 떠오르나 보네요. 김 군이 원체 내성적이었거든요. 보시다시피 우리 영양사도 그렇고요. 여기 오기 전에 저희끼리 말을 했는데, 둘이 있으면 김 군이 하는 일이나 어울리는 친구들 같은, 아주 소소한 얘기를 나눴다는군요."

승연은 인턴의 사진을 떠올리며 그가 식당에 남아 혼자 밥을 먹는 모습을 상상했다. 인터뷰를 이어가려면 어떻게든 비슷한 이미지를 떠올려야 했다. 그런데 눈 뜬 얼굴이 아닌, 웅크린 옆모습만 생각났다. 홍보팀장은 승연이 말을 잇지 못하자 비서가 건넨 내용과 비슷한 말을 떠들었다. 녹음기가 돌아갔고, 그 때문인지 기자의 목소리에는 전과 다른 매너가 느껴졌다. 승연은 녹음기의 깜빡대는 빛을 보며 인턴이 상체를 수그리고 식사하는 모습을 애써 그려보았다.

기자가 질문지를 넘기며 승연에게 물었다. 지난번과 비슷한 질문이었다.

"두 사람이 만나는 사이란 건 어떻게 알았어요?"

홍보팀장이 승연의 팔을 두드렸다. 맨살에 닿은 끈끈한 감촉이 불쾌했다. 승연은 팔을 옆으로 내리고 기자를 응시했다. 비서가 뭐라고 써줬더라. 허공에 뜬 말들을 잡아보려 했지만, 친한 사이였다는 표현만 떠올랐다. 식당에서 이야기하는 자신과 인턴의 모습을 상상하여 억지로 끄집어냈다.

"언제인지 잘은 기억이 안 나요. 음, 인턴이 점심을 늦게 먹으러 왔어요. 늦더라도 보통은 고객들 식사가 끝나기 전에 왔는데 그날은 3시가 다 됐을 거예요. 평소보다 한참 늦었죠. 주방에서도 점심 메뉴를 전부 치우고 저녁을 준비하고 있었으니까요. 남은 음식은 김치와 젓갈류, 아마 김 정도였을 거예요. 그래서 반찬이 없다고 라면이라도 끓여줄까 물었는데 좋다고 했어요."

홍보팀장이 눈에 띄게 당황했다. 인턴이 점심을 먹으러 왔었다거나, 메뉴가 뭐였다거나 하는 건 시나리오에는 없는 내용이었다. 승연은 잠깐 뜸을 들이고 다시 말을 이었다.

"김치와 남은 밥, 계란을 푼 라면. 그 정도를 식탁에 올렸던 것 같아요. 인턴은 뜨거운 라면을 딱 세 젓가락에 해치웠어요. 저도 점심을 안 먹어서 같이 앉아 식은 밥에 김치를 올렸고요. 밥을 더 먹으라고 제 밥을 밀었는데 인턴이 고개를 흔들었어요. 그러곤 조금 있다가 힘들다고, 회사 다니는 게 무섭다고 몇 번이나 중얼거렸어요. 들으라는 소리 같기도 하고, 혼잣말 같기도 한. 약한 울음을 섞어서요. 라면을 다 넘기지 못해 목에 걸렸는지도 몰라요. 인턴은 그 뒤로 한 번도 저를 보지 않고 국물을 훌쩍이다 나갔어요."

등을 구부리고 훌쩍거리는 모습. 승연은 황 과장 앞에서 그런 모습을 보인 적이 있었다. 황 과장은 밥숟갈을 뜨다 말고 승연을 물끄러미 쳐다봤다. 승연이 기자에게 말한 것과 비슷한 대화가 둘 사이에 오갔었다. 기억은 늘 엉망진창이라서 어느 순간 무턱대고 끼어들었다. 인턴의 얘기를 하다 불쑥 그때의 기억을 끄집어내다니. 기자가 얼굴을 찡그리며 다시 물었다.

"라면 먹고 우는 걸 보고서 둘의 사이를 짐작했다는 거예요?"

정적이 흘렀다. 홍보팀장은 이야기가 꼬인 데 화가 나서 아니라고 강하게 손을 저었다. 그의 거친 손놀림은 아무것도 모르면서 끼어들지 말라는, 승연이 아닌 승연의 위치가 필요한 거니 착각하지 말라는 경고였다. 하지만 녹음기가 돌고 있어 목소리는 내지 않았다.

그들이 만든 판이었다. 승연은 그 판에 끼워진 거였다. 승연이 판을 깬다면 그들은 잠시 혼란스럽겠지만 또 다른 승연을 찾을 것이다. 승연은 고개를 숙이고 비서가 준 답안지를 떠올렸다. 답답하다는 듯 내젓는 홍보팀장의 팔이 승연을 현실로 끌어 내렸다.

"그 일이 있기 전에 제가 물은 적이 있었어요. 소문을 들었느냐고요. 인턴은 알고 있다고 대답했어요. 그래서 힘들다고요."

"헛소문이라던가요?"

"아뇨, 그런 말은 안 했고요. 그냥, 자신이 뭘 잘못했냐고 했어요. 자기는 가만히 있었고 옆에서 시끄럽게 한 건데 그게 죄가 되느냐고요."

"그러고 좀 더 뒤에 라면을 먹으러 왔고, 그때 분위기가 소문 때문일 거라고 생각했단 말이죠?"

기자가 서둘러 답변을 정리하자 홍보팀장이 기다렸다는 듯 서류 가방에서 편지 봉투를 꺼냈다. 홍보팀장은 기자에게 두 통의 편지 사본을 내밀었다. 기자는 그중 하나를 들어 찬찬히 살폈다. 승연이 본 적 있는 편지였다. 사건과 어울리지 않게 네잎클로버 배경의 편지지에 내용을 반쯤 채운, 인턴이 남긴 유서였다. 기자는 유서를 골똘히 본 뒤 나머지 편지를 마저 들었다. 다른 편지는 A4 용지에 쓰여 있었다. 내용은 살필 수 없었지만 나란히 놓인 두 용지의 필체가 비슷해 보였다. 기자는 볼펜을 거꾸로 잡고 편지를 대조한 뒤 카메라를 들었다. 홍보팀장의 얼굴에 안도하는 표정이 스쳤다.

*

지호와 재희는 집에 없었다. 승연이 잡지사 인터뷰를 마치고 퇴근하겠다고 재희에게 전화를 걸었을 때부터 연락이 되지 않았다. 문자에도 대꾸가 없었다.

인터뷰를 마치고 홍보팀장이 차 한잔하자는 걸 거절하고 곧장 어린이집으로 향했다. 어린이집에서는 오후 간식을 먹이기 전에 재희가 지호를 데려갔다고 말했다.

피부과라도 간 걸까. 아니면 재희에게 일이 생겨 같이 외출했을까. 어린이집에서 나갔다는 시간에서 벌써 네 시간이 지났다. 전화를 다시 걸었지만 여전히 연결되지 않았다. 승연은 거실에 가방을 던지고 휴대폰만 챙겨 밖으로 나왔다. 마트나 놀이터에 갔을 거라고 억지로 마음을 돌려세웠으나 가슴이 두근거려 집 안에만 있을 수 없었다. 슈퍼와 놀이터, 편의점을 돌아 근처 피부과와 가정의학과, 소아과에 들렀다. 재희가 근처에 또 들를 데가 있나 생각해봤으나 그녀를 잘 모르기도 했고, 그런 대화를 나눈 적도 없었다. 인터뷰를 한다고 입고 나온 정장 바지와 어깨가 끼는 셔츠가 땀에 젖어 불편하다는 생각도 한 시간쯤 거리를 헤맨 뒤에야 할 수 있었다. 더 뛰어다니려면 옷을 갈아입고 나오는 게 나았다. 지금쯤이면 지호가 집에 돌아와 냉장고 문을 열고 안을 뒤지고 있을 것 같기도 했다.

붉은 소스가 아이의 입과 손에 잔뜩 묻어 있었다. 지호는 고함을 지르는 승연을 보고 재희 뒤로 바짝 붙었다. 재희도 놀라 지호를 숨긴 채 자리에서 일어섰다. 아이는 겁을 내고 있었다. 지호는 입안 가득 양념치킨을 물고, 들고 있는 치킨 조각을 승연에게 조심스레 내밀었다.

"엄마도 먹을래?"

승연은 넋을 잃은 채 치킨을 뺏어 상에 던지고는 아이를 안았다. 번쩍 들어 올린 바람에 지호의 손에 묻은 소스가 하얀 셔츠에 그대로 찍혔다. 당황한 재희가 입에 치킨을 문 채로 뒤로 물러섰다.

"어디 갔었던 거예요?"

승연은 왜 이러는지 모르겠다는 재희의 표정을 참을 수 없었다. 아무 말도 없이 남의 아이를 데리고 다녔으면서 왜 억울하다는 얼굴을 하고 있는지. 지호는 승연의 품에서 벗어나 재희의 손을 잡았다.

"언니, 이거 안 먹을래? 날개가 젤 맛있다고 했잖아."

승연은 닭 날개를 재희에게 주는 지호를 쳐다봤다. 재희는 슬쩍 웃으면서 이따 먹겠다고 지호의 머리를 쓰다듬었다. 지호는 지금 먹으라고 어리광을 피우면서 재희의 손을 잡고 흔들었다. 승연은 둘의 다정한 모습에 욱하고 열이 치받았다. 말까지 더듬더듬 엉켰다.

"도대체, 이게 다 무슨, 그러니까 전화, 전화는 왜 안 받았어요?"

"아, 전화하셨어요? 제가 어린이집에서 지호를 안고 내려오다가 휴대폰을 떨어뜨렸어요. 그래서 서비스 센터에 맡기고 놀이터에서 놀다 왔거든요. 오늘도 늦으실 줄 알고 연락 안 드렸는데."

돌연 모든 게 지긋지긋하다는 생각이 승연을 사로잡았다. 퇴근이 늦어져 저녁에도 재희에게 지호를 맡겨야 하는 상황이 싫었다. 청소가 안 되어 발바닥에 닿는 까끌까끌한 감촉과 실내에 진동하는 치킨 기름 냄새, 지호의 얼굴에 묻은 붉은 양념까지 전부 다.

"아토피가 있다고, 밀가루는 안 된다고, 튀긴 것도 안 된다고 몇 번을 말했어요? 기억 못 해요? 그리고 어딜 가면 간다고 말을 했어야지, 전화기를 빌려서라도 알려줬어야지!"

승연은 머리를 세차게 내저으며 재희를 향해 두 손을 흔들었다. 이마와 인중에 땀이 흘러 머리칼이 엉겨 붙었다. 창으로 바람이 들어오는데 전혀 시원하지 않았다. 입바람을 불어 머리칼을 떼어내고 큰 소리로 숨을 토해냈다. 재희는 화를 내는 승연을 그제야 똑바로 쳐다봤다.

"지호가 치킨을 먹고 싶대서요."

승연은 어이없어 고개를 돌리고 웃었다.

"지호 치킨 안 좋아하거든요? 양념치킨은 먹인 적도 없고요. 그리고 튀긴 건 절대 안 된다고 몇 번을 말했잖아요."

"치킨 좋아한다던데요. 며칠 전부터 저만 보면 치킨 사달라고 졸랐어요. 아빠랑 같이 먹었다고요."

그럴 리 없었다. 은상과 같이 지낼 때도 승연은 아이를 두고 외출하지 않았다. 장을 보거나 병원에 갈 때, 보육수당 때문에 주민센터를 들를 때도 승연은 지호를 유아차에 태워서 같이 갔다. 은상이 지호를 혼자 볼 일은 없었다. 어린이집에서 먹고 온 거겠지. 아토피가 있으니 주의해달라고 선생한테 몇 번이나 부탁했는데 무시하다니. 승연은 계속해서 빨라지는 숨을 참으려고 가슴을 꾹 눌렀다. 셔츠가 축축하게 들러붙었다.

"백숙이었겠죠. 그리고 애 아빠는 집에 없어요. 출장, 그래요. 멀리 해외로 출장 가서 지호랑 둘이 사는 거라고요."

재희의 얼굴에 설핏 웃음이 스쳤다. 재희는 더 대꾸하지 않고 양념치킨 박스를 닫았다.

"다음엔 더 신경 쓸게요. 지호가 먹고 싶다고 하도 울어서 집에 오는 길에 사 온 건데. 근데 어머님, 저 지호랑 둘이 오래 있어야 해서 계속 혼내기가 그래요."

재희는 치킨 박스를 비닐에 담고 주방으로 상을 내갔다. 지호는 재희를 따라나서며 한 조각만 더 달라고 졸랐다. 승연은 은상이 양념치킨을 유독 좋아했다는 사실을 비로소 기억해냈다.

*

온도도 습도도 지나치게 높았다. 승연은 아무도 없는 공간에 허옇게 뿜어 나오는 수증기를 바라보았다. 습도를 조절할까 가습기에 손을 가져갔다가 거뒀다. 본부장이 들어오면 뭘 했는지 대답하기 궁색할 것 같았다.

주인 없는 방에 마음대로 앉아 있기도, 그렇다고 서 있기에도 애매했다. 승연은 집무실을 돌아봤다. 책상과 의자는 일반 사무실 집기보다 높은 편이었지만 직위를 드러낼 만큼 크거나 화려하지 않았고, 그 앞에 놓인 소파도 회색 패브릭 소재의 오래된 분위기였다. 벌써 세 번째 들른 건데 자세히 돌아보기는 처음이었다. 위압적인 이미지로 기억에 남아 있었는데 지금 보니 간소하고 깔끔해 낯설기조차 했다. 수증기가 자욱해져 소파 천에 내려앉고 있었다. 승연은 소파를 더듬어 물기를 닦아내다가 한쪽 진열장을 가득 채운 공로패와 상패에 눈길을 멈췄다. 혁신, 청렴한, 뉴 프런티어, 깨어 있는……. 비슷한 어감의 상패가 죽 늘어서 있었다.

"앉아 있지, 왜 서 있나."

승연은 본부장의 인기척에 옆으로 물러섰다. 소파를 닦다 손에 남은 물기를 바지에 괜히 문질렀다. 본부장은 소파를 가리키며 앉으라고 말하고는, 비서를 불러 차도 내주지 않았다고 작은 소리로 호통쳤다. 비서가 승연을 돌아봤다. 승연은 아니라면서 차는 이미 마셨다고 손사래를 쳤다.

아침 배식을 마치고 사무실로 돌아와 커피를 타는데 본부장실에서 전화가 왔다. 본부장이 찾는다고 비서가 말했다. 용건을 묻자 비서는 대충 알고 있지 않느냐고 건조하게 대꾸했다. 대충 아는 걸로는 부족했다. 정확히 알아도 대처가 어려웠다. 그런데 무미한 비서의 말투 때문에 더 묻기 곤란했다. 신유라는 사내 봉사단 지원을 나가 회사에 없었다. 보통 때라면 혼자 있는 게 편했지만 의논할 사람 하나 없는 공간이 유난히 적막했다. 승연은 비서가 올라오라는 10시 반까지 문서함을 뒤적거리며 눈에 들어오지 않는 세금계산서를 처리했다.

혹시 유 기자와 접촉한 걸 본부장이 알았을까. 인턴의 아버지를 만난 걸 눈치챈 건 아니겠지. 그는 승연이 혼자 아이를 키우는 사정도 알고 있었다. 갑자기 섬뜩해졌다. 사흘 전 주간지에는 승연과 홍보팀장이 인터뷰한 기사가 났고, 승연과 연락을 주고받던 유 기자는 두 번에 걸쳐 사회면에 기획 기사를 썼다. 한 곳은 선린의 사례를 들어 직장 내 동성애와 사회가 이들을 어떻게 받아들여야 할지를 다뤘고, 다른 곳은 성추행과 따돌림 같은 거부할 수 없는 기업 내 갑질과 이를 알고도 은폐하려는 비양심적인 기업의 행태를 비판했다. 여러 매체에서 비슷한 내용이 반복되다가 기사는 점점 이성애와 동성애에 대한 논쟁으로 바뀌었다. 그 말은 즉, 사건의 본질은 흐려지고 주간지와 선린에서 원하는 대로 대중의 관심을 성공적으로 틀렸다는 의미였다. 우습게도 승연이 공을 세운 꼴이었다.

테이블에 국화차가 올랐다. 연갈색의 조그만 꽃봉오리 두 개가 물에 풀려 노란 꽃으로 만개하고 있었다.

"들지."

공기가 축축했다. 승연은 알았다면서 고개를 끄덕이고 목 칼라를 뒤로 잡아당겼다. 젖힌 칼라에 물기가 배었다. 본부장이 승연을 쳐다봤다.

"감기에 걸려서 말이지. 사우나에 가면 이틀 내로 낫는데 요샌 도통 시간이 안 나. 답답하면 가운을 벗지."

본부장은 사려 깊은 시선으로 재킷을 벗는 시늉을 했다. 신유라에게도 저렇게 아무렇지 않게 접근했을까. 승연은 영양사복을 앞으로 당겨 정돈했다.

"인터뷰하느라 고생했어. 덕분에 회사는 소란스럽지만 다른 말들은 쑥 들어갔어."

본부장은 기분 좋다는 듯 차에 올라간 국화를 웃으면서 불어냈다.

"사람이 약속을 했으면 지켜야지. 내가 생각해놓은 게 있어. 작은 용역회사 다니는 것보다 여기 소속이 나을 거야. 경단녀가 파견직 되고, 파견직이 계약직 되고. 그러다 운 좋으면 정규직으로 가는 거 아니겠어?"

승연은 놀라 본부장을 쳐다봤다. 본부장은 손바닥을 펴서 자신의 가슴을 소리 나게 두드렸다. 묘한 자부심이 드러났다. 남대문에서 화장품 가게 점원으로 시작해 중견 화장품 회사의 이사가 된 사람이 바로 본인이라고 말하는 듯한, 당당한 제스처였다.

"앞으로도 자넬 몇 번은 쓸 거야. 너무 자주 노출돼서 폭발력이 예전만 못하지만, 아직까진 스토리텔링이 가능하지. 신유라는 약속한 말도 있고, 원하는 것도 받아 갔으니까 당분간은 잠잠할 거야. 어떻게 움직이든 자넨 모른 척하고 기다려. 내가 다 알아서 하는 거고, 조만간 정리할 거니까. 그건 그렇고, 노조 서명지에 사인했다며?"

멍하니 본부장에게 끌려가다 예상치 못한 맨홀에 빠진 기분이었다. 어차피 자신은 다른 회사 사람이니까, 안 부장의 말대로 선린의 노조는 업계에서도 꽤나 유명한 어용으로 통하니까, 그들의 약속에 거는 기대는 없었다. 여직원회에서 하라는 서명에 사인을 한 건 정말이지 남의 일로 더는 시달리고 싶지 않아서였다. 그저 압력을 모면하려고 한 일인데 본부장까지 알고 있다니 당혹스러웠다. 승연은 바로 고개를 숙였다.

"서명을 안 하면 안 될 것 같았습니다. 정말 의미 없이 한 건데, 죄송합니다."

본부장이 웃으며 인터폰을 눌렀다.

"아니, 아니. 자넬 탓하는 게 아냐. 그 분위기, 빤하지. 우린 이렇게 희생해서 너흴 도우려는데, 너희는 왜 우리의 노고에 고마움을 못 느끼느냐. 결국에 지들이 한자리씩 차지하려고 앞에 앉은 사람 겁주는 거면서 말이야. 나도 숱하게 당해봐서 잘 알아. 예나 지금이나 기득권이란 것들은 참 고상한 척을 해."

밖에서 문을 두드렸다. 비서가 두 개의 결재판을 들고 와서 테이블 위에 펼쳤다. 본부장이 결재판을 살피고는 승연에게 밀었다.

"김 비서가 작성한 건데, 노조 이름으로 발표할 성명이야. 노조위원장이랑 여성국장, 자네가 셋이 공동으로 선언하는 그림이 신문과 뉴스에 나갈 거야. 별 내용은 없고, 앞으로 어떤 형태건 직장 내 갑질은 없다, 그런 말이지. 오후에 회장님께도 보고할 거고."

본부장은 고갯짓으로 다른 결재판을 가리켰다. 비서는 결재판에서 하얀 봉투를 꺼내 승연에게 건넸다.

"이건 그간 고생했다는 보너스. 아직 우리 소속이 아니라 공식적으로 보상할 방법이 없어."

이럴 때 드는 생각이 좀 더 고상하면 얼마나 좋을까. 승연의 머릿속에는 봉투에 든 돈이 얼마일지, 저 돈이면 올겨울 새 전셋집을 구할 수 있을까, 하는 생각이 들어찼다. 은행 대출이 가능하면 보너스를 보태 회사 가까이로 이사 가고 싶었다.

"얘기가 또 길어졌네. 내려가서 점심 감독해야지. 내가 자네한테 거는 기대가 커. 조만간 매니저랑 식사 한번 하지."

"시, 식사요?"

승연은 저도 모르게 말을 더듬었다.

"그래, 식사. 요즘 과천에 있는 프랑스 레스토랑이 엄청

잘나간다며?”

본부장은 이탈리아산 와인을 선호한다며 부탁한다고 호
탕하게 웃었다. 승연은 그를 따라 웃을 수 없었다. 목덜미에
땀이 다시 차올랐다.

*

맵싸한 풋고추조림 냄새에 재채기가 자꾸 났다. 승연은
주방에 남아 조리장이 만든 음식을 하릴없이 뒤적였다. 직
원들의 시선을 마주할 자신이 없었다.

지난 며칠 동안 사람들은 승연을 두고 터뜨리지 말아야
할 것을 터뜨렸다고, 혹은 자리를 지키려고 영악하게 수를
썼다고 수군거렸다. 회사를 다니려면 어쩔 수 없는 거 아니
냐며 유하나처럼 편을 들어주는 몇몇도 어딘가에 있을지 모
르지만, 본부장과 마케팅팀장이 어떤 일을 꾸몄는지, 인
턴이 왜 죽음을 선택해야 했는지 알고 떠드는 사람은 없
었다. 매니저에게 사정을 말하자 매니저는 승연 대신 조
리장을 배식대로 내보냈다. 그는 일종의 동지애로 보이는
시선을 승연에게 보냈다. 승연은 그의 시선을 무시할 수
없어 간신히 웃어 보였다.

본부장이 넣은 돈은 200만 원이었다. 그동안의 대가가 고

작 200만 원이라니 승연은 실망감에 수표를 내려다봤다. 어쩌면 본부장이 시키는 다른 일을 해내면 몇백만 원쯤 보너스를 더 받을지 모른다. 그의 말처럼 승연의 위치가 달라질지도 모르고. 그래도 어처구니없이 헐값으로 매겨진 보상에 허탈했다. 그나마도 지호를 돌보미에게 맡기려면 거절하기 힘들었다. 지금도 재희에게 나가는 돈은 승연의 월급으로는 부담이었다. 처음 생각한 건 분명히 돈이 아니었다. 그런데 시간이 흐를수록 그 정도도 바라면 안 되나 하는 억울한 감정이 꿈틀댔다. 정규직이 되면 돈에 조금 자유로워지려나. 전문 돌보미에게 지호를 맡기고, 언젠가 돌아와 승연에게 다시 짐이 될지 모를 은상을 피해 새로운 집을 얻을 수 있으며, 동료 같다가도 다음 날이면 모르는 사람이 되는 식당 사람들을 무시하면서 지낼 수 있으려나.

*

지호는 안방 구석에 앉아 인형 놀이를 했다. 어릴 적 승연도 해가 져 어둑해진 방에서 종이 인형을 가지고 혼자 놀곤 했다. 승연은 걸레로 방을 훔치다 말고 지호를 물끄러미 바라봤다. 혼자 노는 아이가 어딘지 안쓰러웠다. 승연은 이보다 힘들어져도 자신의 엄마처럼 아이를 두고 도망치진 않을 거라고, 조그만 어깨에 대고 중얼거렸다.

바닥에 묻어나는 게 많았다. 부쩍 나빠진 대기 탓인지, 건물이 노후돼 먼지가 많아진 건지, 지호가 뛰어다니면서 바깥 공기를 몰고 온 탓인지 아무리 쓸고 닦아도 말끔하지 않았다. 하원도 수시로 부탁하는 상황에 재희에게 청소까지 시키자니 입이 떨어지지 않았다. 가뜩이나 피부도 안 좋은데 먼지가 앉은 방을 보면 여기에서 꼭 살아야 하나 고민에 빠질 때가 많았다. 승연은 걸레를 뒤집어 문지른 곳을 다시 닦았다.

"공주님, 오늘은 하늘을 날면 안 돼요. 파티복이 하나밖에 없어요."

지호는 공주 인형을 오른팔로 들고, 강아지 인형은 바닥에서 뛰어오르게 왼팔을 흔들었다. 누런 인형의 큰 귀가 펄럭이며 이따금 아이의 머리에 드레스 자락이 닿았다. 아이는 두 개의 인형을 응원 도구처럼 쥐고 박자에 맞춰 움직였다. 승연은 걸레를 내려놓았다. 공주 인형은 기자한테 받은 거지만 강아지 인형은 처음 보는 거였다. 승연이 인형을 손가락으로 가리키자 지호는 몸을 움츠리며 인형을 안았다.

"어디서 났어?"

아이는 몸을 돌리고 고개를 흔들었다.

"어린이집에서 가져온 거야?"

어린이집에서 가져온 거라고 하기엔 털이 보송보송해서 사람의 손을 거의 타지 않은 물건이었다. 귀에 가격표도 붙어 있었다. 아이는 몸이 굳어 승연을 쳐다보지 않았다. 승연은 선뜩한 기분에 지호를 붙들었다.

"진짜 어린이집에서 들고 왔어? 선생님 몰래 가져온 건 아니지?"

승연은 불안한 마음에 아이를 흔들어 다그쳤다. 차라리 어린이집에서 인형을 가져왔으면, 너무 갖고 싶어서 저도 모르게 들고 왔다고 말하면 좋을 것 같았다. 그러면 돌려주면 되니까, 지저분해졌다고 선생이 못마땅해하면 새로 사주면 되니까. 승연은 서두르면 안 된다고 생각하면서도 아이의 얼굴을 감싸 자신을 똑바로 쳐다보게 했다.

"엄마 봐. 엄마가 지금 지호를 혼내는 게 아니야. 어디서 났느냐고 물어보는 거라고."

지호가 울음을 터뜨렸다. 승연이 다그치면 다그칠수록 울음의 세기는 커졌고, 뺏길세라 인형을 쥐고 있는 팔에 점점 더 힘이 들어갔다. 승연은 자신을 좋은 엄마라고 생각해본 적은 없었다. 그래도 세상에 지켜야 할 한 가지가 있다면 그건 지호였고, 포기하고 싶을 때마다 자신의 엄마처럼 되지 않으려고 기를 쓰고 아이를 끌어안았다. 두려움을 이기고 회사에 들어온 이유도 지호랑 잘 살기 위해서였다. 지호는 승연의 목소리가 낮고 엄격해지자 목을 젖히고 발을 굴렀다. 10여 분이 넘는 긴 울음 끝에 아이는 지쳐 흐느낌을 멈췄다. 아토피가 번진 몸이 붉게 부어 올랐다. 승연은 손을 뻗어 인형의 머리를 쓰다듬었다. 지호를 달래야 어디서 난 물건인지 물을 수 있었다. 하지만 지호는 승연의 손을 밀어냈다. 붉어진 눈에는 원망이 가시지 않았다.

"나 안 가져왔어! 안 훔쳤어!"

울음을 막 그친 뒤라 코맹맹이 소리가 났다. 서너 번 세게 킁킁거리며 콧물을 삼켰지만 막힌 코는 뚫리지 않았다. 승연은 답답한 숨에 어쩔 줄 몰라 하는 지호와 눈을 맞췄다.

"아빠가 나 주려고 사 온 거랬어!"

그럴 리 없었다. 승연은 아이의 말을 믿지 않았다. 지호는 인형을 끌어안고 바닥을 뒹굴었다. 우리 사이가 고작 이런 일로 틀어지면 안 된다고 생각하면서도, 승연은 아이의 몸을 잡고 인형을 흔들었다. 등도 세게 후려쳤다. 겨우 뺏은 인형은 봉제선이 뜯겨 충전재로 들어간 솜이 거품처럼 밀려 나왔다. 지호는 바닥에 드러누워 악을 쓰더니 온몸을 긁기 시작했다. 자기조절능력을 잃은 건 승연뿐 아니라 지호도 마찬가지였다. 승연은 뒤늦게 정신을 차려 지호의 팔목을 붙들었다. 짧은 시간 어찌나 세게 긁었는지 아이의 목덜미와 얼굴에는 피가 번져 있었다.

"한지호! 뭐 하는 거야? 이러지 마! 이러지 말라고! 알았어, 엄마가 잘못했어. 엄마도 안 그럴 거니까 지호도 그만해. 이러면 많이 아파. 큰일 난다고! 우리 딸 착하지. 우리 지호, 엄마한테 이러는 애 아니잖아. 그거 버리고 예쁜 걸로 사줄게. 두 개, 아니, 세 개, 아니, 다 사주면 되잖아! 응?"

지호는 승연의 품에서 벗어나 팽개쳐진 인형을 주워 들었다. 인형은 제아무리 바느질에 능한 사람이 꿰맨다 해도 원 상태로 돌리기 힘들어 보였다.

며칠 전 재희가 한 말이 사실일지 몰랐다. 남편이 해외에 나갔다는 말을 듣고 옅은 미소를 지었던 재희의 얼굴이 떠올랐다. 승연은 은상에게 전화를 걸었다. 없는 번호로 안내되었다. 불안이 심장을 조이며 머리끝까지 빠르게 엄습했다. 재희가 설마 지호랑 은상을 따로 만나게 하지는 않았겠지. 승연은 재희에게 전화를 걸었다가 바로 끊었다. 잘못 다그쳤다가 아예 입을 닫을지 모른다는 생각이 겨우 들었다.

재희는 여느 때와 같이 새벽 5시가 되기 전에 문을 조심스럽게 두드렸다. 승연은 날이 많이 환해졌다며 일부러 문밖을 내다보고 숨을 골랐지만 사실을 빨리 확인하고 싶은 조급증을 감출 수 없었다.

지호가 잠이 깰까 봐 주방의 작은 전등만 켜고 앉았다. 은상을 만났냐는 승연의 질문에 재희는 무슨 일이냐고 반문했다. 재희가 했던 말과 강아지 인형에 대해 이야기하자 재희는 인형은 모른다고 대답했다. 역시나 그랬구나. 은상과 지호는 만났던 것이다. 승연은 화를 누르지 못해 왜 둘을 만나게 했느냐고 버럭 소리를 질렀다. 재희의 굳은 얼굴이 더욱 어두워 보였다.

"너무하시네요. 아침에 더 일찍 나오라고 하셔서 걱정하면서 왔는데. 저요, 시키시는 대로 다 했잖아요. 빨리 나오라고 하시면 빨리 나왔고요. 지호 아침밥 챙기라고 하셔서 아침도 먹이고, 처음 하기로 했던 일과 달라도 연락이 오면 바로 달려왔어요. 일한 것만큼 수당을 계산해주시지도 않는데, 이렇게 화를 자주 내시면 저, 일 못 해요."

"아니, 재희 씨가 잘못한 걸 말하는데 여기서 그런 말을 왜 해요? 그리고 내가 지호를 아빠랑 만나게 하라고 시키지는 않았잖아요."

"만나지 말게 하라는 말씀도 안 하셨어요."

승연은 더 생각하지 않고 그건 당연한 것 아니냐며 목소리를 높였다. 재희가 지호와 은상이 만나는 걸 도왔다고 생각하니 앞뒤가 재지지 않았다.

"그럼 어제까지 일한 것만 계산해주세요. 일요일을 빼면 12일이에요. 오늘 온 건 안 받겠습니다. 제 물건도 지금 가져

갈게요."

재희는 기다렸다는 듯 말을 뱉었다. 승연은 오늘이 며칠인지 기억조차 못 하는데 그녀는 정확히 날을 세서 말했다. 아르바이트를 많이 했다더니 맺고 끊는 게 정확했다. 승연은 재희의 당당한 태도에 당황해 말을 잃고 그녀를 응시했다. 재희는 승연의 시선을 의식하며 자리에서 일어섰다. 그러곤 칫솔과 양치 컵, 반바지, 필기구 등 자신의 물건을 챙기기 시작했다. 승연이 멍해 있는 사이 재희는 가방에 짐을 쑤셔 넣고, 그만 가보겠다며 인사했다. 신을 신고 현관문을 미는 찰나 승연은 재빨리 문고리를 잡았다. 이대로 재희가 문을 열고 나가선 안 됐다. 사흘 연속 새벽조가 잡혔는데 대책이 없었다. 하루 정도는 신유라에게 사정할 수 있지만 더는 어려울 테고, 아침저녁으로 아이를 등·하원 시켜야 하는데 월차도 조퇴도 현실적으로 어려웠다. 문을 못 열게 내민 손이 더없이 구차했다. 승연은 현관문을 닫고 재희를 안으로 들어오게 했다.

"그렇게 말할 건 아닌데 답답해서 나도 모르게 흥분했어요. 미안해요. 실은요, 애 아빠가 집을 나갔어요. 근데 그 사람이 우리 지호 만나면 안 되거든요."

재희는 승연을 보지 않고, 발아래만 쳐다봤다. 이해를 하고 싶은 표정이 아니었다. 눈을 꾹 감았다가 뜨는 게 다만 귀찮고 짜증스러워 보였다.

"어머님도 저 마음에 안 들어하셨잖아요. 제가 애 보는 게 서툴다고요. 저도 알고 있어서 그래요. 새벽에 나오기도 너무 힘들고요. 근데요. 제가 일을 더 한다고 해도 지호 아빠가 오시면 또 거절 못 해요. 왜 그런지는 말씀 안 드려도 아실 것 같은데요……. 그냥 저 여기까지만 일할게요."

지호를 숨겨야 했다. 은상이 지호를 만나러 오기 전에 그가 모르는 곳으로 꽁꽁 숨겨야 했다. 그런데 언제 다시 올까. 손을 쓰기 전에 아이를 데려가면 어쩌지. 은상은 승연이 생각했던 것보다 이르게 사라졌고, 미처 대비할 시간도 없이 다시 나타났다. 그 사실이 언제고 승연 몰래 지호를 마음대로 데려갈지 모른다는 신호로 느껴졌다. 위염이 도지는지 윗배가 강하게 조였다.

"그렇게 생각했다면 미안해요. 근데 재희 씨가 맘에 안 들어서 그랬던 건 아니에요. 너무 바쁜데 지호는 보채고, 아토피는 더 심해지고, 도와줄 사람도 없어서 말이 헛나갔어요. 정말 미안해요. 내가 한 말은 다 잊고 우리 지호 조금만 더 봐주면 안 돼요?"

재희는 고개를 저었다. 다음 달부터 학교 조교로 일하기로 했다며, 오래 해봤자 두 주를 더 할 수 있는데 그냥 쉬었다가 일하고 싶다고 말했다.

"근데 어머님. 지금 이런 말 드리기 그렇지만, 지호가 아빠를 엄청 좋아해요. 제가 누구인지 묻기도 전에 뛰어가더라고요. 만날 때마다 계속 그랬어요. 나쁜 아저씨는 아닌 것 같던데."

대체 뭘 안다고 떠드는 걸까. 고작 몇 번 마주쳤으면서, 그에 대해 얼마나 알고 있다고. 몇 년을 밥벌이는커녕 집안일도 하지 않고 내버려둔 사람이었다. 임신도, 아이도 부정하더니 나중에는 가족을 버리고 도망친 사람이었다. 그런데 이제 와 아빠 노릇을 하겠다고? 그깟 누런 개 인형 하나 쥐여주고, 먹여선 안 될 치킨을 먹여가면서? 그래서 나쁜 사람이 아닌 것 같아 말도 전하지 않았다는 건가. 일을 관두기로 이미 결정했으면서 말 한마디 없던 것도 생각할수록 괘씸했다. 승연은 마른침을 억지로 삼키며 호흡이 가빠지는 것을 안간힘을 다해 눌렀다.

"그럼 다음 주까지만이라도 봐주세요. 사람 구해지면 바로 얘기할게요. 되도록 빨리 퇴근할 거니까 지호 아빠가 나타나면 나한테 제발 연락 좀 해줘요. 재희 씨가 엄마가 아니라서 이해를 못 할지도 모르지만, 지호는요. 나 혼자 키운 애란 말이에요."

*

　승연은 문이 열리는 소리에 고개를 들었다. 빛과 함께 그림자가 들어오고 있었다. 신유라였다.

　"불도 안 켜고 여기서 뭐 하세요? 휴대폰을 두고 나가서 엄청 찾았잖아요."

　신유라가 창고 등을 켰다. 승연은 앉은 자리에서 천천히 일어섰다. 재고 리스트가 무릎에서 떨어져 바닥에 펼쳐졌다. 오래 앉아 있어 다리에 감각이 없었다.

　"와아, 영양사님. 이거만 입고 있었어요? 여기요, 냉장실이랑 온도가 같다고요. 대체 뭐예요? 무슨 일이 있었던 거죠?"

　신유라는 승연의 상의를 만지고 손을 잡더니 화들짝 놀랐다. 이것 봐, 얼음장이라니깐. 승연의 팔을 비비는 신유라에게서 간장 조린 내가 났다. 그녀는 아마도 레시피대로 비율을 맞춰 양파나 마늘에 장아찌 간장을 붓다 왔을 것이다. 신유라는 자신에게서 나는 고약한 냄새를 알고 있을까.

　"녹음 파일도 넘겨주셨는데 물어볼 시간도 없었어요. 밖에서 연타로 시달렸거든요. 개인적으로 만날 사람들도 좀 있었고……. 어딜 가나 나쁜 놈들 천지예요. 못산다고 착한 것도 아니고요. 하여간 오랜만에 식당에 돌아오니 분위기가 묘하던데, 인터뷰 때문에 그래요? 아니면 또 재고?"

"아뇨. 그건 아니고요."

승연과 재희는 사흘 전에 부딪치고 아무 일이 없던 때로 돌아갔다. 승연은 인력 업체에 사람을 다시 요청했다. 하지만 지호와 지낼 곳은 대책이 없었다. 전세를 빼 월세로 옮겨야 하나. 하루에도 수백 번씩 수렁에 빠지는 기분이었다. 재희에게 지호를 맡기고 출근할 때는 몸살을 앓는 것처럼 오한을 느꼈다. 제발 오늘은 은상이 오지 말아야 하는데, 지호를 노리는 날이 오늘이면 안 되는데. 재희에게 절대 아빠를 만나게 하면 안 된다고 여러 번 당부했지만, 자신 없어 하는 재희의 얼굴이 마음에 걸렸다.

신유라는 뜸을 들이는 승연을 쳐다보았다.

"말해봐요. 설마 내가 한 말이 들통난 건 아니죠?"

"아니요. 그게…… 혹시 나랑 지호, 유라 씨 집에서 며칠만, 아니, 좀 길어질지 모르는데 신세 질 수 있어요? 집 구할 때까지만요. 고시원도 생각해봤는데 아무리 생각해도 지호를 거기에 두고 출근은 못 할 것 같아서요."

한참을 머뭇거리다 튀어나온 말에 승연 스스로 놀랐다. 신유라를 붙든 자신의 팔을 내려다봤다. 신유라는 어깨를 으쓱했다. 형광등 빛을 받은 신유라의 움직임은 무대에 오른 연극배우처럼 과장돼 보였다.

"미리 말하지만 집이 엄청 좁아요. 말이 좋아 투룸이지 내부도 허름하고요."

너무 쉬운 수락이었다. 다행이라는 생각이 들어야 맞는데 기분이 개운하지 않았다. 신유라에게서 나는 장아찌 간장 냄새가 지독해 머리가 지끈거렸다.

"언제 들어오는데요?"

"다음 주 일요일쯤요. 정말 우리 가도 돼요? 그리고 애 봐 줄 사람도 다닐지 몰라요. 매일 반나절 정도? 그래도 괜찮겠어요?"

"어, 그렇게나 빨리요? 청소해야겠네. 집이 진짜 더러운데."

신유라는 고개를 갸웃하며 혼잣말을 했다. 예전의 승연이라면 다른 사람이 조금이라도 불편한 기색을 비치면 제안을 바로 거뒀었다. 아니, 거절할 일은 애초에 부탁도 하지 않았다.

"왜냐고 안 물어요?"

"그걸 뭐 하러 물어요. 내가 출입국심사관도 아닌데. 다 듣고, 안 됩니다. 자격이 안 돼서 못 들어와요. 막 그래요? 그건 그렇고, 애 보는 사람이 반나절 봐주면 다른 시간은요?"

"모르겠어요. 종일 돌보미를 쓸 형편이 아니라서. 실은 아직 사람도 못 구했어요."

승연은 여전히 신유라를 믿어도 되는지, 지호와 함께 그 집에 들어가는 게 맞는지 고민스러웠다. 신유라와 어긋나게 된다면, 혹여 어긋날 일을 회사에서 시키기라도 한다면 지금이라도 부탁을 거두는 게 나았다. 하지만 당장 은상을 막을 방법이 없었다. 지호를 뺏길 수 없었다.

"얼굴 좀 펴요. 아무리 생각해도 집에 훔쳐 갈 게 사람밖에 없어서 그래요. 돌보미가 온다는 게 내키진 않지만, 그 사람이 나 사는 꼴을 보면 글쎄요. 저는 오히려 영양사님이 걱정되는데. 제가 다른 사람이랑 살아본 적도 없고, 애는 처음이라서 우리 집에 왔다가 금방 도망칠지도 몰라요."

승연은 말없이 고개를 흔들었다. 도망칠 곳은 없었다.

"근데 본부장이 뭐래요? 불렀다면서요?"

신유라는 식자재 창고를 돌아보며 의미심장하게 웃었다.

*

방법이 없잖아요? 하고 묻는 신유라의 표정이 호기로웠다. 다음을 내다볼 수 없어 허덕이는 승연과 달리 신유라는 놀라우리만치 담대한 면이 있었다.

신유라는 승연의 말을 듣다 말고 휴대폰을 꺼냈다. 그러곤 한참을 만지작거리더니 승연에게 식단표를 차례로 보여주었다. 상단에 장소와 시간, 단체가 명기된 걸 보니 봉사활동에 내놓을 식단인 것 같았다. 메인 메뉴는 육개장, 김치찌개, 된장찌개, 카레와 짜장, 제육볶음과 같은 음식이었고, 같이 나가는 반찬은 김치, 멸치볶음, 김, 나물무침, 장아찌, 젓갈 같은 거였다.

"어때요?"

노조 선언식에 끌려 나가게 되었다는 승연의 고민을 들어주다 갑자기 봉사활동 식단을 보여주다니 느닷없었다. 어쩌면 영양사들이 영양사실에서 나누기에 꽤 적당한 대화일지 모른다. 승연은 식단을 살피고는 대꾸하지 않았다.

"그런 거라고요."

"네?"

"지금 영양사님 상황이 이 식단이랑 비슷하다고요. 밥 나가고, 메인으로 육류가 포함된 간간한 음식 내놓고, 나머지 반찬 두어 개는 김치나 나물 같은 것으로 구색 맞추고. 영양사님은 멀리서 보면 메인 반찬처럼 보이지만 실제로는 그냥 사이드예요, 사이드. 깻잎김치 같은 거라고 볼 수 있죠. 메인은 아닌데 맛이 강해서 밥을 다 비울 수 있는. 네다섯 장만 있어도 밥 한 공기 뚝딱. 얼마나 간편해요. 돈도 많이 안 들고 배부르게 할 수 있는데."

승연은 알 듯 말 듯한 기분에 잠자코 다음 말을 기다렸다.

신유라가 어깨를 으쓱하며 말을 이었다.

"근데 그 깻잎김치가 나빠요?"

"뭐가 나쁘다는 거예요?"

"뭐든."

"쉽게 말하면 안 돼요?"

"어려운 말 아니에요. 영양사님이 식단에서 깻잎김치 같은 위치가 될 수 있다고요. 이게요, 예산이 부족하거나 메뉴가 마땅치 않으면 언제든 찾을 수 있는 음식이잖아요. 가성비 좋고, 먹는 사람도 불평이 별로 없는데 당연히 많이 찾지 않겠어요? 어차피 여기까지 왔는데, 진짜 깻잎김치가 되라는 소리예요. 생각나지도 않는 콩나물무침이나 어묵볶음이 돼서 묻히지 말라고요."

"그러니까 본부장이 시키는 대로 노조원들 앞에 서라는 말이죠?"

신유라가 빙고, 하면서 싱긋 웃었다. 그러곤 다시 식단을 가리켰다.

"근데 이 식단을 보면서 다른 생각은 또 안 들어요?"

승연은 휴대폰을 받아 아까보다 유심히 살폈다. 평범한 식단이었다. 직원 식당보다 메뉴가 부실하다는 정도? 원산지가 어디인지, 영양소가 적절히 조합되었는지 신경을 덜 써도 된다는 정도?

"못 맞히시네요. 역시 우리 영양사님은 이런 추리에 약해요."

"전반적으로 좀 짜요."

"거의 근접했어요!"

승연은 더는 모르겠다고 고개를 흔들었다. 신유라의 수수께끼에 지친 감이 들었다. 신유라는 휴대폰을 돌려받으며 말했다.

"짠 음식은 적게 먹으니까 만드는 데 들어가는 반찬값이 덜 들고요, 양념이 강해서 재료를 후진 거 써도 사람들은 잘 몰라요. 그래서 돈을 절약할 수 있다는 말이고. 예산은 이미 확보됐는데 말이죠. 식단 최종 결정권자는 매니저예요. 그래도 모르겠어요? 이 새긴 또 봉사활동 음식에 지출할 돈을 제 주머니에 채우고 있고, 나는 알면서도 순순히 이용당하고 있다는 말씀."

"……."

"그런데요. 그런 거에 신경 쓰느라 다른 문제는 못 보는 것 같아요."

"네?"

"뭐 그렇다고요. 저는 간간한 음식을 대충 계획해 내놓으면 되니까 일하기 편하고, 그래서 남는 시간에 다른 일을 해도 회사에서는 전혀 몰라요. 그런데도 매니저는 줄인 예산으로 공금을 만들었다고 좋아만 하고 있으니. 지금은 그렇게만 알아두세요. 아무튼 회사에서 나가는 식단에 영양사님이 선택됐는데 대체할 수 없는 반찬이 돼야죠. 그래야 이 판에 계속 살아남게 되는 거고. 아, 짜고 맛있는 반찬은 식단에서 절대 포기할 수 없는 초이스예요. 아직은 우리 목표가 그런 거 아니겠어요?"

*

부재중전화 한 통과 문자 한 통, 그 뒤로는 소식이 없었다. 지호와 재희는 밤 10시가 넘도록 집에 돌아오지 않았다. 집은 사람이 왔다 간 흔적이 없었다. 재희는 미안하다는 문자를 보내고 더 연락이 되지 않았고, 어린이집은 문을 닫은 뒤라 전화를 받지 않았다. 입학식에서 선생들 휴대폰 번호는 알려주지 않는 게 어린이집 정책이라고 해서 더 묻지 않았는데, 그때 고집이라도 부릴 것을 이제 와 애가 탔다.

승연은 재희가 지호를 데리고 은상을 만나러 갔을 거란 생각에 사로잡혀 안절부절 휴대폰만 붙들었다. 미안하다는 말이 무슨 뜻인지, 은상을 만났다는 소리가 아니면 뭔지. 초조함과 증오심을 오가면서도 길이 엇갈릴까 봐 다세대 건물 입구에서 떠나지 못하고 서성였다. 퇴근하면서 주말에 이사 갈 신유라의 집을 보러 간 게 화근이었다. 계속 머물 곳도 아닌데 무슨 중요한 일이라고 확인하러 갔었는지. 벌써 10시 23분이었다. 재희에게는 여전히 전화가 걸리지 않았다. 더 기다렸다간 초조함에 숨이 넘어갈 것 같았다.

　11시가 가까워 찾아간 경찰 지구대는 두 명의 경찰관이 취객에게 붙들려 어수선했다. 승연은 출입문 앞에 섰지만 선뜻 문을 열 수 없었다. 얼마 전 죽은 인턴 때문에 경찰서에서 조사를 받았던 게 떠올랐다. 좋은 기억이 아니라 경찰서에 들어가기 전부터 겁이 났다. 승연은 호흡을 가다듬으며 출입문 손잡이를 힘껏 밀었다.

　취객이 젊은 경찰관의 멱살을 잡고 흔들었고, 중년의 경찰관이 그 가운데서 둘을 말리고 있었다. 승연은 세 사람의 실랑이에 주저하다가 소리를 질렀다.

　"저기요, 애 좀 찾아주세요! 우리 애가 없어졌어요!"

　나이 든 경찰관이 힐끗 뒤를 돌았다. 그는 앉아서 기다리라 말하고 취객을 향해 경찰봉을 들었다. 한참의 난타전 끝에 취객은 손발이 묶였고, 젊은 경찰관은 욕설을 뱉으며 밖으로 나갔다. 승연은 나이 든 경찰관을 붙잡았다.

　"애가 없어졌어요."

"예, 물 좀 마시고요."

"지금까지 기다렸잖아요!"

경찰관이 승연의 날카로운 목소리에 놀라 컴퓨터 앞에 바로 앉았다. 싸움을 말리느라 목이 잠겼는지 목소리가 갈라져 나왔다.

"부모님과 아이 이름, 생년월일을 불러보세요."

경찰관은 입이 텁텁한 듯 입맛을 다시며 두 개의 검지로 타이핑했다.

"아버님은요?"

"없어요."

"돌아가셨어요?"

"아뇨. 따로 살아요."

"그래도 연락처나 주민번호를 주세요."

"애는 저 혼자 키우는데요."

"아니, 별 뜻이 있어서가 아니라 어머님 연락이 안 되면 아버님한테 해야 하잖아요. 애가 아빠랑 나간 건 아니죠?"

"그럴 수도 있어요. 아뇨. 아마, 그럴 거예요."

"예?"

"아이를 보려고 집에 온 적이 있대요. 돌보미가 그랬어요."

"이혼하셨어요?"

"그건 아닌데. 저, 그 사람 연락처를 몰라요."

"예에?"

경찰관의 얼굴에 짜증이 올라왔다. 입을 열고 크게 내쉬는 숨이 승연의 얼굴까지 닿았다. 아무리 급해도 사정을 말하지 않으면 안 될 분위기였다.

"남편이 집을 나간 지 네 달이 됐는데, 일방적으로 연락을 끊었어요. 제가 회사를 다녀서 돌보미가 애를 보거든요. 아마 저 몰래 남편과 애를 만나게 했을 거예요. 그 사람들이 우리 지호를 데려갔을 거예요!"

승연은 거의 이성을 잃고 소리를 높였다. 승연을 쳐다보는 경찰관의 표정이 지쳐 있었다. 어느 틈에 들어온 젊은 경찰관이 말을 잘랐다.

"애가 아빠를 만나는데 그걸 왜 신고하러 와요. 이혼도 안 했다면서요? 그리고 애 보는 사람한테 전화를 먼저 하셨어야죠."

"돌보미도 연락이 안 된다고요! 그리고 그 사람이 무슨 자격으로 우리 지호를 만나요? 버리고 갔으면서."

"버리고 갔는지 어쨌는지는 두 분이 따져보시고요. 아빠가 애를 데려간 게 확실해요?"

"그런 것 같은데, 모르겠어요. 찾아주세요. 오늘 우리 지호가 입고 나간 옷이 하늘색 면 티셔츠에 빨강 반바지예요."

"일단 접수는 해드리겠는데요. 들어보니까 유괴나 실종은 아닌 것 같네요. 돌보미한테 계속 연락해보시고요. 혹시 실종아동으로 등록된 애가 있으면 연락드릴 테니까 전화는 꼭 받으세요."

승연은 경찰관이 듣거나 말거나 가져온 지호의 사진을 내밀며 은상의 연락처를 요구했다. 젊은 경찰관이 머리를 절레절레 흔들었다.

"오늘 다들 날 잡으셨나. 아니, 배우자도 모르는 걸 왜 저희한테 물어요? 그거 개인정보라고요. 남편이 실종된 건 아니잖아요?"

"실종 신고 하면 알려줄 수 있어요?"

두 경찰관이 기가 찬 표정으로 서로를 보며 웃었다. 나이 든 경찰관이 자리에서 일어섰다.

"일단 댁에 가서 기다리세요. 급한 마음은 알겠는데, 유괴됐다는 증거도 없고 아빠가 데려간 것 같다면서요. 그럼 유괴는 아니죠."

"아니, 그게 왜 유괴가 아니에요? 지호는요, 내가, 내가 키운다고요!"

전화는 오지 않았다. 승연은 밤새워 다세대주택 앞을 서성였다. 재희의 전화는 아예 꺼진 상태였다. 구인 업체에서 사람을 구했다면 신원보증이라도 받았을 텐데, 모든 게 후

244

회투성이였다. 경찰서에 몇 차례 연락했으나 그저 기다리라는, 달갑지 않은 반응만 돌아왔다.

신유라에게 새벽일을 부탁하고 6시도 안 돼 어린이집으로 향했다. 7시 15분경 선생 한 명이 출근했다. 승연은 인사도 하지 않고 선생을 붙들었다.

"저 병아리 반, 한지호 엄만데요. 어제 애가 안 들어와서요. 지호 선생님한테 전화 좀 해주세요."

선생은 승연이 꽉 붙든 팔에 놀라 어린이집 문도 열지 않고 휴대폰을 들었다.

"선생님, 출근 중이세요? 혹시 어제 지호, 어린이집에 왔었어요? 지금⋯⋯."

승연은 선생의 휴대폰을 가로챘다.

"우리 지호 어제 어린이집에서 몇 시에 나갔어요?"

"지호요? 잠깐만요. 몇 시였지. 오후 간식 먹이고 조금 있다 갔으니까 4시 정도일 거예요. 정확하진 않지만 그쯤이었어요."

병아리 반 선생은 승연의 다급한 음성에 일이 일어났다는 걸 금방 알아채고 물었다.

"저, 거의 다 와가는데 무슨 일이세요, 어머님?"

"지호가 없어졌어요."

"네? 어제도 아버님이 데려가셨는데, 집에 안 들어왔어요? 혹시 돌보미랑 어디 간 거 아니에요?"

심장이 머릿속에서 튀어 오르는 기분이었다. 기어이 이렇게 돼버렸구나. 걷잡을 수 없는 불안은 현실이 되었고, 지호가 멀쩡하다는 사실도 전혀 기쁘지 않았다. 승연은 힘없이 휴대폰을 건네고 어린이집에서 돌아섰다. 살펴 가란 선생의 인사도 받지 않고 휘청휘청 집으로 돌아왔다.

집에 도착할 무렵, 경찰관이 남편과 연락됐다며 남편이 아이를 데리고 있으니 안심하라는 문자를 보내 왔다. 조금 더 있자 아침 배식이 끝났다는 신유라의 문자가 들어왔다. 재희는 일을 관뒀으니까 더는 연락하지 말라고 문자를 보냈다.

11

 승연의 옆으로 노조위원장과 여성국장 김자경이 섰다. 그들 앞으로는 인턴, 파견직, 계약직을 포함해 250여 명의 비정규직과 노조원 172명을 대표한 84명이 모였다. 그들은 하늘색 티셔츠를 맞춰 입고 '사람, 공존, 연대, 승리' 등의 구호를 적은 띠를 머리에 두르고 있었다. 앞에 선 사람이 선창하면 뒤로 앉은 사람들은 따라 외치고 박수를 쳤다.

 바람이 거의 없는 따뜻한 날이었다. 대기가 잔잔해 노조 깃발을 들고 서 있는 사람들은 이따금 깃발을 올려 세차게 흔들어야 했다. "모두가 공존하는 사회, 선린이 앞장서겠습니다"라는 문구에 신경 쓰는 사람은 별로 없었다. 관계자가 아닌 척 선언식에 거리를 두고 어슬렁대는 인사팀과 홍보부서 직원들, 경제지와 케이블방송사 기자들만이 행사에 관심을 둘 뿐이었다. 다섯 대의 카메라가 분주히 셔터를 눌렀다.

조금만 떨어져서 보면 회사 야유회 같았다. 흐늘흐늘한 폴리에스테르 소재의 단체 셔츠도 그렇거니와 초코바와 소시지, 에너지 음료가 곳곳에 널려 있어 체육 행사가 끝나갈 무렵의 모습을 보는 듯했다. 선언식 주위로 '한미동맹 파기, 주한미군 철수', '교내 학생 인권 신장', '자영업자 죽이는 근로시간 단축 철회'와 같은 집회나, 이를 둘러싼 의경들이 도열해 있지 않았다면 회사 워크숍이라 해도 무방한 분위기였다.

회사에서는 필수 인원을 제외하고 노조 행사에 나가라고 독려했다. 그러나 외근과 일상적인 업무에 쫓기는 상황에서 자발적으로 광장에 서고 싶은 사람은 드물었다. 기껏 모인 84명도 3분의 2가 비정규직이었다. 회사에 비정규직이 그렇게 많다는 사실도, 노조에서 만든 자리인데 나온 대부분이 노조원이 아니라는 사실도, 노조 대표 옆에 승연이 서 있는 이유도 모두 씁쓸하기만 했다. 승연은 모인 사람들이 카메라에 어떻게 담길지, 그보다도 자신이 이들 앞에서 얼마나 우스꽝스러워 보일지를 생각했다. 간절해 보이지는 않을 거다. 급박해 보이지도 않을 거다. 광화문에서, 여의도에서 생존을 걸고 분노를 부르짖는 사람들과 다른 모습으로 비칠 거다. 속이 메슥거렸다.

승연은 성명서를 천천히 들어 올렸다. 가슴에 숨을 가득 모으고 한꺼번에 내쉬었다. 신유라의 말처럼 저들을 위한 밑반찬이 되고 있는지 모른다. 하지만 그렇다 해도 상관없었다. 지호를 데려올 수 있다면, 이곳에 남아 일할 수 있다면 지금 서 있는 시간은 그저 한순간에 지나지 않는다. 앉아 있는 이들도 시간이 흐르면 승연을 어느 때의 장면으로도 기억하지 못할 것이다. 성명서 너머로 낮게 깔린 머리와 축 늘어진 깃발, 사다리를 타고 높이 솟은 카메라가 보였다. 성명서를 들고 있는 자신의 손이 비현실적으로 느껴졌다.

"안녕하십니까, 저는 선린에서 파견직으로 근무하는 최승연입니다. 오늘 저희는 선린에 존재하는 모든 갑질을 부숴버리기 위해 광장에 섰습니다."

뜨거운 바람이 불었다. 사람들 속에서 깃발이 흔들렸다. 승연의 목소리가 가늘게 떨렸다. 승연은 배에 잔뜩 힘을 주고 성명서를 마저 읽어나갔다. 바람 따라 흔들리는 목청에도 플래시는 터졌고, 노조 위원들은 승연의 선창에 함성을 지르라며 사람들에게 수신호를 보냈다. 승연의 목소리는 깃발에 이는 바람을 따라 아주 멀리 보내지고 있었다.

*

    토요일 오후 근무를 마치고 일요일 밤까지, 승연은 청소에 매달렸다. 거실과 방, 욕실. 얇은 벽으로 구분된 세 공간을 쓸고 닦고, 구석에 낀 곰팡이와 찌든 때를 제거하면서 지호가 돌아와 방에서 뒹구는 광경을 그려보았다.

    승연도 알고 있었다. 본부장이 그저 기분 좋을 때 기약 없이 뱉은 말인데 진지하게 물고 늘어졌다는 사실을. 그는 승연이 필요 없어지면 언제든 내칠 수 있는 사람이었다.

    본부장실에 들어서기 전까지 무슨 말을 먼저 꺼낼까 수도 없이 고민했다. 울어서 효과가 있다면 억지 눈물이라도 흘리겠지만 상대는 눈물 따위로 흔들릴 사람이 아니었다. 승연은 약간의 가능성을 희망하며 무모하게 말을 던졌다.

    "계약직을 빨리 시켜주시면 안 되느냐고 여쭸습니다."

    더 늦으면 기회를 놓칠 것 같았다. 본부장은 뭐가 잘못 알아들었다는 표정으로 승연을 쳐다봤다. 승연은 비서가 있는지 문을 살폈다.

    "이렇게 불쑥 찾아와 말씀드리는 게 무례하다는 것, 저도 알고 있습니다. 회사에 절차가 있는 것도 알고 있고요."

    "회의 있으니까 용건만 말하지."

"남편이 이혼 서류를 보낸답니다. 양육권을 갖겠다고요. 하지만 제가요, 절대 애를 못 보내거든요. 양육권을 지키려면 직장이 안정돼야 하는데요."

"그래서 내가 필요하다는 건가?"

승연은 고개를 크게 주억거리며 일어서는 그를 따라나섰다. 본부장은 일단 알았으니 나중에 말하자며 손을 들고 웃었다. 부탁만 들어준다면 그가 하라는 어떤 일도 할 수 있을 것만 같았다.

싱크대 선반에서 그릇을 모두 꺼내 마른행주로 닦았다. 서랍장을 열어 지호와 승연의 것이 아닌 걸 분류하고, 은상의 옷가지와 물건을 쓰레기봉투에 넣었다. 이 집에서 그의 무게는 고작 50리터 쓰레기봉투 하나였다. 아무리 문질러도 깨끗해지지 않는 색 바랜 벽지와 잔상처가 가득한 장판은 어쩌지 못하면서도 승연은 지호가 돌아오기 전에 은상의 흔적을 모두 지워내겠다고 마음먹었다.

은상은 일요일 밤 11시가 되어서야 전화를 했다. 아니 나흘 전, 그가 주말에 연락하겠다며 전화를 끊는 순간부터 승연은 은상의 연락을 기다렸다. 어떻게든 연락처를 받았어야 했는데 기다리는 시간이 길어 초조함만 더해갔다.

"지호 재우느라 늦었어."

"씻기고는 재운 거야?"

"알아서 씻네."

"알아서? 혼자서 말이야? 피부는?"

"피부가 뭐?"

절대 화내면 안 된다고, 지난번처럼 목청을 높여서 전화가 끊기면 안 된다고, 온종일 연락을 기다리며 몇 번이나 다짐했다. 그러나 은상과 몇 마디 나누지 않았는데 머리끝이 뜨거워졌다.

"지호 아토피 있잖아. 괜찮으냐고 묻는 거야."

"그랬던가? 몰랐네."

승연은 한숨이 나오는 걸 수화기에 그대로 뱉었다.

"언제 볼래?"

마치 마트 앞에서 만날 시간을 정하듯 무심한 말투였다. 승연은 은상의 말을 짐짓 잊은 척 목소리를 밝게 냈다.

"지호 잘 입혀서 데리고 나와."

"……."

"어린이집 선생들이 걱정을 많이 해. 아직 어린데 자주 빠지면 적응하는 데 힘들다고. 피부과도 계속 못 가서 고름도 소독해줘야 하고. 그건 몰랐지? 하긴 애를 안 키워봤으니 모를 수 있지. 내가 지금 데리러 갈까? 어디야?"

"설마 이해 못 해서 딴소리하는 거야?"

"뭘?"

"마지막까지 큰소리 내긴 싫다. 법원으로 언제 나올래?"

"무슨?"

"그만 좀 하자. 나도 소송까지 가긴 싫으니까."

"무슨 소릴 하는지 모르겠네. 지호 뭐 해? 바꿔줄 수 있어? 나 많이 찾았을 텐데."

"잔다니깐. 그리고 이거 집 전화 아니야."

"언제 잤는데?"

"돌겠네. 방금 잠들었다고!"

그가 건 전화는 오늘도 032로 시작했다. 지호가 금방 잠들었다는 걸 보면 집 근처일 것이다. 부천이나 인천 그 어디 탁아 시설을 뒤지면 지호가 있는 곳을 찾을지 모른다. 승연은 흥분하지 않으려고 허벅지를 세게 꼬집었다.

"이혼은 할게. 대신 지호는 내가 키워. 그동안 애한테 얼마나 잘했는지 알잖아. 그리고 있지, 나 선린에 취직했어. 화장품 회사 말이야. 이번에 계약직 되는데 그러면 지호 키우는 데도 문제없어. 어린이집도 지원해주고, 주 5일 근무에 퇴근도 빠르고. 자긴 이제 일 시작하는 거잖아. 애가 어떤지도 모르면서 어떻게 키우려고 해."

빨라진 음성이지만 이토록 다정하게 은상에게 말한 적이 있던가. 은상은 바로 답하지 않고 숨소리만 냈다. 생각이 많아질 때마다 고개를 숙이고 앞머리를 털던 그의 모습이 그려졌다.

"지호에 대해선 너도 모르는 것 같다. 지호가 나랑 있는 게 더 좋대. 아토피는 앞으로 신경 쓸 거니까 걱정하지 말고. 사흘 뒤에 연락할 때는 서류나 준비해둬."

"그게 말이나 돼? 지호, 자기가 무서워서 그러는 거야. 우리 지호, 나랑 집에 있을 때 옆에서 조잘대는 걸 얼마나 좋아했는데. 나밖에 모르는 애라고!"

"그만 좀 우겨. 그리고 그냥 넘어가려고 했는데, 이젠 애도 때리냐? 팔목이랑 어깨에 난 상처는 뭔데? 우리가 같이 살 때도 그랬지만 너 애한테 정상 아니야!"

은상이 전화를 끊으면 승연은 또 연락을 기다려야 한다. 결국 떠오른 건 그때 일을 들추는 거였다.

"내가 어떻게 널 믿어? 있지, 나도 끝까지 입 다물려고 했어. 그렇게 사는 게 나을 거라고 생각했으니까. 근데 이건 정말 아닌 것 같아. 알코올중독에, 직장도 없으면서 어떻게 우리 지호를……."

은상은 어떤 대꾸도 하지 않았다. 길게 내쉬는 한숨도 없었다.

"그래, 네가 했던 말을 생각해봐. 절대 애는 안 된다고, 지호를 낳은 뒤에도 넌 동의한 적 없다고 했잖아. 하아, 힘 빼지 말고 얼른 데려다 놔!"

"……."

"듣고 있어? 유괴로 신고할 거라고!"

"나 직장도 구했고, 알코올중독이었던 적 없어. 이런 말 참 구질구질한데 내가 나중에 미안하다면서 잘해보자고 했을 때, 너 어쨌어? 지호 안으면 더럽다고 밀치고, 나랑 살이라도 닿을까 봐 근처에도 못 오게 하고. 우리 셋이 밥 한번 같이 먹은 적 있냐?"

뭐라 대답할 틈도 없이 은상이 전화를 끊었다. 032로 찍힌 번호가 화면에 깜빡대다 꺼졌다.

은상이 지호를 거부했던 날을 기억한다. 황 과장과 정말 아무 일이 없었느냐며, 의심에 차서 묻던 그 뒤틀린 얼굴을 기억한다. 그런데 이제 와서 잘해보려고 노력했다고? 지호를 낳아 키운 건 온전히 승연이었다. 그건 지호만 데려다 놓으면 증명할 수 있었다. 아무것도 하지 않은 은상이 서류상의 가족이라 해서 지호의 양육권을 가져갈 순 없었다.

마음이 급했다. 소송 전에 선린의 직원이 되어야 했다. 그러면 적어도 경제적인 이유로 지호를 내줄 이유는 없을 테니까. 지호와 같이 살려면, 은상이 모르는 곳으로 이사를 가려면, 이 모든 상황에서 더는 구차해지지 않으려면 붙들 수 있는 모든 것을 붙들어야 했다. 몇 달 동안 모호하게 흔들렸던 욕망이 선명하게 모아지고 있었다. 그저 원래 자리로, 승연이 가졌어야 하는 것들을 제자리로 돌리려는 거였다.

*

선린은 몇 번의 미디어 노출로 갑질 기업에서 그래도 깨닫고 변화하는 양심적인 기업으로 거듭났다. 신유라가 던진 공이 불매운동으로 이어져 판매가 잠시 주춤했으나 본부장이 공격적으로 사내 갑질과 비정규직 문제를 이슈로 끌고 와 해결하려는 모습을 뉴스로 내보내 판매는 물론이거니와 주가도 크게 오르는 결과를 낳았다. 유명 인플루언서와 함께한 '핑크 리본 캠페인'은 젊은 층 사이에서 화제가 되어 수많은 SNS 계정에 스크랩되었다. 위기는 곧 기회라는, 아무나 떠드는 말을 본부장은 성공적으로 증명해 보인 셈이었다. 회사에서는 차기 사장으로 본부장이 유력하다는 말이 공공연하게 떠돌았다.

승연은 유 기자와 연락을 몇 번 주고받다가 소식을 끊었다. 승연이 '내가 할 수 있는 일은 거기까지다'라고 선을 긋자 기자는 '인턴에게 미안한 줄 알라'는 문자를 보내고 더는 연락하지 않았다. 어차피 유 기자도 자신을 위해 한 일이라 승연은 그에게 미안하지 않았다. 유 기자의 기사는 언젠가부터 검색되지 않았다. 더는 참지 않겠다던 인턴의 아버지도 잠잠했다. 일을 하다 문득 인턴의 얼굴이 떠오를 때면 승연은 쫓기는 기분에 시달렸으나 아무것도 하지 않았다. 적어도 죽은 인턴에게만은 진심이고 싶었는데 그마저도 어그러졌다. 회사 모르게 했던 일들이 진짜 선의에서 나온 거였을까, 하는 질문에 이르면 가슴까지 뻐근했다. 승연은 이 또한 버릴 감정이라고, 애초에 자신에게는 선택지가 없었다고, 지호를 되찾는 게 우선이라고 무거운 머리를 흔들었다.

6월 초부터 장마 예보가 나갔음에도 하늘은 7월 중반이 넘어가도록 비를 쏟지 않았다. 카페 2층 테라스에는 연초록에서 진녹색으로 색이 바뀐 은행나무 가지가 내려와 있었다. 빛은 구름에 가려 나지 않았고, 나무 그림자만 때때로 흔들렸다.

야외 느낌을 내 자연스럽게 인터뷰를 하자는 신문사의 제안에 홍보팀 직원은 약속 시간보다 한 시간 일찍 도착해 테라스를 세팅했다. 몇몇 연예인이 카페 곳곳에 다녀간 흔적을 남긴 걸 보면 꽤나 유명한 곳 같았다. 직원은 화원에서 따로 구매했다며 조화를 치우고 생화를 화병에 꽂았다. 손마디가 툭 튀어나온 가는 손가락이 테이블 위를 바쁘게 움직였다.

"나이팅게일로즈래요. 꽃말이 뭐더라? 암튼 분위기가 유해질 거라고 추천하더라고요."

새하얀 테라스 철책에 둘러싸여 띄엄띄엄 놓인 테이블과 의자, 그 위로 흔들리는 초록빛 은행나무와 보랏빛 꽃은 홍보팀 직원의 말마따나 분위기를 부드럽게 만들었다. 궂은 날씨와 언제 굳어질지 모를 표정만 아니라면 누구를 만나든 좋을 분위기였다.

"본부장님은 어디 가셨어요?"

승연은 손가락을 들어 화장실을 가리켰다. 본부장은 미용실에서 해준 화장이 어색한지 카페에 온 뒤로 거울을 보느라 몇 번이나 자리를 비웠다. 직원은 인터뷰할 좌석을 둘러보고는 물티슈로 테이블과 의자를 꼼꼼히 닦았다. 승연이 돕겠다고 일어섰으나 직원은 혼자 해도 된다고 손을 저었다. 승연은 테이블 주변을 서성이다 인터뷰지를 꺼냈다.

"본부장님이 오시니까 팀장님이 나와야 격이 맞는데, 오늘 회장님 모시고 기업인 만찬에 참석하셨어요. 팀에서도 영양사님이 인터뷰 베테랑이라 마음 놓고 맡겨도 된다고 했고요."

살갑게 웃는 직원의 얼굴에 걱정이 설핏 어렸다. 그는 화병에 꽃을 뺐냈다가 다시 꽂으며 인터뷰지를 연신 넘어다봤다. 승연은 모르는 척 낮은 목소리로 질문과 답을 읽어 내렸다.

"어려운 얘기를 명쾌하게 밝혀주셔서 감사합니다. 마지막으로 하실 말씀이 있으시다면요?"

본부장이 승연을 돌아봤다. 눈 밑에 흐릿하게 올라온 기미가 화장에 가려졌고, 립밤을 바른 입술에는 옅은 혈기가 돌았다. 염색한 갈색 머리를 자연스럽게 넘기며 그는 할 말이 있느냐고 눈으로 물었다. 어쨌거나 경제신문에 내보낼 그림이었다. 가끔 고개를 흔들며 미간을 찌푸리는 표정도, 본부장과 파견직 여직원이라는 구성도, 하물며 은행나무가 보이는 테이블까지 모두 계산된 세팅이었다. 잘 구성된 배경 안에서 승연은 맡은 배역을 충실히 수행하고 있었다. 각종 스캔들에 회사가 흔들림 없이 대처했다고, 특히나 전 영양사를 복직시키고 죽은 인턴에게 조의를 표하는 과정에서 직원들의 마음이 움직였다고 말했다. 노조와 함께한 '갑질 근절 선언식'에 다녀온 뒤로 회사에 보다 주인 의식을 갖게 되었다고도 덧붙였다. 생각이 떠도는 걸 허락하지 않고 할 말에만 집중했다. 본부장은 차를 한 모금 마시고 승연의 어깨에 손을 얹었다.

"저희 회사가 올해로 창립 20주년을 맞습니다. 핸드크림을 시작으로 20년 사이 남녀 전 제품으로 영역을 확장했죠. 시장 개척은 말할 것도 없고요. 창립 10주년에는 중국, 태국, 싱가포르 등 아시아 시장에 발을 디뎠고, 14주년에는 러시아, 두바이, 미국 등 17개국에 수출길을 열었습니다. 만약 직원들과 협력 업체의 희생이 없었다면 언감생심 꿈도 못 꿨을 겁니다. 이제는 밖으로의 확장보다 안으로의 내실을 다지려고 합니다. 장기적인 관점으로 회사와 구성원이 상생할 길을 도모해야겠지요. 그런 차원에서 지금 옆에 앉은 최승연 영양사에게도……."

얼굴에 후드득 비가 떨어졌다. 며칠간 꾸물대던 하늘이 기어코 물기를 터뜨렸다. 본부장은 승연에게 얹은 손을 급히 거뒀다. 승연은 무릎에 올려둔 재킷으로 본부장의 머리를 가리고 카페 안으로 같이 뛰었다. 홍보팀 직원은 허둥지둥 본부장을 쫓다가 뒤늦게 기자를 돌아보고 미안하다며 가방을 대신 들었다. 숨이 죽은 본부장의 머리를 보고 승연은 헤어드라이어가 있는지 점원에게 물었다. 홍보팀 직원은 인터뷰지와 카메라가 망가지지 않았느냐며 기자를 걱정했다. 서로 등을 돌리고 물기를 털어내는 본부장과 기자의 얼굴에 짜증이 감춰지지 않았다. 승연은 카페에서 얻은 수건을 두 사람에게 건네며 그들의 표정이 퍽 우습다고 생각했다.

한참 만에 인터뷰가 재개되었다. 바깥은 어둡고 뿌옜다.

하얀 테라스도, 초록 은행나무도 잿빛으로 흐릿했다. 우아한 인테리어와 어울리지 않게 실내등이 지나치게 환해 화장이 지워진 본부장의 얼굴에 기미가 넓게 퍼져 보였다.

"갑자기 비가 오면 좋은 소식이 있다는데 기자님 덕에 좋은 소식이 있으려나 봅니다."

"그러게요. 근데 사진은 아까 찍은 걸로 내보내야겠어요. 날이 개기를 기다렸다가 다시 찍으면 좋을 텐데, 영양사님이 많이 젖어서 지금 찍기도, 좀 그렇죠?"

승연은 머리칼에서 떨어지는 빗물을 보며 괜찮다고 웃어 보였다. 기자는 보이스 레코더의 물기를 닦고 본부장이 마지막으로 했던 말을 상기시켰다. 본부장은 목을 가다듬고 승연의 팔에 다시 손을 얹었다. 젖은 셔츠 위로 놀랍도록 따듯한 기운이 포개졌다.

"차근차근 가야겠지요. 회장님께도 보고했지만 갑질이 근절되려면 구성원들 간의 업무 환경이 먼저 개선돼야 합니다. 여직원들의 승진 적체를 풀고, 산재한 비정규직 문제 등 그간 목소리를 내지 못했던 직원들을 위해 다양한 방법을 강구하고 있습니다. 회장님께서도 적극 수긍하셨고요."

승연은 고개를 돌려 본부장을 올려다봤다.

"영양사님 같은 파견직들도 고려한다는 말씀입니까?"

"아, 아까 그 말을 하다 끊겼네요. 여하튼, 조직에서 합의

할 사항과 제도 보완에 시간이 필요해서 당장 바꾸겠다는 약속은 못 드립니다만, 조만간 우리 영양사가 회사와 같이 가는 모습을 보실 수 있을 겁니다."

본부장이 돌아보자 승연은 고개를 끄덕인 뒤 몸을 틀어 앉았다. 빗물에 셔츠와 정장 바지가 들러붙어 자세가 불편했으나 며칠 전 자신이 한 부탁에 대한 답을 듣는 것 같아 잠자코 앉아 있을 수 없었다. 승연은 얼굴로 흐르는 빗물을 닦아내며 기자에게 말했다.

"기자님, 저희 그냥 사진 찍어주시면 안 될까요? 정말 오랜만에 비가 오잖아요. 시원하게 비 맞은 모습이 기사로 나가면 본부장님이 훨씬 인간적으로 보일 것 같고, 그러면 독자들도 가식적인 모습이 아니라고 좋아할 것도 같아요. 저는 정말 상관없거든요. 비에 젖었다고 제가 다른 사람이 되는 것도 아니고요."

본부장이 승연의 손을 잡고 크게 웃었다. 기자가 카메라를 들었다. 승연은 본부장을 따라 손을 들어 올렸다. 자신이 쥐고 있는 것을 지레 겁먹고 포기하진 않을 거라고, 어느 누구에게도 뺏기지 않을 거라 다짐하며, 눈 주위가 떨릴 때까지 카메라를 노려보았다.

한 달째 신유라는 일주일에 서너 번씩 식당 일을 맡았다. 식단에 맞게 음식이 준비되고 있는지, 식당과 주방의 위생 상태가 청결한지 체크리스트를 들고 감독했다. 조리장과 농담을 주고받으며 사람들과 어울리는 모습이 스스럼없었다. 승연은 외부 일정에서 돌아와 주방에 들어서면 오히려 자신이 이방인처럼 느껴졌다. 신유라가 무슨 마음으로 자신을 모른 척했다던 사람들과 가까이 지내는지 궁금했지만 물을 여유는 좀체 나지 않았다. 휴일이면 인천과 부천의 어린이집을 헤맸고, 일하는 날엔 본부장이 시킨 일들 때문에 생긴 공백을 메우느라 눈 돌릴 틈이 없었다. 머릿속은 이혼소송과 지호를 생각하느라 바빴다. 그러다 이따금씩 신유라가 부탁한 인터뷰 자료와 녹음 파일을 그녀의 가방에 몰래 넣어두곤 했다.

청국장에 코를 대는 신유라의 얼굴에 못마땅한 기색이 스쳤다. 그녀는 맛보기 스푼을 입에 넣고 천천히 음식을 굴렸다. 혀를 움직이며 코끝을 찡그리는 모습이 맛을 진짜로 느끼는 것 같았다. 신유라는 국간장을 한 스푼 추가하고 다시 간을 봤다. 장 여사는 옆에서 오이를 무쳤고, 조리원은 냄비에 누룽지를 풀고 있었다.

신유라가 눈을 살짝 치뜨며 승연에게 눈인사를 했다. 설사 신유라가 미각을 잃었다고 거짓말을 했다거나 사라진 미각이 다시 돌아왔다고 고백한다 해도 승연은 놀라지 않을 거였다. 다만 본부장이 신유라에 대해 했던 말이 마음에 걸렸다. 그는 지난번 승연에게 보너스 봉투를 건네기 전에 신유라는 조만간 정리할 거라며 모른 척 기다리고 있으라고 말했다. 신유라는 승연의 귀띔을 듣고도 크게 놀라지 않았었다.

"늦는다고 하더니 일찍 출근하셨네요?"

신유라는 뒷짐을 진 채 물었다. 평소 내는 목소리보다 크고 격식을 차린 말투였다.

"촬영이 당겨져서요. 제가 배식할 테니 다른 일 보세요. 고마웠어요."

승연은 맞은편으로 돌아가 청국장 냄비 앞에 섰다.

*

카메라가 여전히 불편했지만 승연은 평소처럼 보이려고 표정에 신경 썼다. 얼굴을 자주 드러내야 회사에서 위치를 잡기도, 은상과의 소송에도 유리할 것이다. 조리장 대신 매니저가 조리복을 입고 주방에 들어왔다. 매니저는 잘할 수 있을지 모르겠다면서 연신 위생모를 매만졌다.

조리대에서 식자재를 꼼꼼히 들여다보는 장면, 간단한 안부를 물으며 배식하는 장면, 배식을 마치고 늦은 식사를 하면서 오늘 메뉴가 어땠는지 의견을 주고받는 장면, 영양사실에서 다음 주 식단을 확인하고 서류작업을 하는 모습 등, 카메라는 식당에서 승연의 가장 영양사다운 모습을 그리는 데 초점을 맞췄다. 승연은 피디를 재고 창고로 데려가 물품을 확인하는 장면도 찍어달라고 부탁했다. 중간중간 매니저와 조리원들도 인터뷰했다. '사람, 기업, 그리고 공존'이라는 타이틀로 방영될 15분 분량의 연작 다큐멘터리였다. 홍보팀에서는 승연에게 당분간 호출할 일은 이제 없을 거라고 말했다.

서울 시내가 내다보이는 창을 등지고 승연은 자리를 잡았다. 미세먼지로 날이 흐려 남산타워가 뿌옇게 보였다. 촬영용으로 새로 맞춘 영양사복의 빳빳한 칼라가 목에 껄끄럽게 닿았다. 피디가 승연 앞에 섰다. 반사판 빛에 눈이 부셨다.

"선린이 창립 20주년을 맞는다고 들었습니다. 회사에서는 조직 화합의 일환으로 영양사님을 정규직으로 고용한다는 말이 있던데요. 심경이 어떠신지요."

정확히 말해 정규직은 아니라고, 계약직이라고 말을 바로 잡고 싶었지만 그러지 않았다. 거의 다 왔는데 괜한 말로 문제를 일으키고 싶지 않았다. 승연은 창밖을 응시하며 숨을 깊게 쉬고 어깨를 늘어뜨렸다. 내부에 쌓인 긴장이 풀리는 것 같았다. 식당 끝에서 매니저와 조리장, 조리원들이 호기심에 차 구경하고 있었다.

테이블에 올려둔 휴대폰이 울렸다. 승연은 당황해 진동으로 바꾸며 발신자를 확인했다. 인턴의 아버지였다. 피디가 재차 심경을 물었다. 승연은 휴대폰을 뒤집어 쥐고 무릎에 손을 얹었다. 전화는 계속해서 울렸고, 몸을 울리는 진동을 승연은 차마 끌 수 없었다. 신유라는 잠시 촬영을 지켜보다가 자리를 떴다.

12

"어느 때보다 신경 써서, 어느 때보다 완벽하게!"

매니저는 광택이 도는 검정 슈트에 보타이를 매고 식당과 대강당을 바삐 오갔다. 금색 이름표에는 볼드체로 이름이 새겨져 있었다. 사실 그가 확인할 일은 많지 않았다. 장비는 전날 설치했고, 음식은 조리장과 승연이 새벽부터 나와 확인했다. 그러함에도 매니저는 인원에 맞게 테이블이 배치되었는지, 화분과 꽃 장식은 간격을 맞춰 정렬했는지, 연단에 걸린 현수막이 초청자 테이블에서 잘 보이는지 등을 체크하며 일의 진척을 묻고 다녔다. 그는 무언지 모를 활력으로 얼굴에 빛이 났다. 행사를 준비하는 사람들은 사방을 휘저으며 꼬치꼬치 캐묻는 매니저가 달갑지 않은 눈치였다.

2주 전, 매니저는 직원 식당이 회사에서 중요한 위치라는 걸 보일 때라며 창립 20주년 기념 행사 계획을 설명했다. 대규모 인원을 초청하는 자리라 도와줄 전문 업체를 선정했다고 덧붙였다. 신유라가 계약했고, 승연이 계약 해지를 통보했던 회사였다. 매니저의 수완에 승연은 혀를 내둘렀다. 하지만 승연 또한 손해 볼 게 없었다. 말도 안 되는 사유를 들어 계약을 해지해서 줄곧 찜찜했는데 그가 대신 해결한 것에 안도마저 느꼈다. 신유라는 매니저의 계획을 듣더니 잘 준비하겠다며 자신이 할 일이 더 없는지 물었다.

늘 하듯 임원 식사는 장 여사가 차렸다. 갈비찜과 미역국은 식당에서 준비했는데 미역국을 싫어하는 회장을 위해 임원 테이블에는 소고기뭇국을 올리기로 했다. 업체에서는 샐러드, 떡, 수정과 등 전채 요리와 생선, 잡채, 전, 나물류 등 행사 전반에 걸친 음식을 준비했다. 각 테이블에는 기본 상을 미리 차리고, 부족한 음식은 뷔페식으로 운영하기로 했다.

승연은 주방에 들어서려는 매니저를 붙들어 기념식 중간에 표창을 받게 되었다고 말했다. 매니저는 턱을 쓸고는 위를 가리켰다.

"잘됐네요. 실은 내가 지난주에 인사팀에 추천한 거예요. 표창까지 받으면 다음 계약 연장은 문제없겠어요."

식당 사람들은 승연의 소식을 몰랐다. 매니저조차 승연의 채용 소식은 듣지 못한 듯했다. 선린과 아무리 가깝게 지낸다 해도 그곳의 직원은 아닌 것이다. 승연은 매니저에게 고맙다고 인사했다. 카페에서 인터뷰가 끝난 직후 비서가 말했다. 자신은 정규직으로, 승연은 계약직으로 창립 기념식에 발표될 거라고.

승연은 홀과 주방을 오가며 음식에 문제가 없는지 살폈다. 정신없이 눈을 돌리는 승연과 달리 신유라는 평온해 보였다. 주변을 의식하지 않고 음식을 내려다보는 눈길이 사색에 잠긴 듯 고요했다. 그녀는 장 여사를 도와 미역국과 소고기뭇국을 맡았다. 어쩌면 신유라는 사색에 잠긴 게 아니라 연이은 야근으로 멍해진 건지 몰랐다. 주방 사람들과 행사 업체 직원들은 사흘 연속 자정이 넘어서까지 도구와 자재를 확인하고, 행사 동선을 그리며 전기선을 끌어오고, 테이블과 화분을 배치했다. 혹시 부족할지 모를 음식을 대비해 예비 메뉴도 미리 준비했다. 승연은 신유라도 피곤해서 그럴 거라고 생각하며 지나쳤다. 식이 시작될 때까지 음식을 계속 확인해야 하는 상황에서 어떤 생각도 오래 할 수 없었다.

양은 냄비와 칼, 국자 같은 철제도구가 한꺼번에 무너지는 소리가 난 건 기념식 시작 30분 전이었다. 이어 째질 듯 높은 남자의 괴성이 들렸다. 주방 사람들은 일순 소리가 나는 방향으로 몰렸고, 승연도 사람들을 비집고 들어갔다. 식당에는 매니저와 조리장 말고도 행사 업체 직원들이 여럿 있었다. 무대 앞 테이블에 대기해야 할 시간이었다. 주방에서 사고가 난다면 1차 책임은 매니저가 지겠지만 음식을 총괄하는 승연도 입장이 껄끄러울 수밖에 없었다.

조리장이 사람들에게 둘러싸인 채 소리를 지르고 있었다. 그는 통증을 호소하며 바닥에 주저앉았다. 육수에 덴 팔이 붉게 부어올라 있었다. 조리원들은 조리장을 양쪽에서 붙들며 매니저를 큰 소리로 불렀다. 조리장은 일어서지 못하고 거친 신음만 냈다. 그는 누군가에게 구조 신호를 보내는 것처럼 조리대 너머를 향해 부은 팔을 버둥댔다. 승연은 정신을 차리고 총무팀 유하나에게 전화를 걸었다. 도와줄 사람을 보내달라고 외치면서 눈으로 부산하게 매니저를 찾았다.

승연은 그 혼란에서 오롯이 서 있는 신유라를 보았다. 신유라는 고성에 고개를 잠시 돌렸지만 자리를 뜨지 않았다. 가장 가까이 지내던 조리장이 사고를 당했는데도 무심히 국자를 코에 갖다 대고 있었다. 그녀는 마스크를 다시 쓰고 소고기뭇국에 남은 재료를 마저 넣고 휘휘 저었다.

주방으로 들어오는 매니저를 보고 신유라는 국통의 불을 약하게 줄였다. 그러곤 매니저에게 가 사고가 났다고 보고

했다. 그녀는 구급차가 오고 있을 거라면서 조리장이 있는 쪽으로 매니저를 잡아끌었다. 승연과 눈이 마주친 건 찰나였다. 신유라는 인사를 하는 척 고개를 끄덕이며 옅은 미소를 지었다. 승연은 그 미소에 더 다가서지 못하고 멀리서 지켜보았다.

천장의 샹들리에가 빛을 반사하며 영롱하게 흔들렸다. 주변에 설치된 간접 등과 벽을 따라 1미터 간격으로 선 긴 스탠드형 조명이 샹들리에 빛을 온화하게 보조했다.

둥근 테이블 위에 올라간 장식 초와 화병이 고급 연회장 같은 분위기를 자아냈다. 집기를 내려놓으며 여러 번 확인했는데도 승연은 이상하게 불안했다. 조리장은 괜찮을까. 신유라가 한 행동이 어떤 신호는 아니었겠지. 승연은 사방으로 난반사되는 빛에 시야가 어지러웠다.

안내원의 보조로 테이블이 차고 있었다. 단상 뒤에는 여러 부서 직원들의 근무 영상이 배경으로 흘러나왔다. 현악 4중주가 연주하는 곡은 원래 빌리 홀리데이가 부른 재즈라고 비서가 속삭였다. 승연은 건성으로 고개를 끄덕이며 주변을 흘끔거렸다. 대학과 이런저런 학회, 시민 단체를 포함한 이름 모를 단체들, 여러 매체 기자들, 어디선가 들어봤음 직한 기업과 선린의 협력 업체들. 그들은 승연이 표창을 받건 선린이 파견직을 직원으로 채용하건 그런 것에 관심 있는 사람들이 아니었다. 그저 선린과 좋은 관계를 유지해야 좋을 회사 혹은 단체의 관계자로서 미래에 투자하러 온 사람들이었다.

사회자의 개회 선언과 함께 팡파르가 웅장하게 울렸다. 번쩍이는 테이프 폭죽이 연단에 터졌고, 회장 주변으로 레이저광선이 번잡하게 움직였다. '새로운 20년을 시작하는 의미 있는 날'이라는 회장의 기념사에 이어 노조 대표가 축사를 했고, 경쟁 회사의 사장이 축하를 위해 단상에 올랐다.

승연은 식순을 내려다보며 영양사복을 고쳐 입었다. 정말이지 이젠 거의 다 온 것 같았다. 변호사는 은상이 보낸 소장에 반박하는 변을 제출했다고 문자를 보내왔다. 초고는 승연이 작성한 거라 사실관계는 더할 나위 없이 명확할 테다. 승연은 지호의 모든 것을 알고 있었다. 은상이 남편으로서, 아빠로서 책임을 어떻게 피했는지도 모조리 기억했다. 지호를 만날 시간이 가까워졌다는 사실에 점점 흥분되었다. 그러나 한편으로 자신이 잘못 가고 있다는 불안함이 밀려왔다. 조리장의 붉게 부어오른 팔뚝, 어느 때보다 고요했던 신유라의 표정, 승연을 보며 지었던 미소, 여자 친구와 웃고 있던 인턴의 사진, 요 며칠 전화를 해왔던 인턴의 아버지. 조각난 장면들이 연달아 떠올라 정신을 차릴 수 없었다. 의자를 꽉 붙들었다. 지호의 얼굴이 흐릿해지고 있었다.

행사 업체 직원들은 승연의 뒤에서 곧 이어질 식사를 준비했다. 그들은 운반 카트에 식기와 음식을 싣고 신중하게 움직였다. 3층 카트에는 한 상 차림으로 나갈 음식이 들어 있었다. 늘어선 카트 끝에는 신유라가 서 있었다. 매니저는 조리장을 병원에 보내느라 자리를 비운 상태였다.

승연이 단상에 오를 때까지 행사는 순조롭게 진행되었다. 승연은 주먹을 쥐고 단단히 섰다. 수차례 플래시를 받았음에도 자신의 일로 사람들 앞에 선 것은 처음이었다. 회장은 새 출발을 기념하면서, 라고 운을 떼고는 비서와 승연을 가까이 다가서게 했다.

"이 두 사람은 지난 몇 개월간 회사가 어려움에 처했을 때 발 벗고 나선 직원들입니다."

회장이 뜸을 들이는 사이 행사 도우미가 승연과 비서를 초청 인사와 직원들 쪽으로 돌려세웠다. 회장은 그간 경력 단절 여성과 협력사 직원에게 열어두었던 가능성을 실현할 때가 바로 지금이라고 힘주어 말했다. 승연은 카메라 플래시 때문에 앞을 보기가 힘들었다. 차차 시력이 돌아오자 흥미에 차 자신을 올려다보는 사람들이 보였다. 그중엔 새하얀 영양사복을 입은 신유라도 있었다.

승연과 비서가 자리로 돌아가고 사회자는 인사팀장과 노조 여성국장 김자경, 사업본부장을 호명했다. 회장은 그들을 차례로 표창했고, 이어 차기 사장으로 사업본부장을 임명한다고 발표했다. 본부장의 얼굴에 조명이 집중됐다. 사방을 돌아 허리를 굽히는 본부장은 그 어느 때보다 환하고 자신감이 넘치는 모습이었다. 승연은 팡파르 소리를 들으며 신유라를 돌아봤다. 신유라는 고개를 들지 않고 국만 젓고 있었다. 기괴할 만큼 느린 동작이었다. 조리장이 다쳤다고 사람들이 몰렸을 때도 신유라는 음식을 마무리하며 국을 저었다. 조리장은 소리를 내지르면서도 사람들 너머에 있는 신유라를 쳐다봤다. 승연은 사장이 되어 감사 인사를 전하는 본부장을 바라봤다. 좋은 쪽으로 생각하려 했지만 승연의 머릿속엔 본부장이 가장 높은 곳에 올랐을 때 끌어내릴 거라던, 신유라의 메일 속 문장이 떠나지 않았다.

그때 사람들이 웅성대기 시작했다. 단상 뒤 영상이 꺼지며 지지직대더니 곧 음질이 조악한 녹음 파일이 스피커에 재생되었다.

"죄송합니다, 본부장님. 이러지 마세요. 하지 말라고요! 여기까지 왔을 때는 대강 알았던 거 아니었어? 걱정할 거 없어. 아무도 없어……. 저리 가. 저리 가라고!"

유리잔과 접시가 깨지고, 테이블이 밀려 바닥을 긁고, 의자가 넘어져 부딪히는 소리가 크게 울렸다. 거부와 폭력이 맞섰던 거친 음성이 볼륨을 높여 행사장에 흘러나왔다. 정황상 본부장과 신유라로 짐작됐지만, 소음이 섞이고 흥분한 음성이라 그들이라고 단정하기 어려웠다.

화면이 다시 한번 지지직대더니 비스듬히 찍힌 남녀의 상반신이 비쳤다. 본부장은 집무실에 앉아 신유라에게 봉투를 건네고 있었다.

"다시 얼굴 봐야 하는 처지에 서로 인상을 구겨서야 쓰겠어? 일단 이것부터 받아. 자리는 보장해주지. 그리고 앞으로 하려던 거는 관둬."

그 뒤의 영상은 조각조각이었다. 본부장은 무대에 뛰어들어 저런 말은 한 적도 없고, 자기 목소리도 아니라면서 다 조작되었다고 소리 질렀다. 아무도 그의 말에 주목하지 않았다. 화면에선 유 기자와 인턴 아버지의 인터뷰 영상이 이어져 나왔다. 인턴에게 보냈던 마케팅팀장의 메일이 화면 가득 확대되었다. 남자의 나체 사진과 어디선가 기다리고 있겠다는 메시지들. 화면이 지지직거릴 때마다 영상은 바뀌었다. 대국민 사과를 하며 고개를 숙인 본부장의 모습과 봉사 현장에서 음식을 푸는 본부장의 손을 향해, 초청 인사로 왔던 기자들이 카메라를 들었다. 함부로 영상을 끌 수 없는 상황이 되었다.

행사 업체 담당자가 승연이 있는 테이블로 급히 뛰어와 어떻게 할지 물었다. 승연은 뒤를 돌아 신유라를 쳐다봤다. 그녀는 어떤 동요도 없이 무대만 지켜보고 있었다. 승연은 업체 담당자에게 이것도 예정된 행사였다며, 그냥 내버려두라고 말했다.

*

"여기가 아니라 아까 지나간 삼거리 아니었어? 전원주택처럼 생긴 전통찻집이 있던 데 말이야. 여긴 P턴보다 Q턴 같은데."

승연은 지호가 있는 뒷좌석을 돌아보면서 엄지로 뒤편을 가리켰다. 이미 길을 잘못 든 뒤였다. 신유라는 갓길에 차를 세우고 구글맵을 켰다. 지나쳤던 삼거리를 확대하니 굴다리로 이어지는 P 모양의 도로가 보였다. 신유라는 다리를 지나 이어지는 길로 검지를 움직였다. 푸른 밭이 나왔고, 오른편으로 화면을 조금 넘기자 두 채의 건물이 보였다.

주말마다 지호를 뒷좌석에 싣고 프랑스 음식점을 찾아다닌 지 한 달째였다. 첫 주는 과천 외곽을, 그다음 주는 안양 근처를, 세 번째 주는 성남 주변을 돌았다. 그리고 오늘은 의왕 인근을 탐색하던 중이었다. 승연은 거의 다 온 것 같다고 말하며 밖을 향해 기지개를 켰다.

그 일이 있고 난 다음 날 신유라는 회사에 사직서를 냈다. 그리고 그날 승연은 지호와 함께 신유라의 집으로 이사했다. 신유라는 승연이 식당에 출근하면 지호를 어린이집에 보내주었다. 그녀는 구직활동과 회사를 상대로 한 소송도 같이 진행했다. 프랑스 식당을 찾아나선 건 승연이 같이 찾아보자고 제안하면서부터였다. 승연은 어쩌면 정확하지 않은 기억이 가장 정확한 단서가 될지 모른다면서 단서들을 하나하나 추가해나갔다. 조리장에게 부탁해 프랑스인 셰프들의 모임에도 도움을 청했다. 그리고 그들이 찾는 곳이 레스토랑이 아니라 별장일지도 모른다는 걸 알게 되었다.

신유라는 셰프와 구글맵의 도움을 받아 기억과 비슷한 곳을 리스트로 정리했다.

"벌써 해가 지는데 여기도 아니면 어쩌죠? 남쪽이 아니라 의정부나 파주 같은 북쪽이었나. 아니면 서쪽? 동쪽? 화만 낼 줄 알았지 제대로 기억하는 게 아무것도 없었어요."

내내 씩씩하던 신유라가 풀이 죽어 운전대에 상체를 기대고 엎어졌다. 멀리 보이는 길 끝에 해가 기울고 있었다. 보라색과 주홍빛이 섞인 태양이 나지막한 산에 점점 가까워졌다.

"그럼 북쪽도 가고, 서쪽과 동쪽도 가면 되지."

신유라는 운전대를 돌려 P턴이 나왔던 도로에 다시 접어

들었다. 좁은 길에 들어서자 눈에 띄게 속도를 줄였다. 그녀는 기억을 더듬는 듯, 좌우를 찬찬히 돌아봤다. 승연은 신유라에게 멀리 집이 보이는 것 같다고 말하며 앞을 가리켰다. 신유라는 답이 없었다. 길은 포장이 안 돼 덜컹거렸고, 웃자란 잡초가 정신없이 차를 때렸다. 지호는 어느새 잠들어 있었다.

신유라는 팔짱을 끼고 이층집을 올려다보았다. 지붕은 신유라가 기억하는 자줏빛이 아니라 청회색이었다. 신유라는 열 걸음 정도 뒤로 물러나 다시 바라보았다. 석양이 비치자 색이 붉게 번져 보였다. 두 채의 건물 모두 사람이 없는 듯 불이 꺼져 있었다. 신유라는 길게 비치는 빛에 얼굴을 찡그리며 손차양을 했다.

"여기서 보니까 거기가 맞는 것 같아요. 전혀 식당 같지 않은 곳인데, 나는 왜 식당에 갔다고 생각했을까."

"그냥 식당이라고 믿고 싶었던 게 아닐까요?"

"그러게요. 아무튼 꼭 찾아내고 싶었어요. 찾는다고 달라지는 것도 없지만, 그래도 내가 틀리지 않았다는 걸 내 눈으로 확인하고 싶었으니까."

승연은 신유라의 옆에 서서 지붕이 어두운 색깔로 점차 바뀌는 것을 바라봤다. 문득 몇 년 전, 만삭으로 공장을 찾아갔던 마지막 날이 떠올랐다. 떠난 지 6개월이 지났는데도 그대로였던 출입문 비밀번호와 자동문 사이로 평소와 다름없이 작업장을 둘러보던 작업자들의 뒷모습이 기억났다. 어느 것 하나 변하지 않은 평온한 새벽, 공장에 차분히 내려앉은 쇳가루 향과 푸른 비닐로 싸인 완제품에서 나던 본드 냄새. 풍경화 같은 정경 속에서 사람들은 전날과 같은 하루를 시작하고 있었다. 승연만이 그 자리에 없었다. 그때 자신이 왜 거기에 가야 했는지, 신유라가 왜 이곳에 찾아왔는지 승연은 이제야 알 것 같았다. 자신이 틀리지 않았다는 걸 증명하고 싶었던 거다.

신유라는 한참을 서 있다가 청회색 지붕에서 등을 돌렸다.

"아참, 나 진짜 후각 돌아왔는데, 몰랐죠? 이젠 직장만 다시 잡으면 돼요. 소송도 어떻게든 풀어갈 거고. 언니랑 친한 기자가 기사도 써주니까 뭐든 되지 않겠어요."

신유라는 잠시 의기소침해 있다가 어디선가 마주쳤을 것 같은 20대 후반의 청년으로 돌아왔다. 승연은 신유라의 어깨를 가볍게 치며 웃었다.

"유라 씨가 회사에 들어가면 우리 지호는 이제 누가 봐? 면접 보는 거 방해하러 다녀야겠는데."

신유라는 맘대로 하라고 말하고는 이제야 잠에서 깬 지호를 꼭 안아 들었다.

집으로 돌아가는 차 안에서 승연은 바깥을 내다봤다. 내일은 새벽조라 일찍 나가야 하고, 주말이 되기 전에는 업체 대금을 마무리 짓고, 하반기 위생 교육에도 다녀와야 한다. 다음 달은 파견직 업무평가가 기다리고 있다. 본부장이 해고되었고, 매니저는 계약이 해지되었으며 장 여사는 소리 없이 그만두었지만 승연의 본사 계약직 전환은 진행되지 않았다.

큰 도로에 들어서며 식당을 다시 생각했다. 테이블 곳곳에 부연 김이 오르고, 특식으로 나온 뚝배기에 숟가락을 넣는 손들이 바쁘다. 식당은 사람들의 잡담과 식기가 부딪치는 소리로 금세 시끄러워진다. 언제나 그렇듯이 승연은 사람들을 맞이하고, 식당은 음식이 내는 온기가 섞여 활기로 넘친다. 어느 것 하나 변하지 않을 풍경 속에서, 승연은 그들이 무얼 원하는지 촉각을 곤두세우며 식당을 헤집고 다닐 것이다. 승연이 서 있는 한 바뀌는 건 아무것도 없다고 생각하면서, 하지만 자신이 없어도 달라지는 건 없을 거라고 곱씹으면서.

고속도로에 불이 환했다. 신유라는 내비게이션의 안내에 따라 왔던 길을 돌아갔다. 지호는 다시 잠이 들었다. 승연은 왠지 모르게 이 모든 일들이 익숙하다는 생각을 하며 휴대폰을 내려다봤다.

"밥은 늦은 거 같고, 들어가서 맥주나 한잔할래?"

신유라가 고개를 끄덕이며 가벼운 경적을 두 번 울렸다.

그들의 주말이 거의 끝나가고 있었다.

《천장이 높은 식당》을 쓰기 시작한 건 2015년 겨울부터다. 몇 달 뒤 완성하지 않은 소설을 사람들에게 보여줬을 때 나온 반응은 비슷했다. 요즘에도 이런 회사가 있다고? 캐릭터들이 현실과 너무 동떨어져. 너무 수동적인 거 아냐(물론 초고는 지금과 많이 달랐다)? 그 뒤로 두어 번 더 수정했지만 의견은 별반 다르지 않았다.

덜 쓴 원고를 두고 얼마간 고민에 빠졌던 것 같다. 내가 보고 느끼는 세상이 그렇게 고루한가, 표현 능력이 부족해 이것밖에 담아내지 못했나. 당시에는 세상을 바라보는 시선과 그것을 그려내는 내 능력까지 확신하지 못했던 것 같다. 덕분에 나는 1년 가까이 매달린 소설을 덮어야 했다. 글을 완성하지 못했다는 후회와 쓰려고 했던 것을 눈감아버렸다는 자책을 내내 하면서.

그리고 2년 뒤 2018년, 미투와 갑질은 우리 사회의 최대 화두가 되었다. 현실은 내가 애초에 썼던 소설보다 훨씬 잔인했고, 참혹했다. 문화계, 예술계, 일반 기업, 학계 곳곳에서 기다렸다는 듯 터지는 뉴스를 보며 정신을 차릴 수 없었다. 승연과 신유라는 우리 가까이에, 나와 같은 모습으로 살고 있던 것이었다.

소설을 쓰면서 용기를 내야 한다는 생각을 자주 한다. 그건 글을 쓰는 사람으로서 어떤 세계를 만든다는 책임감에서 하는 각오이며, 내가 오래 구상한 이야기를 흔들리지 않고 끝까지 써나가야 한다는 바람에서 나온 주문이기도 하다. 《천장이 높은 식당》을 쓸 때도 그 유치한 주문을 자주 불러냈던 것 같다. 나는 사람들의 반응에 겁을 내고 소설을 중단했고, 다시 쓰기 시작한 뒤에는 여전히 의미가 있는 이야기인가 끊임없이 의심했다. 이 소설이 2018년도 이전에 나왔다면 독자들에게 어떤 질문을 던졌을까, 하는 미련과 어딘가에 있을 승연과 신유라를 잘 그려내고 있는지 고민을 멈출 수 없었다. 어쨌든 용기를 낸 끝에 소설이 세상에 나오게 되었다. 이 소설로 인해 한동안 괴로웠으나 앞으로 어떻게 글을 써야 하는지 조금은 배운 것 같아 보람 있는 시간이었다.

나는 또 바란다. 몇 년 전 사람들이 말했듯《천장이 높은
식당》속의 인물과 이야기가 낡고 오래된 것이 되기를. 제인
오스틴의 소설 속 인물처럼 '그땐 그랬었지'라고 지나간 시
대를 회상하면서 이 소설이 읽힐 때가 오길 소망한다.

소설이 나오도록 많은 조언을 아끼지 않았던 선생님과 문
우들, 가족에게 고마움을 전한다. 부족함이 많은 글에 추천
사를 써주신 신샛별 평론가님과 이민경 작가님께도 감사의
말씀을 드린다. 책을 출간하게 도와주신 두 분의 편집자와
한겨레출판에도 깊이 감사드린다.
그리고 우리 주변에 여전히 있을 수많은 승연과 신유라에
게도 같이하겠다는 말을 전하고 싶다.

2020년 끝에 서서
이정연